Universale Economica Fe

MARCELA SERRANO
QUEL CHE C'È NEL MIO CUORE

Traduzione di Michela Finassi Parolo

Feltrinelli

Titolo dell'opera originale
LO QUE ESTÁ EN MI CORAZÓN
© 2001, Marcela Serrano

Traduzione dallo spagnolo di
MICHELA FINASSI PAROLO

© Giangiacomo Feltrinelli Editore Milano
Prima edizione ne "I Narratori" aprile 2002
Prima edizione nell'"Universale Economica" gennaio 2004

ISBN 88-07-81773-X

Ad Alejandra Jorquera e Pancho Aleuy,
per la loro complicità.

Se più non fossi viva
quando verranno i pettirossi,
date a quello con la cravatta rossa
per ricordo una briciola.

E se anche non potessi ringraziarvi
perché immersa nel sonno,
sappiate che mi sforzo
con le mie labbra di granito.

EMILY DICKINSON

Prima parte

ORFANE DELL'APOCALISSE

GIOVEDÌ

1.

Il secolo era iniziato da venti giorni quando un'automobile bianca senza targa, con tre individui a bordo, travolse il corpo di una donna che attraversava una buia strada lastricata, alle otto di sera. Stando alle parole dell'unica testimone, la vettura non si era fermata, per cui la donna, vedendo una persona accasciata in mezzo alla strada in seguito all'urto, aveva chiamato un'ambulanza senza avvicinarsi per controllare se la vittima fosse ancora viva: un'intuizione l'aveva trattenuta.

Mi ero recata puntuale all'appuntamento nella caffetteria del Museo e stavo bevendo sola soletta il mio primo espresso quando alle otto e un quarto un bambino piccolo, sporco e scalzo, che non avevo mai visto, si accostò al mio tavolo e mi avvertì dell'incidente. Subito dopo avere compiuto la sua missione sparì, lasciandomi sorpresa e con una ridda di domande senza risposta. È all'ospedale Regional, mi disse, è lì che si trova. Ci misi un po' di tempo a reagire, quindi pagai il conto e mi misi in azione. Non sapevo se camminare o correre in piazza alla ricerca di un taxi, non conoscevo abbastanza bene le strade per capire a quale distanza si trovasse l'ospedale. Ritornai nella caffetteria e chiesi informazioni al ragazzo che mi aveva servito: si trova all'angolo tra avenida Insurgentes e Julio M. Corso, in città è tutto vicino.

Mi avviai a piedi in quella direzione, allarmata e confusa. Non contai gli isolati, ma dovevo averne percorsi almeno sette o otto. Quando giunsi in ospedale, mi mandarono al pronto soccorso, nella strada sul retro dell'edificio. Entrai di corsa e, a parte le ambulanze che riuscii a scorgere nel cortile e alcuni uomini che vi passeggiavano, trovai soltanto una porta chiusa, preceduta da un piccolo spazio riparato da una tettoia, un minuscolo quadrato all'aperto che doveva essere la sala d'aspetto, dove tre donne indigene occupavano l'unica panca, in attesa, la pazienza millenaria disegnata sul viso, mentre un paio di bambini si rotolavano per terra ai loro piedi. Deve bussare alla porta, mi avvertirono. Con energia, e forse anche un pizzico di prepotenza dovuta al fatto di non riuscire a controllare bene i miei gesti, aprii la porta senza bussare ed entrai. Era tutto così squallido là dentro, nemmeno un'anticamera dove rifugiarsi, dove venire ospitati. Mi accolse l'odore inevitabile degli ospedali, l'odore della miseria.

No, non può vederla; ma certo, non pretendo mica di vederla, vorrei soltanto qualche informazione, è arrivata in gravi condizioni, la stanno visitando, il medico è da lei, dovrà aspettare, dove?, fuori, con le altre, l'avvertiamo noi.

Era una fredda notte di gennaio. Dopo avere cercato un telefono e avere fatto un paio di chiamate, andai ad appoggiarmi contro il muro, visto che non c'era un posto dove sedersi, neanche uno straccio di sedia. Le indigene mi guardavano imperturbabili, in silenzio, aspettavamo. Soltanto il pianto di un neonato nascosto sotto lo scialle di una di loro ogni tanto spezzava il silenzio, quando la madre, stanca di allattarlo, gli toglieva il capezzolo dalla bocca. Non ho più latte, disse a quella che le stava vicino, ma a lui piace lo stesso. Chissà chi stavano aspettando? I mariti, un figlio, un fratello?

Quando, un'ora dopo, nonostante le promesse nessuno era venuto a chiamarmi, feci di nuovo irruzione all'interno dell'ospedale. Stavolta, pervasa dal freddo e dall'angoscia, volli a tutti i costi parlare con il medico. Per fortuna sono abbastanza chiara di carnagione, l'unico elemento su cui potevo contare per essere ascoltata. È arrivata qui in condizioni gravissime, fu il commento del medico quando finalmente si decise a ricevermi, l'urto è stato fortissimo. Trauma cranico grave, una gamba e tre costole fratturate, innumerevoli ematomi e ferite. L'avrebbero tenuta sotto stretta osservazione.

Ritornai verso calle María Adelina Flores, la strada della caffetteria del Museo, che poi era la stessa via del mio albergo, incerta se fermarmi a mangiare qualcosa. Erano già le dieci di sera e la città era deserta, come sempre a quell'ora. Ogni isolato mi sembrava più lungo del precedente, e per la prima volta dal mio arrivo la solitudine delle strade mi parve pericolosa, malsicura, rischiosa. Il mondo stava diventando ostile, mi sentivo indifesa; non per nulla si stava allontanando da me, sfumando caoticamente, l'immagine della persona che mi era più prossima – vicina e familiare – all'interno del nuovo universo nel quale ero approdata.

Un corpo è un corpo, è un corpo, è un corpo, direbbe la letteratura. Ma per me, il povero corpo di una donna era stato investito, un corpo ancora tiepido, identificabile, reale. Il corpo di Reina Barcelona.

Crogiolandomi nel caldo della mia camera, immobile di fronte alla scrivania, con un corroborante bicchiere di tequila posato sulla tovaglietta, apro il piccolo computer portatile e cerco in Archivio il nome di Reina Barcelona.

La prima informazione è tra parentesi: (Contatto di Dolores). Ricordo chiaramente il momento in cui scrissi a mia madre in Cile da Washington D.C., sempre tramite la posta elettronica – un servizio del quale entrambe non potremmo fare a meno, anche se all'inizio lei ha fatto più fatica di me ad abituarsi –, per raccontarle del nuovo lavoro che mi era stato affidato. Avevo ricevuto, sempre tramite posta elettronica, il suo ordine perentorio: ricordati di andare a trovare Reina Barcelona! Aggiungeva alcuni dati pratici come il numero di telefono di casa sua e l'indirizzo della sua piccola libreria: li avevo inseriti immediatamente nel mio dossier, pensando in cuor mio che gli incontri combinati da mia madre alla fine si rivelano quasi sempre utili.

Mi accingevo a ripassare le altre informazioni, quando lo squillo del telefono m'interrompe, spezzando la precaria serenità che la luce fioca, il silenzio totale e la familiarità dei miei oggetti personali mi stavano finalmente regalando. Mi dirigo speranzosa verso il comodino su cui si trova l'apparecchio color avorio, isterico e schiamazzante nel suo solito modo di annunciarsi; sarà Jean-Jacques, finalmente risponde al messaggio disperato che gli ho lasciato a La Normandie, o forse uno qualunque degli amici di Reina che hanno appena ricevuto la notizia. (Forse sarà Luciano, l'angelo che sembrava amarla più di chiunque altro: il suo telefono suonava a vuoto quando avevo cercato di parlare con lui dall'ospedale.)

"Una telefonata per lei" mi avverte il portiere di notte, che conosco bene perché è sempre lo stesso.

"Me la passi" gli chiedo.

Ma nessuno risponde al mio saluto, la linea è ammutolita. Inutile attendere: interrompo la comunicazione e faccio il numero della reception.

"Chi era al telefono?" chiedo, e intanto rifletto che a Washington sarà già mezzanotte, l'ora in cui Gustavo si gode il primo sonno, e a quella latitudine le undici di sera è considerata un'ora tarda. Potrebbe trattarsi soltanto di una telefonata di emergenza, una di quelle che urlano nella notte quando è accaduto qualcosa di terribile.

Era la voce di un uomo, m'informa il portiere, sembrava uno di qui, almeno dall'accento. Poso la cornetta, sono seccata, non può essere un errore perché il filtro della portineria costringe chi chiama a fare il mio nome prima che mi venga passata la linea. Mi siedo sul bordo del letto e rimango a guardarmi le unghie, distratta, finché mi rendo conto di quanto tormentato sia il mio ragionare.

Durante l'ora e mezzo trascorsa in ospedale avevo rivissuto dentro di me alcune emozioni da cui sentivo il bisogno di fuggire e che anelavano all'oblio. Dopotutto ero venuta qui per questo, no? E a tali emozioni si aggiungeva, perplessa e spaventata, la tensione per quello che era appena accaduto. Mi sentivo leggera quel pomeriggio, mentre camminavo verso la caffetteria del Museo, sicura di trovarvi Reina e sicura che la nostra chiacchierata avrebbe prolungato il tempo di qualsiasi cappuccino o espresso avessimo ordinato. Non avevo l'energia per compiere un'azione semplicissima come spogliarmi, per cui mi distesi sul grande letto a rievocare, lontana, la voce di Reina quel giorno, il giorno della mia prima incursione nella sua libreria in centro.

"Ehi, sei bellissima!" aveva commentato osservandomi apertamente. "Mi piacciono i tuoi capelli... e il tuo portamento, forse è il tuo lato paterno, vero?, come ti invidio..."

Disinvolta, vicina, come se mi conoscesse da sempre. (Il colore dei tuoi capelli abbellisce ma non distrae, mi avrebbe detto più tardi, toccandomeli quasi fossero una curiosità.)

"Sì, sono nata in Uruguay. Ma la faccenda della nazionalità è una stronzata. Uno è cittadino del posto che vuole... del posto che si sceglie. E poi... tra l'altro noi uruguayani, non appena abbiamo l'uso della ragione, pensiamo a come scappare dal paesello."

Il suo tono era allegro e ironico, mai pomposo – come avevo temuto – e le risate lo punteggiavano di continuo, quasi fossero uno strumento da tenere sempre a portata di mano: vi faceva ricorso al momento giusto per diluire l'eventuale solennità delle sue affermazioni che, per essere sinceri, erano parecchie. La sua voce aveva una sonorità che si amplificava in un registro morbido e rauco insieme.

"E tu, che cosa hai preso da Dolores?"

"Non sta a me dirlo..."

"La passione, per esempio?"

"No, se l'è tenuta tutta per sé."

Ci guardammo divertite, con un pizzico di complicità.

"Il coraggio allora?"

"Nemmeno."

"Suvvia!" aggiunse ridendo. "Nessuna delle sue virtù di prima categoria?"

"A quanto pare mi ha lasciato soltanto quelle di seconda..."

Reina mi guardò con l'aria di prendermi in giro, espansiva, scosse la testa come volesse soppesare la sua interlocutrice e, dopo avermi presa sottobraccio, mi trascinò fuori dalla libreria dirigendosi verso un bar lì vicino.

Era interamente vestita di nero e, come ebbi modo di constatare in seguito, non era un caso, perché sarebbe stata vestita così a ogni incontro. Consapevole della propria figura armoniosa, non perdeva occasione di metterla in risalto indossando abiti aderenti. Ma erano i suoi capelli neri ad attirare la mia attenzione, come splendevano! Lucidi, setosi. Ci giocherelleva continuamente, trasformando le ciocche lisce in trecce o chignon. Senza un'ombra di trucco, la sua vanità pareva concentrarsi soltanto in un paio di orecchini d'argento che le pendevano dai lobi, piccoli cerchi cui erano appesi fragili rombi. Notai un gesto che si rivelò essere una sua caratteristica: quando parlava, sollevava una mano mostrando il palmo bianco, come se volesse dare un'ulteriore conferma alle parole che pronunciava.

"Dolores ti ha raccontato come ci siamo conosciute?"

"In carcere, vero?"

"Esatto. Mi trattava come una figlia... Era così cara! Legami indissolubili."

"Ma tu..." la osservavo cercando i segni degli anni, "a quei tempi dovevi essere giovanissima..."

"Sono stata precoce. Ho lasciato l'Uruguay a sedici anni. Mio padre era morto e il mio fratello maggiore voleva frequentare l'università in Cile. Lo seguii. E non soltanto perché non volevo restare a Montevideo, ma anche perché nel tuo paese era iniziato il governo della Unidad Popular e non volevo perdermelo."

"Ma che razza di coscienza politica si può avere a quell'età?"

"Tutta quella che sei disposta a reggere."

"Ah!"

"È stato un peccato, stavo iniziando a godermi la festa quando Pinochet ha fatto il colpo di stato..."

"Tu andavi ancora a scuola."

"Sì. Eppure, in un modo o nell'altro, tutti i miei compagni di scuola erano coinvolti. Frequentavo il liceo Manuel de Salas, fa parte dell'Università del Cile, lo sapevi? Forse per questo il nostro impegno politico non era poi così strano."

"E perché non hai abbandonato il paese dopo il golpe?"

"Perché avrei dovuto farlo? Anch'io, come tutti, volevo

abbattere la dittatura. Invece di andarmene sono entrata nel Mir."

"A Dolores il Mir non è mai piaciuto" commentai, anche se non c'entrava niente.

"Ma non è neppure mai stata una faziosa. A pensarci bene, che privilegio per te essere stata allevata da una donna così! Come ti invidio..."

"Privilegio e disgrazia insieme, credimi... ma adesso non parliamone."

Mi guardò sorpresa ma non volle insistere. Cambiò argomento.

"Bene, sei venuta qui per quello che credo?"

"Infatti. Ma prima dimmi una cosa, come hai fatto a perdere l'accento? Parli uno spagnolo così neutro..." Era strano trovare una persona originaria del Río de la Plata che non accentasse l'ultima sillaba dei verbi.

"Parlo uno spagnolo latinoamericano, che non è necessariamente neutro. Come me, del resto."

La voce di Reina dentro di me s'interruppe bruscamente. Era di nuovo il telefono. Merda, chi mi chiama a quest'ora? Il tono del portiere era seccato e insonnolito come il mio, ma tutt'a un tratto, di punto in bianco, mi tornò in mente il ricordo di chi sono io, dove mi trovo e che cosa è accaduto. Mio Dio, Reina non sarà mica morta? Avevo lasciato il numero dell'albergo in ospedale, nel caso succedesse qualcosa.

"Mi passi la telefonata, per favore!" lo pregai.

Ma con mio grande stupore si verificò di nuovo l'episodio precedente: la linea rimase in silenzio, muta come la voce più testarda, la voce più ottusa e spietata, la voce che rifiuta ogni parola.

Do la colpa alla telefonata anonima e non a me stessa se decido di ridimensionare i miei ricordi. Vista la situazione, non intendo ricordare nessun giorno diverso da quello in cui l'ho conosciuta. Delimito le frontiere della mia memoria perché stanotte non ho la forza di rievocare immagini successive o, per essere più precisa, un'immagine ben definita: lei distesa sul mio letto, una donna terrorizzata, mentre dorme in posizione fetale, piangendo nel sonno. E nell'atto di respingere tale rievocazione spezzo il gioco degli specchi, soffoco l'immensa domanda che tutto dentro di me sembra gridare: che cosa ci faccio qui? E anniento per un attimo il suo timore e il mio.

3.

Neruda non me ne voglia, ma certe volte sono stufa di essere donna. Quando ho partorito il mio unico figlio, ho ringraziato il cielo per il suo sesso: quanti problemi si sarebbe risparmiato per il solo fatto di nascere uomo!

È stato questo – l'essere donna – a infliggermi la peggiore delle sconfitte, quella che puoi subire soltanto quando una creatura è nata dal tuo corpo, dal tuo corpo di donna. Non sono una persona importante e la mia storia non ha niente di straordinario, è soltanto la storia di una giovane madre strappata a tale condizione. E questo fatto, sebbene anche il padre sia passato attraverso tutti i dolori possibili e immaginabili, ti rinchiude nella solitudine più totale: qualunque cosa accada, è una sensazione che non potrai mai condividere con nessuno. La paternità può essere un atto quasi intellettuale: tu sei mio figlio perché mi hanno raccontato che lo eri, non ti sei mai mosso nelle mie viscere, non ti ho mai sentito palpitare, e anche se i miei geni sono dentro di te, non sei nato carne della mia carne. Lo so che gli uomini del mondo intero mi odieranno per quanto sto per dire, ma alla mutilazione di un atto quasi intellettuale si può sopravvivere, a differenza della mutilazione di un atto violentemente carnale quale è il parto.

Due anni fa è nato il mio bambino. Era giunta finalmente l'ora dell'incantamento, ma per me durò soltanto dodici mesi, il suo cuoricino lo aveva annunciato prestissimo. La corrente impetuosa di tutti i fiumi s'interpose fra me e lui dividendoci, lasciandoci su due sponde diverse. La mia si tinse di una sensazione di essere paurosamente orfana.

Il pellegrinaggio attraverso le bianche sale degli ospedali e le voci neutre dei medici durò tanto quanto la sua vita, e nel vortice della sofferenza emersero le voci degli specialisti, no, era rischioso fare un altro tentativo; è genetico, vero? Qualsiasi cuore generato dal mio potrà ripetere la stessa via crucis. Gustavo era stato stoico, forte e coraggioso dall'alto di un corpo che non sapeva nulla di lacerazioni. È finita, mi disse un anno dopo. E voltò pagina. Per proteggermi. (Ma io non l'avevo capito. Pensai che non mi volesse più bene, né a me né a nostro figlio. E pensai che anch'io non volevo più bene a Gustavo. Se lui voleva dimenticare, io sarei stata il ricordo vivente del bambino che se n'era andato.)

Persi il vigore della persona che volevo essere. Perdemmo quella trasparenza di coppia che sognavamo di essere, i nostri contorni sfumarono, non riuscivamo più a fonderci come un'unica ombra, come un'unica ombra lunga. Alla nascita del bambino, Gustavo si trasformò in padre, nell'enorme padre globale, e io nella sua sposa bambina. Durante il parto era accaduto qualcosa di molto forte: come se io avessi dato alla luce me stessa. Il bambino, il mio Io. E senza di lui ci fu uno choc. Gustavo si dissolse nell'aria, padre di nessuno, figura errante. Rimasi isolata in mezzo al bianco, il bianco dell'ospedale, il bianco del mio appartamento, il bianco della neve, rimasi lì, nuda. Nuda, infreddolita e terribilmente sola.

La data che annunciava con grande chiasso la fine del secolo e del millennio coincideva con il primo anniversario del mio lutto, minacciando ulteriori cedimenti. Cadeva la neve a Washington quando Gustavo ritenne che il lutto dovesse finire, un anno era più che sufficiente per vedere la propria moglie ripiegata su se stessa, raggomitolata, acciambellata sopra il letto con un libro aperto fra le mani, un libro che quasi non leggeva. A esaurire la sua pazienza credo siano stati il livello di sciatteria che avevo raggiunto e la mancanza di cure per il mio aspetto fisico. Quando mi aveva conosciuta – sei anni e mezzo prima a Santiago del Cile, dove si era recato per un reportage sulle seconde elezioni democratiche – di me gli erano piaciuti soprattutto i capelli rossi. Il mio capirosso, mi chiamava, infilando delicatamente le dita fra i miei capelli infuocati, crespi e arruffati. Il giorno in cui presi l'aereo per il Nord, l'aereo che mi avrebbe condotto definitivamente al suo fianco, in aeroporto mi aveva fatto promettere che non mi sarei mai tagliata i capelli, sarei stata la sua donna dalla chioma rossa. E invece fu la mia chioma a perdere subito la lucentezza, sostituii gli ospedali con il mio letto, mi lavavo i capelli soltanto quando Gustavo mi supplicava di farlo. L'unghia dell'alluce sinistro diventò la mia prospettiva, la meta ultima su cui si posava ogni sguardo. Non sentii mai, in nessun momento, la tentazione del suicidio: se non altro quello mi avrebbe nobilitato. Smisi di vestirmi. Indossavo una vecchia tunica che mi aveva regalato Dolores non so quanto tempo prima, oppure infilavo la vestaglia sopra il pigiama, niente di più. A volte guardavo i vasetti di creme e cosmetici seminuovi che stavano sopra uno scaffale del bagno e mi domandavo a che cosa erano serviti. Lo avevo dimenticato.

Vorrei essere più chiara a proposito dei capelli rossi. Esiste il mito secondo cui la donna che li possiede avrebbe determinate caratteristiche, la leonessa, la cacciatrice, la mangiauomini, la donna fatale. Invece io non ho niente di tutto questo. Sono nata con questo colore – nell'infanzia ho avuto le lentiggini, inevitabili, che poi il tempo ha cancellato – ma, a parte le battutacce dei compagni di scuola e il fatto obiettivo che ogni tanto attiravo l'attenzione, non ho mai avuto una personalità originale o eccezionale. Dolores era solita dirmi, quando ebbi raggiunto la maggiore età, che a rendermi speciale era il mio portamento e non il colore dei capelli. Per la media delle donne cilene, sono alta. Ma quando cammino per le strade di Washington questa virtù svanisce. Mi rimangono i capelli. Allora torno a essere il capirosso di Gustavo.

Ricordo che quando Dolores compì cinquant'anni, le regalai un oggetto di cui lei, senza saperlo, aveva un gran bisogno: uno specchio ingrandente. Scelsi il migliore, il più caro e il più nitido. Lo sistemai sul suo mobile da toeletta e le dissi, su, fatti il contorno degli occhi adesso, vedrai come ti viene bene. Dolores, ringraziandomi, si accomodò nella camera da letto di sempre, prese la matita per gli occhi e fissò lo sguardo sul riflesso. Ma un attimo dopo emise un suono tristissimo, un gemito che le scaturiva dalle viscere. Mio Dio, sono io quella! La guardai sconcertata, chiedendole una spiegazione. La sua risposta fu: sto vedendo quello che non volevo vedere!

L'anno che avevo trascorso buttata sul letto agì su di me come lo specchio ingrandente di mia madre. Forse anche Gustavo l'aveva vissuto così, ma non me lo disse. Dovetti affrontare due aspetti di me stessa che non conoscevo: il primo era la mia condizione di figlia, il secondo, il mio atteggiamento nei confronti della vita. Fino a quel momento non mi ero resa conto di essere una donna convenzionale. Tutte noi, perché negarlo, nutriamo la segreta illusione di essere *diverse*. Crediamo che a guidarci non sia soltanto il risultato di quello che abbiamo respirato, di quello che abbiamo assorbito grazie a regole stabilite da altri, bensì una combinazione originale forgiata dalla nostra mente e dalla nostra volontà. Tutte noi ci saremo poste mille domande sul significato dello stare al mondo, e su *qual* è il mondo dove vogliamo stare, visto che le nozioni più elementari insegnano che se non ci piace quello che ci circonda possiamo reinventarlo, e quindi reinventarci. Ed è proprio *tale* reinvenzione – sebbene ci sia un prezzo da pagare – a situarti nel mondo e di fronte al mondo, da essa dipende la tua libertà. Con una madre come la mia, avrei potuto forgiarmi secondo canoni superiori alla media, e non l'ho fatto. Allora mi domando: il risultato sarebbe stato identico se fossi appartenuta all'altro sesso? Infatti alcune donne – tranne mia madre, naturalmente – sono vittime di qualcosa di terribile che impedisce loro la conquista del coraggio. Perché abbiamo tanta paura di quello che non è sicuro? Perché desideriamo navigare soltanto in acque calme e piatte? Che cosa ci hanno fatto al principio dei tempi per spingerci ad accumulare tanta paura? Intuisco che il mio timore è stato, da sempre, lo scatenarsi delle emozioni. Non dovevo essere assolutamente come Dolores, per nessun motivo, perché lei ha scatenato le sue emozioni e per questo ha sofferto ed è stata presa di mira dagli altri. In nome della convenzione, quindi, ho preso a forgiarle – le mie emozioni intendo – in un modo tale che inevitabilmente le andavo schiacciando, stritolando, il che significa confessare che stavo loro tarpando le ali. Probabilmente ho perso molte cose per strada per timore del rischio e di possibili dolori futuri, e sono sicura che a volte il presente mi è sfuggito di mano, per paura, e si è lasciato sedurre dal buonsenso, il peggiore di tutti i sensi, quello che banalizza tutto. Mi sono nascosta dietro le piccole vigliaccherie quotidiane, quelle che non escono allo scoperto, quelle che si vivono giorno dopo giorno senza clamore, per assicurarmi la tiepida certezza di camminare sempre lungo i binari del dovuto, evitando gli innumerevoli passi che comunemente vengono definiti *inappropriati*. Così mi attenevo a un'unica regola: la sicurezza. E la seguivo vivendo giorno per giorno, finché un colpo basso, ma davvero basso, mi ha scombussolata su tutta la linea. Come se invece di essere un quadro di Mondrian mi avessero costretto a trasformarmi in un quadro di Pollock.

Due anni fa mi ero finalmente accorta di avere infranto la mia condizione di figlia diventando madre, finalmente avevo strappato a Dolores il suo enorme potere, in quanto anch'io rivestivo il suo stesso ruolo. Mia madre è una gran donna e io sono una donna normale. E questa consapevolezza suscita in me sentimenti contrastanti: fra l'ammirazione che nutro per lei e il rifiuto più totale si apre un ventaglio di piccoli sentimenti, ricchi di sfumature, e non tutti apprezzabili. Pur sapendo che si tratta di psicologia spicciola posso affermare che, fin da bambina, respirando l'innegabile aura che risplendeva intorno alla figura di Dolores, avevo deciso che la cosa migliore era rifugiarvisi, nascondersi là dentro, in quanto era improbabile che riuscissi a eguagliarla. Maledette tutte le figlie che hanno avuto grandi madri! Non si riesce mai, davvero mai, a soddisfare le aspettative che loro e gli altri hanno riposto in noi.

Quando si preannunciava la fine dei giorni lunghi e oscuri nei bianchi ospedali, avevo pensato di chiamare Dolores, per chiederle di starmi vicino, di piangere con me, per chiederle di darmi un sostegno nel momento finale. Gustavo, meno sentimentale di me, mi aveva avvertita. Ti creerà soltanto dei complessi con la sua forza incommensurabile, ti farà ricordare che tu non sei lei e ti sbatterà in faccia la tua debolezza tramutata in insulto, forse in peccato. Nel tentativo di tirarti su di morale, Dolores non avrà pietà, ti convincerà che il tuo è un dolore inutile, la maternità non è più fondamentale per le donne come lo era un tempo, è un fatto culturale, ti dirà, e il vasto mondo ti lancia la sua sfida per spingerti a rivestire il tuo ruolo in esso. Quale sarà allora la tua risposta? Avevo percepito un terrore incipiente, e non l'avevo chiamata. Dolores voleva venire, con o senza invito. Mia figlia soffre: missione per lei irrinunciabile. Non aveva i soldi per comprarsi il biglietto, le risposi che nemmeno io li avevo, le dissi di non preoccuparsi, me la sarei cavata. A ripensarci, credo sia stato il più grande atto di vigliaccheria che abbia mai commesso: privarmi del suo conforto per non essere capace di arginare la sua vitalità in un momento così difficile per me.

La politica era uno stimolo fortissimo per mia madre, quindi non lo fu per me. Poiché l'impegno nei confronti degli emarginati del mondo la coinvolgeva fino a toglierle il respiro, non lo tolse a me. Così, l'incarico che ora mi hanno affidato mi aveva colto alla sprovvista. Alla fine di un anno di lutto, Gustavo si avvicinò al mio letto e il suo modo per dirmi "basta" fu raccontarmi che aveva ottenuto un lavoro per me, un lavoro che desideravano in molti: un reportage sul Chiapas. Esperto giornalista televisivo negli Stati Uniti, non gli mancavano buoni contatti e amici solidali: lui non me lo aveva fatto pesare né io gli avevo posto domande, come se quell'incarico me lo meritassi davvero.

Venni subito pervasa da una sensazione di vertigine.

Mi alzai dal letto come un burattino disarticolato, facendo uno sforzo sovrumano per rimettere insieme tutti i pezzi. Messico: una terra di demoni, con l'orrore lì, a portata di mano, doloroso e sconvolgente. Non pensavo all'altro Messico, il Messico magico e luminoso, il Messico della cultura ancestrale e della prima rivoluzione del XX secolo, il Messico della forza imperiale che si manifesta in tutte le sue espressioni. Non pensavo neppure all'enigmatica originalità di quella rivolta nel Sudest del paese, la rivolta zapatista. Sentivo che il fascino del subcomandante Marcos era soltanto mediatico, privo di spessore: la sua personalità vanitosa offuscava qualunque buona causa ci fosse dietro.

Sebbene il mio stato d'animo tendesse all'operatività, privo com'era di ogni emozione, capii nel profondo di me stessa che dovevo partire. Il momento di tornare a essere una persona era ormai imminente e ritenni preferibile iniziare questa nuova fase della mia vita fuori dal solito ambiente, lontano da Washington, da Gustavo, dal mio appartamento bianco, dal mio letto letargico, da tutto ciò che mi ricordava quell'anno insopportabile.

Ma per l'ennesima volta mi ritrovai ad affrontare l'idea che tale privilegio sarebbe stato più consono a Dolores, lei poteva contare su risorse di cui io ero sprovvista, ogni corda della sua mente si sarebbe messa in tensione vibrando di fronte a quella strana realtà; senza contare, tra l'altro, che la zapatista di famiglia era lei e non io.

4.

Sebbene qui il concetto di tempo sia diverso, un concetto che si moltiplica e amplifica in ondate incessanti, tingendo l'atmosfera di una bizzarra predisposizione all'eternità, sono giunta a San Cristóbal de las Casas, nello stato del Chiapas, soltanto quattordici lunghi e lenti giorni fa. E ciascuno di essi mi ha avvicinato alla vitalità, sussurrandomi che non era troppo tardi per qualcosa che assomigliava alla salvezza, come se nell'enorme, folle e sfibrante mercato alimentare di questa città qualcuno avesse scelto per me, in mezzo alle tante bancarelle cariche di erbe destinate ad alleviare dolori infiniti, un'erba medicamentosa speciale per la tristezza; ogni sorsata di tale bevanda mi portava via un po' di afflizione e mi rasserenava tentando di restituirmi i miei colori.

Avevo dovuto dormire una notte a Città del Messico, perché l'unico modo che avevo trovato per arrivare in aereo dalla capitale era, la mattina di buon'ora, un volo dell'Aeromar, linea di cui non conoscevo l'esistenza prima di allora, a bordo di un piccolo aereo a elica con soltanto trentacinque passeggeri e un boato incessante nelle orecchie che indicava, immagino, quanto lentamente stessimo volando. Fiacco e insonnolito, ci aveva messo due ore a percorrere poco più di mille chilometri. All'interno c'erano undici coppie di sedili sui due lati dello stretto corridoio e una sola hostess, ma il prezzo era comunque di quattrocento dollari.

Osservai i passeggeri. Non poteva mancare un paio di

turisti rivoluzionari; la loro presenza innocente, ma anche ovvia, era prevedibile. Decisi che i membri dell'allegro gruppetto che occupava i posti anteriori – tre uomini e una donna – erano impiegati statali, e che il tizio seduto al mio fianco era un ministro della Chiesa cattolica. I capelli scuri e ben pettinati, i lineamenti vaghi tanto erano regolari, l'abbigliamento, tutto ne rivelava la natura: dall'immancabile giacca blu scuro ai pantaloni con disegni cachemire fino ai rozzi scarponi neri stringati con una spessa suola di gomma. L'aspetto della sua ventiquattrore, vecchia, antiquata, logorata dall'uso, lo confermava. Aveva l'aria di essere una brava persona. Mi domandai se fosse uno degli assistenti del *Tatik*, come viene chiamato il vescovo Samuel Ruiz, l'anima di San Cristóbal, città storicamente coloniale. Dietro di me viaggiavano due americani; erano stati i passaporti a rivelarne la nazionalità gringa, in quanto i volti tradivano il noto miscuglio meticcio di queste terre. Erano carichi di borsoni rigonfi: quando un impiegato della linea aerea li controllò per via del volume esagerato, venni a sapere che contenevano *aiuti umanitari*. Più tardi venni a sapere che è un'usanza diffusa portare aiuti umanitari nel Chiapas, il che non deve sorprendere viste le carenze che esistono laggiù. Ho pregato perché la distribuzione avvenisse tramite la Chiesa, almeno sarebbero giunti a buon fine, o così credevo. Intravidi vestiti e medicine.

La scarsa rilevanza di quei luoghi si manifestò immediatamente: il mio volo non aveva *gate* né sala d'imbarco; dal banco dell'Aeromar ci chiamarono a voce, senza altoparlanti, per farci salire su un piccolo autobus che attraversò immensi isolati pieni di rampe di scale che ricordavano piste d'atterraggio cadute nell'oblio, finché giungemmo in un'area lontana dall'aeroporto; si aveva l'impressione che lì venissero conservati soltanto aerei giocattolo, come se tutto quello che era legato alla città dov'ero diretta fosse conflittuale o sospetto. Il viaggio per Tuxtla Gutiérrez, la capitale del Chiapas, pareva obbedire a regole diverse che rientravano nell'ambito della normalità: voli regolari di linee aeree importanti, una frequenza maggiore di un volo al giorno, tariffe ridotte, *gate* e sale d'imbarco riservate.

Ma dimenticai tutto quanto al momento di atterrare, quando i miei polmoni si empirono dell'aria fresca e frizzante, fredda per i messicani – non per me, che mi ero lasciata alle spalle il freddo vero –, un'aria talmente limpida da ricordare la perfezione. L'aeroporto, minuscolo ma ben costruito e dipinto di giallo scuro, di impeccabile pulizia, orgoglioso nell'accoglienza, mi ricordò che ero arrivata in una città di provincia, e la provincia – ovunque essa si trovi – si distingue sempre dalla metropoli per la sua cordialità. A quanto pareva, il resto dei passeggeri era stato più veloce di me, perché quando chiesi dove trovare un taxi mi dissero che non ce n'erano più. Presi l'unico mezzo di trasporto disponibile, un piccolo autobus che attese che il volo fosse ripartito per il viaggio di ritorno, nel caso qualche passeggero lo avesse perduto o avesse deciso di non partire. Percorsi il tragitto insieme a una giovane spagnola con un gigantesco zaino sulle spalle e insieme al gruppetto di impiegati statali che avevo notato sui sedili anteriori dell'aereo.

Non avevamo ancora fatto un chilometro, lungo una strada tortuosa che si snodava in mezzo a boschi verdissimi, quando l'autobus si fermò davanti a un posto di blocco. Pur sapendo che mi stavo addentrando in una zona fortemente militarizzata, sussultai al vedere quattro piccole trincee, due su ogni lato della strada, protette da sacchi e pneumatici enormi, con dietro uomini armati e in divisa, oltre ai soldati che stavano bloccando il veicolo su cui viaggiavo. Ci puntavano contro le armi. Assistere a una scena del genere subito dopo aver messo piede sul suolo messicano, aveva un che di grottesco. Il mio istinto, segnato da una memoria geneticamente cilena, fece sì che sobbalzassi. Questa terra è proprietà dei militari, m'informò la donna seduta al mio fianco, come se avesse percepito le scariche elettriche del mio cervello.

Lungo i dodici chilometri del tragitto guardavo fuori dal finestrino e intanto ascoltavo la conversazione dei funzionari. Parlavano tra di loro con il tipico cameratismo che s'instaura nella frequentazione quotidiana del medesimo ufficio, un sentimento che io probabilmente non potrò mai sperimentare. Ridevano commentando una festa alla quale avevano partecipato tutti quanti, chi aveva ballato e con chi, quante tequila avevano bevuto a testa, soltanto due, si difendeva l'unica donna del gruppo, il volto bruno e vivace, un viso conosciuto, familiare, un viso che si ripete in ciascuno dei paesi di questo bizzarro continente. Erano allegri, sembravano contenti di andare a lavorare. Più allegri e più sicuri di me.

San Cristóbal de las Casas mi fece pensare a un bosco di susini, carico di frutti rossi, gialli e bluastri.

Notai pochi particolari entrando in città: i servizi igienici pubblici al prezzo di un peso, un immenso cartellone che recitava "POCHI FIGLI PER VIVERE MEGLIO", le panche di pietra lungo i marciapiedi e i turisti che camminavano per strada vestiti da indigeni, mentre gli indigeni andavano in giro vestiti normalmente.

Ma no, ho detto una bugia, non era tutto; avevo anche notato la sua bellezza, impossibile non farlo. La tragedia che mi aveva sconvolto l'anima – me la portavo appresso da Washington, come cucita alla pelle – non predisponeva a un simile godimento, tutt'altro. Eppure sentivo che era un errore: in questa città – infinitamente più viva di me – dovevo vincere la mia rigidità se desideravo iniziare una vita strana e nuova. Breve, limitata, ma pur sempre vita. Anche se avvertivo il peso gravoso di tale sensazione, capii che mi stavo addentrando nel cuore del gioiello più prezioso della vallata Jovel, in mezzo alle montagne degli Altos de Chiapas; e questo gioiello creato dagli spagnoli cinquecento anni fa (come hanno fatto ad arrivare sin qui? come hanno fatto a costruire in un luogo inespugnabile come questo?) era riuscito a mantenere intatta la struttura coloniale, voltando le spalle, orgogliosamente, all'eco della modernità che ordinava di distruggere. Gli spagnoli sì che sapevano costruire le città, pensavo, e non è cosa da poco. È sorprendente imbattersi in San Cristóbal de las Casas nel cuore di una natura selvaggia; alcuni sostengono, e con ragione, che grazie alle sue due facce che non si mescolano e non si sposano mai – quella spagnola e quella indigena – è davvero un *capriccio urbano*.

Fui l'ultima a giungere a destinazione, anche se la mia meta si trovava a meno di cinque isolati dal Parque (così chiamano la piazza principale che in qualunque altra città messicana verrebbe chiamata *zócalo*). Gustavo mi aveva prenotato una camera al Casavieja, un albergo dove lui aveva soggiornato un paio di anni prima, e mi aveva parlato della sua architettura e dell'atmosfera che vi si respirava: un'antica dimora signorile dalle tinte ocra, con fregi in pietra e *boiserie* costruita verso la metà del Settecento; il corridoio principale, delimitato da grandi archi di legno e da colonne dello stesso materiale, confermava le sue parole. Aveva scelto per me la camera numero 49, la *master suite*, in quanto era la più ampia e isolata; quindi la più adatta per lavorare. Salii lungo una scala esterna, sempre di legno solido e antico, fino al pianerottolo del terzo piano; in effetti la mia era l'unica camera su quel livello, da lì potevo controllare i lunghi corridoi del primo e del secondo piano, potevo osservare le inservienti fare le pulizie, gli ospiti entrare e uscire dalle camere e anche godermi la vista del patio sottostante, un patio andaluso, con una fontana al centro e l'edera rigogliosa che ricopriva il grande muro. Questo è l'albergo dei *buoni*, mi avrebbe detto più tardi Reina Barcelona con un pizzico d'ironia, qui vengono i *progressisti*, dai premi Nobel ai grandi scienziati, gli altri vanno in un albergo pretenzioso vicino alla piazza, non vengono mai qui. Avrei goduto della compagnia di buoni fantasmi, non c'era dubbio.

Mi sentii subito a mio agio nella mia nuova sistemazione. Finalmente un posto per il computer, pensai scaricandolo dalla spalla indolenzita non appena vidi un robusto tavolo di legno messo di traverso in mezzo a due grandi finestre. Tegole e poi ancora tegole, e mattoni e malta mi diedero il benvenuto al di là dei vetri. Le travi a vista erano grandi e spoglie. Il letto, *king size*, mi parve esagerato dovendo accogliere una sola persona. Trovai divertente l'idea della grande jacuzzi nella stanza da bagno: non sapevo ancora che l'unico momento della giornata in cui avrei potuto godermela – la sera – l'acqua calda scarseggiava.

Senza volerlo provocai un grande subbuglio in albergo chiedendo una spina multipla per collegare insieme una lampada e il mio computer sulla scrivania. Andarono a cercarla in un negozio e non la trovarono. Dobbiamo aspettare l'ingegnere perché risolva lui il problema, m'informarono. Ma come, un ingegnere per una semplice multipla? Quella mattina lasciai la stanza sicura che non avrebbero risolto un bel niente, ma con mia grande sorpresa la sera, rientrando, trovai la lampada e il computer collegati, con la loro brava spina.

Ci misi non più di dieci minuti a disfare i bagagli. Avevo seguito il suggerimento di viaggiare leggera, per cui nell'armadio avanzava un sacco di spazio dopo che vi ebbi sistemato i vestiti. Guardai dubbiosa il piccolo frigorifero vuoto, appoggiato alla parete, in fondo alla camera, in mezzo ai mobili di legno che suggerivano l'idea di un salotto. Magari mi sarei comprata un po' di frutta, mandarini o manghi, se era la stagione giusta. Dopo essermi rinfrescata mi guardai intorno: non riuscii a reprimere un sospiro di soddisfazione, favorito anche dai raggi di sole bianchi e caldi che invadevano la stanza. Per un attimo Washington mi parve appartenere a un'altra galassia. Esiste per una donna una sensazione più eccitante (e terrorizzante insieme, lo riconosco) del sentirsi fuori dalla portata degli altri, irraggiungibile per le persone vicine che, pur volendole bene, la soffocano quasi senza rendersene conto?

5.

Come sarà lunga questa notte!

Convinta che la tragedia di Reina mi aveva assestato un colpo durissimo e ancora troppo vicino nel tempo, nelle ore d'insonnia feci l'esercizio di collocare Reina Barcelona nella sua quotidianità, nelle passeggiate in questa città così sua, della quale aveva saputo appropriarsi così bene, e, nonostante le resistenze iniziali, mi venne naturale rievocare il nostro secondo incontro, come se, recuperandolo, riguadagnassi insieme il mio equilibrio. Non conoscevo ancora i piani di certi dèi malvagi.

Era il mio terzo giorno a San Cristóbal. Eravamo rimaste intese d'incontrarci al Museo Na Bolom, vicino a casa sua. Quella mattina non avevo nessun appuntamento di lavoro, per cui mi ero presa il lusso di percorrere con calma il magnifico edificio dai lunghi corridoi e dalle stanze fresche dove si concentra la migliore documentazione esistente su di un popolo enigmatico e solitario: i lacandoni, un'antica popolazione originaria della selva da cui prende il nome. Dopo avere osservato con attenzione le innumerevoli fotografie e aver passeggiato pigramente nei giardini e lungo l'enorme sala da pranzo, scelsi di sistemarmi nella biblioteca, senza dubbio il posto più bello del Museo. La sensazione di solidità che emanava contrastava con le mie risposte sempre provvisorie. Pensai di leggere un poco, per apprendere e sorprendere Gustavo con le mie conoscenze sull'argomento, ma quel luogo mi conquistò più di qualsiasi lettura e mi lasciai trasportare dallo strano piacere di sentirmi piano piano, senza frenesia, di nuovo viva. E potevo ringraziare l'ambiente, la superficie consunta delle poltrone, l'aria un po' tetra di tanti libri vecchi, il legno robusto dei tavoli, i tetti che s'intravedevano dalle finestre; insomma, anche grazie a una certa qual eleganza. Mi venne da pensare che mi sarebbe piaciuto possedere una biblioteca così, non tanto per l'uso che ne avrei fatto quanto per osservarla e poter dire: è mia. (Quante belle case riservano una stanza per questo scopo, e poi niente... i libri giacciono come cadaveri in un obitorio!)

All'una e mezzo del pomeriggio mi ero trovata con Reina davanti alla porta del Museo; non farmi entrare, mi aveva avvisata per telefono, non intendo pagare il biglietto. L'attesi per qualche minuto e poi, vedendola arrivare, osservai il modo con cui si muoveva. Emanava una forte vitalità; certo, non potei fare a meno di pensare, le donne che non hanno partorito conservano intatto l'aspetto giovanile. Di nuovo vestita di nero, osservai attentamente la scollatura profonda e gli orecchini d'argento.

"Ieri sera ho pensato che saresti stata sola nelle ore in cui la gente normale si ritrova, perciò ti ho telefonato. La Chiesa e le Ong non aiutano molto da questo punto di vista, vero?"

"Vero" annuii.

"Ti farò conoscere il mondo laico della città, è più divertente..."

Camminavamo verso il quartiere Mexicanos, il quartiere dei tessitori e dei mattonai, dove si venera Maria Assunta in Cielo e Incoronata; è uno dei trentatré quartieri che originariamente costituivano la città, suddivisi in base ai mestieri: tagliapietre, conciatori, fabbri, artigiani o muratori. Mentre passeggiavamo, Reina mi raccontava le tradizioni di San Cristóbal e la vita fiorente dei vari quartieri unificati sotto il medesimo santo patrono e con un'attività produttiva che coinvolge la maggior parte degli abitanti. I rioni consolidano le antiche radici della città, mi disse, associando santi e mestieri, feste e costumi; tentano di mantenere in parte quello che erano tanti secoli fa.

"Sai, Camila, che cosa rischi fermandoti qui? Rischi d'innamorarti di questa città. Non è un luogo casuale, non è uno dei tanti nell'immensa geografia del nostro continente. È un posto ricco di conflitti, tradizioni, costumi. Sembra destinato a essere lo spazio da cui sfidare il mondo unico e globalizzato della vita postmoderna."

Mentre l'ascoltavo, pensai che esagerasse e dubitai delle sue parole. Capivo che era stata una guida magnifica, ma non credevo che San Cristóbal de las Casas avesse il potere che lei gli attribuiva, e soprattutto non credevo che potesse sedurmi: nel profondo di me stessa si radicava l'esasperata certezza che nulla avrebbe resuscitato i miei sentimenti.

"Dove stiamo andando?" le chiesi dopo un po'.

"A casa di Dun, un'amica."

"Chi è Dun?"

"Un'olandese che vive a San Cristóbal da un sacco di tempo. Prima che diventasse di moda, per via della ribellione, sai. Si guadagna da vivere addestrando cani e vive in una bella casa con Leslie. È piccolina ma originale, ti piacerà."

"Leslie è uomo o donna?"

"Donna" rispose Reina ridendo. "Lesbiche" puntualizzò, come se fossi stupida. "Lei è australiana e si occupa di incisioni, litografie in particolare. Domani parte per farsi una vacanza nella sua terra natale, da cui manca da tre anni. Ecco perché Dun organizza il pranzo, è un po' una festa d'addio."

"Ma io non sono invitata..."

"E invece sì, ho già parlato con loro. Così ne approfitto per presentarti i miei due amici più cari, Jean-Jacques e Luciano. Occhio a Jean-Jacques, è un dongiovanni!" disse guardandomi di sottecchi con malizia.

"Sono una donna sposata, l'hai dimenticato?" risposi sulla difensiva, tentando d'imprimere un tono leggero alle mie parole, anche se in quella circostanza non interessavano a nessuno.

Mentre rispondevo a Reina fui la prima a meravigliarmi di quello che stavo dicendo, come se non mi riconoscessi più nella definizione di donna sposata. L'anniversario del mio matrimonio coincideva con quello della ribellione zapatista: sei anni. Un tempo senza pause, come un lavoro o un amore. Nessuno meglio di me poteva testimoniare le vicissitudini di tutti quegli anni, gli infiniti andirivieni nei quali il tempo ti può trascinare, le vittorie non ancora consolidate e le sconfitte annunciate e temute. Ci si chiede se saranno passeggere; sei anni sono più che sufficienti per porsi mille domande e, se non sei cretina, per trovare le risposte a quelle che hanno una risposta. Le altre vanno semplicemente cancellate dal disco fisso. L'importante è saperle distinguere.

La casa di Dun era davvero bellissima, tutta dipinta di celeste e porpora, e anche se l'edificio non era molto grande, il terreno circostante era immenso, con un sacco di spazio sul retro per i cani. Vennero entrambe a riceverci sulla soglia e mi meravigliai per il loro contrasto: Dun era una donna grande e grossa, di mezza età, con i capelli più bianchi che grigi e un flaccido doppio mento, mentre Leslie era più giovane, snella, minuta e permalosetta. Non potei fare a meno d'immaginarle mentre facevano l'amore: Dun avrebbe potuto letteralmente soffocare Leslie, schiacciarla. C'era da preoccuparsi. Pensai che un po' di simmetria non fa mai male.

Prima di andarsene per conto suo e dimenticare che era la mia accompagnatrice, Reina mi condusse in fondo al salotto (Dun aveva fatto abbattere tutti i tramezzi; così sala da pranzo, cucina e salotto erano un unico spazio); ci ritrovammo così nel bel mezzo di una conversazione, disordinata, chiassosa, ma pur sempre conversazione.

"Ma no, Saint-Just morì giovanissimo, non aveva più di ventisette anni quando venne ghigliottinato insieme a Robespierre..."

"E come ha fatto a diventare famoso in così poco tempo?"

"Perché era bello e incorruttibile. Lo sapevi che veniva chiamato 'l'Arcangelo della Rivoluzione'?"

"Quello che parla di Saint-Just è Jean-Jacques" mi sussurrò Reina all'orecchio.

Se è davvero un seduttore ha tutte le ragioni per esserlo,

pensai osservandolo. In quel momento si avvicinò un altro uomo, spensieratamente bello, gioviale, mise un braccio attorno alle spalle di Reina e la salutò con un'aria allegra e serena: dava l'impressione di uno che non si prende troppo sul serio. Si dissero qualcosa mentre io non riuscivo a distogliere lo sguardo dal francese. (Pensai a Gustavo. Mio malgrado, una delle sue caratteristiche è che si prende molto sul serio. Ciò detto, e messo a verbale, faccio buon viso a cattivo gioco; non posso certo lamentarmi, dopotutto esistono uomini con difetti molto peggiori.)

"Camila, lui è Luciano, il nostro pittore. Lei è Camila, una specie di sorella cilena. Come avrei voluto essere figlia di sua madre!"

Udii un gentile: ciao, Camila. Qualcuno trascinò Reina verso una poltrona, l'avevo persa di vista, e in quel momento constatai che prendersi sul serio è un difetto principalmente maschile e così su due piedi non riuscii a trovare una figura di donna che smentisse la mia asserzione.

"Quali sono le doti di tua madre?" mi chiese il mio nuovo conoscente.

Calcolai che avesse più o meno la mia età, dall'accento poteva essere soltanto italiano. Notai che aveva una fossetta sul mento, proprio a metà, come Kirk Douglas nei film della mia più tenera infanzia; anche se era difficile superare la bellezza del francese, l'armonia fisica era andata a trovarlo il giorno in cui era nato. Ad attirare la mia attenzione fu soprattutto il suo portamento; confesso di provare una vera e propria avversione per gli uomini bassi, fragili o troppo magri. Mi irrita l'idea che i canoni di bellezza della nostra cultura ci vengano imposti dall'Europa: come se noi, quaggiù, trovassimo difficoltà a soddisfarli!

"Essere rivoluzionaria, presumo" risposi.

"E tu? Lo sei anche tu?"

Allora avvenne qualcosa che mi sconvolse: dal tono, non sembrava formulare una domanda retorica di quelle che vanno liquidate con una formula di cortesia o un silenzio noncurante. Nel *tu* che aveva pronunciato mi ero riconosciuta, quasi sancisse il mio *io*. Allora cercai la considerazione nei suoi occhi, ed era un atteggiamento talmente insolito per me che non potei fare a meno di notarlo. Vi trovai un sorriso colmo di compassione per le cose, come se tanti uccelli si posassero sulle sue mani.

"Voglio conoscere l'amica cilena" ci interruppe Jean-Jacques, reggendo in mano due bicchieri di vino rosso; me ne porse uno e aggiunse: "Scusami se non ti ho salutato quando sei arrivata, ma mi stavo divertendo con uno dei miei argomenti preferiti".

Il pranzo durò quanto dura qualunque pranzo in Messico: fino alle sei del pomeriggio, roba da fare impazzire un americano. Reina lasciò la casa di Dun insieme a me, e mentre camminavamo lentamente sull'acciottolato scuro, pensai a Luciano. Mi venne il sospetto che in lui le schiavitù umane convivessero con una sorta di leggerezza, come se ne fosse vittima in misura minore rispetto ai comuni mortali.

"Ho una riunione in centro tra un'ora... non vale la pena che ritorni a casa" commentò Reina quando arrivammo in calle Adelina Flores.

"Non vuoi riposarti un poco in albergo? Ho una camera grande..."

"È una buona idea, ho sonno."

Si distese sull'enorme letto della camera numero 49; le diedi una coperta anche se non si faceva ancora sentire il freddo pungente della sera, e mentre mi accingevo a lavorare alla scrivania messa di traverso sotto alle finestre, lei chiuse gli occhi. Non so quanto tempo fosse passato, la mia concentrazione sul lavoro m'impediva di calcolarlo, ma sussultai nell'udire un gemito. Proveniva, naturalmente, dal letto. Mi alzai dalla sedia per controllare che Reina stesse bene e mi diressi verso di lei. La coperta era scivolata sul pavimento e vidi il suo corpo: non era disteso come quello di una persona che fa la siesta, no. Era tutto raggomitolato, un povero e fragile groviglio di ossa e carne, rannicchiato su se stesso nella posizione più vulnerabile di tutte, la posizione fetale. Al gemito che mi aveva spaventata seguì un breve singhiozzo; Reina piangeva nel sonno e si abbracciava stretta, quasi temendo che il corpo volesse sfuggirle via. Pensai al mio bambino. La scena era triste e immane. Non riuscivo a far coincidere la donna padrona di se stessa, sicura e allegra che avevo appena conosciuto, con questa creatura che tentava di ricordare le acque primigenie, consapevole che il dolore più grande è venirne espulsi. Mi chiesi che cosa le fosse stato strappato. Quale promessa di bambina non avessero mantenuto.

"Reina! Hai un incubo..." la svegliai sfiorandole la spalla.

Aprì gli occhi. Nella sua espressione riconobbi qualcosa che fino a quel momento credevo fosse una mia prerogativa: la paura. Si mise seduta sul letto e si coprì la faccia con le mani. Dopo un attimo guardò l'orologio e con estrema sobrietà disse che si era fatto tardi. Si chiuse in bagno per qualche minuto e poi se ne andò rapidamente, senza alludere a quanto era accaduto. Pensai che, se fosse stato soltanto un incubo, me lo avrebbe raccontato. La guardai scendere le scale dalla porta della mia camera al terzo piano e l'unica frase che mi venne in mente fu un verso di *Porgy and Bess*: "*Sometimes I feel like a motherless child*".

6.

Non riesco ad addormentarmi.

L'immagine del gallo morto non mi abbandona. Stamattina ho capito che sarebbe successo qualcosa di brutto mentre ritornavo mogia mogia dalla visita a San Juan Chamula: ognuno ha le proprie superstizioni. Entrando nella chiesa dedicata a Giovanni Battista capii che mi aspettava qualcosa. Luci, luci, ovunque piccole luci di candele, a centinaia mi abbagliarono. Incenso e candele, l'alimento simbolico degli dèi. Ai lati della navata centrale, deserta, si affollavano le statue: i santi sulla sinistra, le Madonne sulla destra. Al posto dei banchi, un prato verde ricopriva il pavimento della navata e sopra di esso bambini sdraiati, uomini in ginocchio, donne in lacrime. Appendevano specchi alle Madonne e tre grandi nastri si annodavano al soffitto per ricadere ai lati della navata, quasi a celebrare un giorno festivo straordinario. Eppure no, non si respirava un'aria di festa, era la sofferenza a sfiorare l'oscurità interrotta soltanto dall'ostinazione delle candele che tentavano di sconfiggerla con la propria luce. Una donna ripeteva lo stesso suono incessantemente, all'infinito, il sussurro instancabile di una qualche preghiera tzotzil. Un vecchio singhiozzava. E all'improvviso i miei occhi andarono all'altare – un semplice tavolo con fiori e candele – di fronte al quale pregavano una donna, un uomo avanti negli anni e un bambino. Le loro offerte erano appoggiate per terra, bibite e bevande alcoliche, quali il *posh*, la tipica acquavite di questa zona. L'uomo teneva fra le mani un grande gallo dalle piume bianche e grigie, che sbatteva le ali furiosamente nel tentativo di liberarsi e lo faceva passare intorno al corpo della donna, poi più volte intorno al bambino, quasi volesse strappare loro l'aura. E allora, davanti all'altare e ai miei occhi, con le sue grosse mani gli spezzò il collo. Il suono giunse nitido fino a me, unitamente a un leggero sussulto, e iniziò a dolermi il collo. Più tardi venni a sapere che quell'uomo era il *curandero* e il rituale di far passare il gallo intorno alle persone aveva lo scopo di guarire le malattie. L'animale viene ucciso in chiesa e più tardi viene mangiato a casa.

Magari il bambino sarebbe guarito; una fortuna che il mio non aveva avuto.

Questo è il rito sacrificale degli indigeni a San Juan Chamula. Ma il suono breve e secco del collo del gallo mentre si spezzava, l'istante che determinò la sua morte, non mi abbandonava. Lo dissi a Luciano: sta per succedere qualcosa di brutto. È una bestemmia agli dèi la tua, se hai questa sensazione, mi rispose lui. (Se fossi stata da sola dentro quella chiesa mi sarei sentita male, qualcosa nella sua atmosfera mi terrorizzava. Ero grata a Luciano per la sua compagnia; fra tutti gli amici di Reina lui era il più adatto, non solo per l'evidente potere di attrazione che esercitava su di me, ma per la conoscenza profonda che ha di queste terre straniere. Devo riconoscere, anche se a malincuore, che mi ero sentita delusa quando Reina gli aveva suggerito di venire con me in questo paesino, durante il pranzo del giorno prima, e che non fosse stata una sua iniziativa.) Tirai fuori dalla borsa un quadernetto per annotarmelo, per spezzare l'incantesimo che mi aveva fatto il gallo, ma due ragazzini seduti vicino a me sul pavimento della chiesa me lo proibirono. Perché? chiesi stupita, sicura che l'atto di scrivere non disturbasse la cerimonia. Perché i santi si arrabbiano, fu la risposta. Prima guardai i ragazzini, poi le statue che si allineavano lungo la parete sinistra, san Marco, san Ignacio, san Santiago, san Santiago el Menor, e non diedi retta alle loro parole. Stai infrangendo tutte le regole, disse sottovoce Luciano. L'aria viziata, buia e imperscrutabile del tempio, quella enigmatica e stravagante messa in scena, l'aspra intensità che si sprigionava dai pianti associati alle preghiere e alle voci, la solennità con cui le indigene calpestavano il suolo sacro e l'immagine del gallo morto fra le mani del *curandero* presero il sopravvento sulla razionalità e dovetti scappare fuori di lì.

"In fin dei conti, il responsabile di tutto questo è la Chiesa cattolica" disse Luciano all'uscita, mentre osservavo la magnifica facciata del tempio, tutta bianca, con le modanature verdi e azzurre. "I preti hanno conquistato spiritualmente popoli che erano già sconfitti dal punto di vista spirituale, mi spiego? Hanno introdotto la nozione di soggetto, l'unico su cui può ricadere la colpa, un'idea che tra l'altro sta alla base del rapporto tra gli occidentali e la divinità."

Pensai alla colpa.

Mi raccontò che erano stati i protestanti a tradurre il Vangelo, e gli indios lo leggevano in una lingua che non sapevano scrivere.

"Come si fa ad annunciare un Vangelo di vita a un popolo che sta morendo?" gli chiesi.

"Questa è la grande domanda dei cattolici progressisti."

Allora mi parlò del vescovo di San Cristóbal, Samuel Ruiz, ma io non lo stavo a sentire: se da una parte pensavo che avrei dovuto prestare attenzione alle sue parole – non per nulla i conflitti religiosi sono stati il fattore scatenante delle tragedie di questa terra – la mia mente si offuscava imboccando altre vie, e un presagio quasi impercettibile lacerò l'aria. Probabilmente il colore arancione avrebbe divorato la terra. Luciano tacque. Io tacqui. Non so attraverso quale modo tortuoso, il gallo ucciso mi preparava a ricevere la visita di spiriti sotterranei, anime che volevano a tutti i costi trascinarci nel mondo infernale dell'iniquità. Senza saperlo, avevo visto nel collo spezzato del gallo i fantasmi che avevano buttato all'aria il mio buonsenso.

Mi sembrava naturale che dopo la nostra avventura a San Juan Chamula Luciano m'invitasse a pranzo. Per cui rimasi sorpresa quando, ritornati a San Cristóbal alle due del pomeriggio, si congedò davanti alla porta dell'albergo. Salii in camera masticando frustrazione e pensando a come organizzare il mio tempo: alle cinque avevo un appuntamento nella Diocesi con Cristina, una suora portoricana, e alle otto dovevo ritrovarmi con Reina nella caffetteria del Museo. Dovendo mangiare da sola, lo avrei fatto nel modo più rapido e avrei approfittato del momento della siesta per sistemare i miei appunti. Stavo salendo i primi scalini del terzo piano quando sentii lo squillo del telefono in camera mia e affrettai il passo. Come al solito persi del tempo prezioso cercando la chiave nel disordine tipicamente femminile della mia borsetta, con il trillo del telefono che mi sembrava sempre più spazientito. Quando alla fine riuscii ad aprire e a farmi passare la comunicazione, la voce di Gustavo non era molto gentile.

"Dov'eri? Perché la receptionist mi ha fatto aspettare tanto?"

"Ero ancora sulle scale..."

"Da dove arrivi?"

"Da San Juan Chamula."

"Stai facendo la turista?"

"No, non proprio."

"Lavoro e turismo sono due cose diverse. O sbaglio?"

"Uno fa parte dell'altro, secondo me. Ma parlami di te. Come stai? Che novità ci sono?"

"Niente, niente, a parte il freddo."

"Sta nevicando?"

"Sì. Non fa venire voglia di uscire. Preferirei essere lì, in Messico, come te. Ormai manca poco al tuo ritorno, vero?"

"Sì, manca poco, però... non voglio fare le cose di corsa."

"Sei lì da due settimane; sono sufficienti, vero?"

"Sì, ma sento di avere ancora bisogno di tempo."

"Per il tuo articolo?"

"Per tutto..."

"Ah, Camila, non ricominciare daccapo, abbi pietà di me."

"E anche tu abbi pietà di me, Gustavo. Sto iniziando soltanto adesso a rialzare la testa."

"Bene, lo saprai tu meglio di me... Non stai perdendo tempo, spero."

"Non ti preoccupare, lo sfrutto al meglio."

"..."

"Gustavo? Sei ancora lì?"

"Sì."

"Gustavo?"

"Dimmi."

"No... niente."

"Be', ti chiamo domani, o dopo."

Il telefono mi parve scuro e appiccicoso. Tutto era vuoto intorno a lui. Dov'era finito il capirosso di Gustavo? I miei occhi, pur sforzandosi di cercarlo, non lo trovarono.

Non potei fare a meno di pensare che il giornalista era lui e non io, e se mi trovavo qui, a testimoniare questa realtà – una realtà che non era ancora paurosa, mancava qualche ora all'attentato alla vita di Reina – lo dovevo al suo amico Peter Graham, editore di un'importante rivista statunitense.

Non so quali informazioni possedesse Graham circa la mia vita privata, ma è facile immaginare che fosse stato Gustavo a suggerirgli l'idea. Sovente avevo contribuito a sistemare i suoi reportage, un po' per aiutarlo nel suo lavoro e un po' perché non avevo niente da fare. Una vaga sensazione mi aveva impedito di lanciarmi alla ricerca di un lavoro vero e proprio negli Stati Uniti. Forse l'idea di competere con lui mi suscitava una tale ansia che avevo deciso di fermarmi, di tarpare ogni ambizione; e la decisione che avevo preso si manifestava a volte in un atteggiamento aggressivo, altre vegetativo, altre ancora placido come una pianta che si mette al riparo perché ha assorbito a sufficienza i raggi del sole. E così, quando col passare dei giorni si avvicinava ineluttabilmente il doloroso anniversario e io non davo segni di ripresa, spuntò Peter Graham e tirò fuori dal cappello un altro anniversario: sei anni dalla rivolta dell'Ezln, l'Ejército zapatista de liberación nacional in Messico, nello stato del Chiapas.

"Non ti piacerebbe farci un reportage, Camila? La rivista non vuole il parere di un esperto, ne abbiamo fin troppi; l'idea è cogliere un punto di vista fresco sugli eventi, un punto di vista diverso, capire in che cosa consiste il conflitto."

"Ma sull'argomento sono già stati scritti migliaia di articoli e saggi. Che cosa potrei fare io?"

"Giusto, si è scritto troppo sull'argomento, ma sempre dal punto di vista politico. Ti ho portato del materiale perché tu lo legga e poi lo dimentichi. Insisto, non m'interessa niente di specialistico, ecco perché non l'abbiamo chiesto a Gustavo. Non puoi sapere quale sarà il tuo punto di vista finché non sarai laggiù. Devi sceglierlo in tutta libertà."

Senza la molla del bisogno urgente di un cambiamento, di liberare Gustavo dalla mia letargica presenza, di sviscerare da sola il mio lutto e le domande fondamentali, non avrei mai accettato. E poi, a causa della mia maternità e delle sue conseguenze erano almeno due anni che non contribuivo alle finanze di casa, il che era preoccupante. Nel lavoro assegnatomi la scrittura non era un problema per me, la mia professione mi costringeva ad affrontarla costantemente e io rispondevo con entusiasmo; era il *che cosa* dire che m'intimoriva di più. Gustavo m'incoraggiò generosamente; discutemmo a lungo sul Chiapas e ci sentimmo più vicini recuperando la capacità di conversazione che avevamo perduto. Invitò a casa perfino Luis Vicente López, uno studioso messicano che stava passando un periodo di tempo presso l'Università di Georgetown. Le sue parole ironiche e irriverenti, ammantate da un'indiscutibile intelligenza, mi sarebbero ritornate in mente tante volte, obbligandomi a un continuo esercizio di contrapposizione ed equilibrio. (*Nessuno redime nessuno in Chiapas, Camila. È una ribellione con pretese rivoluzionarie che si è trasformata in una ribellione che fa soltanto petizioni. Mi ricorda Coatlícue, la dea azteca, con tutte le membra sparpagliate in giro... migliaia di parti, migliaia di significati, enigmi ovunque, il grande groviglio.*) Alla fine mi sentii in grado di farcela. Ero riuscita a resistere alle follie di Capodanno con i relativi festeggiamenti – amplificati dallo strombazzato arrivo del nuovo millennio – grazie alla certezza che sarei partita subito dopo. La rivista di Peter ritenne che quindici giorni di duro lavoro sarebbero stati sufficienti, e mi diede la relativa indennità di trasferta, un'indennità parecchio generosa.

Arrivai a San Cristóbal con due appuntamenti fissati da Gustavo che si rivelarono fondamentali e mi fecero partire con il piede giusto: un sacerdote della Diocesi di San Cristóbal, assistente di don Samuel Ruiz, e un avvocato messicano che apparteneva a una organizzazione non governativa. Loro mi aprirono la strada per accedere ad altre persone e poi altre ancora, e così facendo mi addentrai profondamente nella rete dei contatti, in quanto ciascuno degli intervistati rassicurava il successivo circa la mia affidabilità. Se non fosse stato per Dolores, Reina Barcelona non avrebbe avuto motivo di figurare sul mio elenco di persone da incontrare, e alla fine di questo giovedì non avrei avuto la netta sensazione che la festa era finita. Certo, non avrei neppure conosciuto la città che avevo conosciuto, né gli abitanti che mi avevano insegnato tante cose, né il calore disinteressato con cui Reina mi aveva accolta, facendomi credere di non essere una straniera. E se non avessi incontrato Reina a San Cristóbal de las Casas, anche mia madre non avrebbe goduto del protagonismo che, con o senza il mio consenso, si era manifestato trionfalmente. Così, se non fosse stato per lei, in questo momento starei preparando la valigia per ritornare a Washington e riprendere la mia vita di tutti i giorni, con un gigantesco bagaglio d'informazioni sul Chiapas e la sua guerra, ma senza il punto di vista fresco e diverso che Peter Graham voleva da me.

VENERDÌ

1.

Mi svegliai stanca e inquieta quella mattina, la mattina dopo l'incidente, come se la lunga notte non mi avesse lasciato riposare. In sogno, un drago olmeco mi teneva in suo potere e mi svegliai urlando nel momento in cui stava per iniziare un sinistro rito di decapitazione, con il mio corpo al centro di una pietra enorme. Nessuno mi udì, naturalmente, essendo sola al terzo piano, ma mi venne il sospetto di avere letto troppi articoli sulle culture centroamericane. Nel corso della giornata mi portai le mani alla nuca parecchie volte, come se il rito non fosse ancora terminato.

Mi diressi verso l'ospedale Regional. Attraversai assorta alcune stradine secondarie, pavimentate con sampietrini e fiancheggiate da belle case coloniali con le facciate di tanti colori diversi, ma la nebbia che mi offuscava la mente m'impediva di godermele, cosa che non sarebbe mai avvenuta in altre circostanze. Arrivando, riconobbi subito la strada sul retro dell'edificio dove c'era il pronto soccorso, calle Doctor Mora; il bianco e il celeste della chiesa di Santa Lucía mi voltavano le spalle e i muri rifulgevano tristemente al pallido sole del mattino. Come avevo scoperto in albergo, questo è l'ospedale del governo, non quello della previdenza sociale, dove immagino vengano condotti i pazienti più poveri e quelli che hanno la mutua. Reina è una straniera, probabilmente non è iscritta al servizio sanitario. Qui è l'assistente sociale che stabilisce come e quanto si debba pagare, a seconda del reddito. (Chissà se Reina ha abbastanza soldi?)

Non mi meravigliai di trovare Jean-Jacques nella "sala d'attesa", o comunque si vogliano chiamare quegli assurdi metri quadrati all'aria aperta coperti a malapena da una tettoia. Altre donne indigene, non le stesse della sera prima, occupavano l'unica panchina, e il francese fumava tranquillo la sua sigaretta scura con le spalle appoggiate contro il muro. Lì sotto, il sole non si faceva vedere neanche se lo pregavi. Nella piena luce del mattino quel posto mi parve ancora più squallido della sera prima: mi domandai se fosse il luogo più adatto per Reina, chissà se avevano i mezzi per curarla, chissà se avrebbe avuto un minimo di comodità?

"La tua telefonata è stata fondamentale, Camila. Ci hanno messo un sacco di tempo a rintracciarmi e quando sono arrivato qui mi hanno detto che te n'eri già andata... Mi sono liberato tardissimo ieri sera, per questo non ti ho chiamato."

Jean-Jacques mi diede due baci sulle guance come se fossimo amici da sempre: e per non so quale misteriosa ragione, comprensibile soltanto in questa città, è davvero così. Si era legato sulla nuca i capelli biondo scuro, indossava i soliti jeans sbiaditi e i suoi grandi occhi chiari erano affaticati almeno quanto i miei. (Quanto doveva essere lontana dalla mente di Reina la scena del giorno in cui ci ha presentati, lei e il suo desiderio innocente di mettere tutti in contatto con tutti.) Fingendo di ignorare le ambulanze che andavano avanti e indietro ululando, passeggiavamo nel grande cortile sul retro dell'ospedale, mentre lui mi dava gli ultimi ragguagli sulla situazione: Reina non ha ripreso conoscenza, per cui i medici sono preoccupati e in stato di allerta; le hanno medicato le ferite e le hanno ingessato la gamba rotta. Oltre ai problemi legati al trauma cranico, le fratture alle costole la costringeranno a un'immobilità assoluta. Jean-Jacques era riuscito a entrare in sala di rianimazione e l'aveva vista, le aveva controllato il polso e aveva potuto verificare che i referti medici erano esatti; l'idea che così non fosse non mi era passata per l'anticamera del cervello, la sera prima. La mancanza di diffidenza proclama a gran voce la mia estraneità a questo mondo.

"Quei figli di puttana hanno cercato di ammazzarla" disse Jean-Jacques senza celare l'ira e la serietà presenti nella sua voce. "E non sappiamo ancora se ce la faranno. Potrebbero venire qui e finirla in qualunque momento."

"Sai chi erano?"

"È tutto così strano... I paramilitari sono soprattutto agrari, agiscono in campagna, contro gli indigeni, non in città contro gli stranieri. Le forze di polizia urbana sono in stretto contatto con loro, possono agire per loro conto... ci sono i *guardias blancos*, i cacicchi... ma non ci riusciranno. Ci stiamo già organizzando: Horacio ha contattato diverse ambasciate e stasera ci sarà una riunione con amici delle Ong; Jesús sta facendo la guardia accanto al suo letto – ventiquatt'ore su ventiquattro, ha sbraitato – quelli dell'ospedale non volevano lasciarlo, ma lui gli ha sbattuto in faccia il suo passaporto spagnolo e gliene ha dette quattro, ed è rimasto dentro. Io sto aspettando un giornalista, gli ho dato appuntamento qui. Più tardi faremo una riunione per vedere quale tipo di campagna informativa sia meglio iniziare."

(*"E i paramilitari, Reina?"*

"Si tratta della creazione di una contra *messicana per combattere contro l'Ezln, un alibi perfetto per l'esercito che così non deve pagare i costi politici di capeggiare direttamente una guerra sporca."*

"E qual è il risultato?"

"Ostilità. Paura e dolore. Corruzione. Quindicimila persone allontanate dalle loro comunità. Più di duecento morti.")

Intanto Jean-Jacques mi diceva che cosa lo inquietava maggiormente: la testimone, l'unica, ha ritrattato le sue precedenti dichiarazioni. Oggi afferma di non avere visto niente, nessuna automobile bianca senza targa, è uscita di casa soltanto dopo avere udito il colpo e per questo motivo aveva chiamato l'ambulanza. La polizia è tentata di considerarlo un normale incidente.

"Di nuovo l'impunità" si lamentò Jean-Jacques nel suo perfetto spagnolo, nessuna ombra di rassegnazione nelle sue parole.

Gli chiesi i dati della donna e l'indirizzo esatto del luogo dell'incidente. Non c'era altro da fare in ospedale, soltanto attendere che Reina riprendesse conoscenza. Restammo intesi di trovarci più tardi nel suo ristorante.

"Luciano è già stato informato?" gli chiesi con noncuranza prima di andarmene.

"Sì, è stato qui ieri notte e anche stamattina presto."

Doveva essere davvero preoccupato per alzarsi così di buon'ora, pensai, ma non lo dissi ad alta voce; Luciano di solito non offriva il suo volto al bacio del sole, così gli abitanti di San Cristóbal dovevano accontentarsi della sua presenza crepuscolare. Chissà quale contrasto: il suo volto solare rabbuiato da una notizia tanto dolorosa! Mi rammaricai di non averlo incrociato; testimone dei miei tristi presagi il giorno prima davanti alla morte del gallo, avremmo potuto toccare insieme la gravità di quello che si stava sgretolando intorno a noi.

Durante il tragitto mi ripetevo mille volte: hanno cercato di ammazzare Reina, hanno cercato di ammazzarla; come se, a forza di pronunciarle, quelle parole acquisissero una dimensione reale. Mi accorgevo che nel cervello era entrato in funzione un meccanismo oscuro e complicato – di difesa? – che negava la verità degli eventi, lasciandomi scissa: una parte di me desiderava sapere con precisione su quale terreno mi stavo muovendo, mentre l'altra si rifugiava nell'ignorarlo. E al centro di me stessa una domanda irritante: che ci faccio qui? Avevo paura di ricominciare ad avere paura sul serio.

Sì. Hanno cercato di ammazzare Reina Barcelona in calle Francisco León, una via lunga, stretta e acciottolata come la maggior parte delle vie di questa bella città, a metà strada tra Insurgentes e Benito Juárez. Sullo sfondo, una collina lussureggiante su cui si snoda una scalinata immensa, centinaia di gradini che portano fino alla sommità, al Templo del Cerrito San Cristóbal, il santo che ieri sera si è dimenticato di proteggerla. (Dov'eri, san Cristóbal? Che cosa avevi di così importante da fare per non accorgerti in tempo di quello che

stava succedendo? Siamo sinceri, la tua cecità non ha scuse.)
Reina aveva certamente imboccato quella strada maledetta
per prendere una scorciatoia: doveva arrivare in calle Adelina Flores, alla caffetteria del Museo, dove avevamo appuntamento, e voleva evitare la piazza e camminare più in fretta.
Mi sento scioccamente in colpa; mi viene in mente che se non
avessimo avuto quell'appuntamento lei si sarebbe salvata. Un
pensiero sterile, sicuramente.

Mi avvicinai a una graziosa casa gialla – il mio punto di riferimento – e attraversai la strada; quello era il luogo indica-
tomi da Jean-Jacques. Esitai prima di suonare il campanello
e, quando alla fine mi decisi, compresi subito l'inutilità del
mio gesto: una ragazza mi comunicò che la signora non era a
San Cristóbal, era partita un'ora prima per Querétaro e non
sapeva quando sarebbe tornata. Già, Querétaro o no, la testimone ha deciso di sparire. E nessun altro era presente, nessuno può testimoniare sulla vigliaccheria di un'auto bianca
che travolge un corpo di donna nella notte deserta, un'auto
bianca senza targa con all'interno tre individui che inseguo-
no un corpo di donna per annientarlo, un'auto bianca che
non si ferma dopo avere lasciato un corpo di donna inerte sulla strada. Nemmeno per controllare se ha compiuto la propria missione.

Attraversai di nuovo la strada e mi ritrovai sul marciapiede di fronte accanto alla casa gialla, dove immagino abbiano
trovato Reina. A pochi metri di distanza, una pozza di sangue raggrumato mi dice quale fosse il punto esatto. Guar-
dandolo venni percorsa da un brivido. Contro il muro della
casa vicina brillava qualcosa. Mi avvicinai, un orecchino, era
d'argento, dal cerchietto che s'infila nel lobo pendeva un fragile rombo. Lo riconobbi subito, il sangue e l'orecchino erano gli unici testimoni muti di quel gesto criminale. Lo strinsi nel pugno, e intanto pensavo alla frase che Saramago ha
scritto dopo avere conosciuto queste terre: "Esiste un sangue
che brucia anche quando è freddo".

(*"Che cosa vogliono gli zapatisti, Reina? Che cosa chiedono?"*

"Chiedono che si faccia giustizia, che spariscano i gruppi pa-
ramilitari, che l'esercito federale si ritiri dalle loro comunità,
che vengano rispettati gli Accordi di San Andrés (quelli che so-
no stati negoziati con il governo in mezzo a mille difficoltà, do-
po la ribellione), chiedono che la Costituzione e le leggi messi-
cane riconoscano l'esistenza, la dignità e l'autonomia della po-
polazione indigena, e che gli indigeni possano godere dei dirit-
ti collettivi, e la pace giunga alle loro terre, e svanisca ogni di-
scriminazione dai loro paesi."

Volevo chiederle che cosa succedeva nelle comunità zapatiste a coloro che non intendevano abbracciare la causa,
quali tensioni lacerassero questi uomini, anch'essi indigeni,
di fronte alle scelte radicali operate dai loro fratelli di razza,
ma qualcuno c'interruppe e la domanda rimase nell'aria, so-
spesa, così come rimaneva in sospeso un'altra idea che ritornava ogni volta che mi avvicinavo a Reina: quanto fosse pesante l'incarico che mi era stato affidato, quanto pessimismo
– in confronto a lei – nella freddezza della mia ragione.)

2.

Lasciai la funesta calle Francisco León per incamminarmi verso la piazza, con l'odore penetrante del mais che mi accompagnava sul marciapiede, un odore ormai familiare al mio olfatto, lo cerco ogni mattina come un segugio, è l'elemento fondamentale per sapere che mi trovo in questo quartiere, in questa città, in questo paese. Ero irritata con me stessa per l'ingenuità che avevo dimostrato credendo che avrei convinto la testimone a deporre; a quanto pare i problemi nel Chiapas sono più seri di quello che pensavo fino a oggi, come se la mia adorata dose di frivolezza mi avesse accompagnato fin qui, come se si fosse intrufolata nei miei bagagli mentre credevo di averla lasciata a casa. Ho sempre ritenuto che, presa a piccole dosi, la frivolezza sia fondamentale; quando manca, ecco incombere la tentazione di sacralizzare ogni cosa e io non intendo conferire sacralità a nulla. Perciò mi porto dietro la mia frivolezza ovunque vada, sempre pronta a tirarla fuori dalla borsetta se ce n'è bisogno. Forse le sono debitrice dell'essere sopravvissuta all'anno appena trascorso senza che la dismisura del suicidio complicasse ancora di più le cose. Eppure oggi credevo di averla lasciata a casa: se fosse stato così, quanti mal di testa mi avrebbe evitato!

I marciapiedi che stavo percorrendo mi ricordavano che, sino a poco tempo fa, se un indigeno incrociava un *ladino* doveva scendere dal marciapiede e camminare lungo la strada. I marciapiedi erano proibiti per quelli della sua razza.

Acquistai il quotidiano spagnolo "El País" – un piccolo lusso di queste giornate messicane che rimpiangerò a Washington – e andai a sedermi in piazza sulla mia solita panchina, come facevo ogni mattina prima dell'incidente, aspettando l'ora giusta per andare al ristorante di Jean-Jacques. (Immaginavo la quantità di riunioni che probabilmente si stavano tenendo in quel posto e preferivo evitarle.) Le notizie del mondo sul giornale m'inebriarono la mente, facendomi sprofondare in una sorta di pigrizia. Dopo un po' – ero arrivata alla cronaca sportiva che non mi ha mai interessato – sollevai lo sguardo per esaminare il Parque: ritornai alla realtà grazie al persistente profumo degli *elotes* – le pannocchie di mais tenero –, alcuni tostati, altri bolliti, che una donna stava vendendo vicino a me. Non ho visto da nessun'altra parte spalmarle di panna o maionese, come stava facendo lei, dopo averli cosparsi di formaggio e peperoni – *chile*, come lo chiamano qui – ridotti a una polvere rossissima, che trasformavano una semplice pannocchia di granturco in una squisitezza. (Ricordai di avere letto da qualche parte che gli abitanti dei primi insediamenti messicani, quattromila anni prima di Cristo, conoscevano già i fagioli, la zucca, l'avocado e il mais. Seimila anni fa! Mio Dio, a quel tempo il mio paese non era neanche agli albori della sua storia culturale.) Stavo per cedere alla tentazione di comprare un *elote* quando scorsi Luciano: la sua figura emergeva in lontananza come una forma liquida. Come non accorgersi di lui, vedendolo in giro di buon mattino? I suoi sentimenti per Reina devono essere davvero profondi se sono in grado di interrompere le sue ostinate e resistenti nottate. L'osservo sfacciatamente: grazie alle lenti scure mando a spasso il pudore e, anche se mi costa ammetterlo, per un attimo il suo fascino giunge sino a me come un fascio di luce, un candido nastro lucente in mezzo alla piazza. Non è un bell'uomo, né per i canoni convenzionali né per gli altri, qualunque essi siano, per cui mi domando: in che cosa consiste il suo fascino? Mi fa rabbia il fatto che non si pettini i capelli, con quelle ciocche castane sempre sulla faccia, fra le quali ogni tanto si intravedono bagliori biondi. E poi si veste sempre allo stesso modo, pantaloni verde oliva piuttosto ampi e magliette di cotone, sulle quali, nelle ore più fresche, indossa una giacca di alcantara, morbidissima, di quelle che quando le tocchi sembrano sciogliersi fra le mani: probabilmente si possono trovare soltanto nelle boutique di Firenze. Emana una fragranza incendiaria di acquaragia mista a limone, come se, nonostante il lavoro, la pulizia trovasse comunque uno spiraglio per intrufolarsi. Cerco di immaginarmi il suo aspetto quando, una volta all'anno, si presenta a Milano negli uffici della società di design per svolgere il lavoro che gli permetterà di vivere il resto del tempo a San Cristóbal. È come se la sua vita vagabonda lo avesse temprato. La pelle scurita dal sole della sua Calabria natale nel corso di generazioni smentisce la formazione e la mentalità del Nord acquisite a Bologna, dove i suoi genitori emigrarono quando lui aveva soltanto otto anni, età in cui la pittura gli si presentava già come l'unica strada desiderabile e possibile. Da allora, dice lui, ha vissuto con le mani sporche di pittura a olio, e ormai è una caratteristica talmente sua che se un giorno riuscisse a smacchiarsele completamente si sentirebbe nudo. Ama Rothko, Magritte e Max Ernst, Soulages e Lichtenstein e parla di loro come se fossero amici; soltanto in momenti particolarmente ispirati cita Dürer. Possiede la strana peculiarità, tra l'altro molto rinascimentale, di essere un conoscitore di qualsiasi espressione artistica; sarebbe stato perfetto alla corte di Lorenzo il Magnifico. La letteratura, il cinema e la musica gli sono talmente familiari che a volte dimentico che il suo mestiere è dipingere. (Oggi tocca a un libro di Sciascia passeggiare sotto il suo braccio.) Se c'è qualcosa che gli invidio senza riserve – sarà una deformazione professionale – è la capacità di padroneggiare così bene lingue diverse dalla sua. La attribuisco al suo orecchio musicale, coltivato sin dall'infanzia. Il suo inglese – studiato a scuola – è perfetto; e l'ho sentito chiacchierare con Jean-Jacques in un francese molto fluido. Lo spagnolo l'ha imparato in Spagna e l'ha perfezionato da questa parte dell'Oceano Atlantico, ostinandosi a prendere le lezioni necessarie. Possiede un vocabolario ricco e vasto, soltanto la pronuncia lo tradisce. Taluni credono che, essendo lo spagnolo e l'italiano relativamente simili, chi parla una di queste due lingue accede più facilmente all'altra, il che è un grande errore. Lui ha fatto meno fatica a imparare l'inglese perché segue una logica diversa dalla sua lingua madre, per cui non ci sono rischi di contaminazione. E questo gioca a suo favore, come se partendo da zero le possibilità di sbagliare fossero minori. Quindi non ha lasciato l'apprendimento dello spagnolo all'istinto, ma lo ha studiato seriamente (cosa che non sempre fanno gli italiani che parlano spagnolo, i quali credono che basti cambiare l'intonazione) e costruisce le frasi direttamente in spagnolo, senza tradurle. Di fronte a lui e a Jean-Jacques di solito mi sento un'analfabeta.

Vive in una casetta con i mattoni a vista nel quartiere di Santo Domingo insieme a Jim, un americano che lavora a un progetto dell'Università di Harvard e studia le culture indigene per recuperare tradizioni, miti e leggende. Tutti sanno che l'unica condizione che ha posto a Jim per accettarlo a casa sua è stata quella di sopportare la musica fino alle ore piccole. (Stranamente lui non si è opposto.) Suo padre, ancora adolescente, aveva fatto il partigiano ai tempi di Mussolini e, insieme a sua madre, era diventato un attivista dell'ex Partito comunista italiano; ora capisco la sua solida formazione politica e il suo profondo interesse per il destino dei poveri del mondo. Al contrario di me, lui la considera un'eredità importantissima.

A mano a mano che si avvicina, capisco perfettamente dove stia il suo fascino: nel modo di muoversi e nella fossetta sul mento. Il buchino nella pera, diremmo in Cile. Sì, è proprio quello.

Non lo chiamo. Meglio lasciarlo andare per la sua strada, penso.

Penso pure che mi piacerebbe sfiorarlo appena, con la mano sul volto, dolcemente. Un pensiero o un anelito, se non è troppo dolce, può essere realistico, e io ho il coraggio di desiderarlo perché è ancora minuscolo.

Mentre camminavo verso il ristorante di Jean-Jacques, nella centrale e animatissima calle Real de Guadalupe, alcune domande basilari s'intrufolarono nei miei pensieri. Una preoccupazione informe mi sconvolgeva nel profondo e mi rinfacciava apertamente, quasi insultandomi, la mia estraneità rispetto a quel luogo e agli eventi delle ultime ore. Ma scrollai le spalle, respirai a fondo gli aromi che impregnano ogni strada di questa città e rimandai i dubbi a più tardi, mentre mi divertivo a distinguere qual era l'odore dell'olio fritto, quale della frutta fresca, quale del mais.

Il ristorantino si chiama La Normandie e a mio parere è il migliore della città. La cucina francese si arricchisce fantasiosamente di elementi locali, e il risultato sono piatti davvero sofisticati. I raggi del sole del mattino e le tovaglie a quadretti bianchi e rossi sono talmente invitanti che è meglio avvertire prima di recarsi lì a pranzo, altrimenti si rischia di trovare tutti i tavoli occupati. Soltanto tre persone lavorano insieme a Jean-Jacques: sua madre Ninoska, una cuoca eccellente; Abril, la sua aiutante in cucina, una india chamula che vive insieme a loro, e Manuel, che serve ai tavoli. Jean-Jacques è l'unico straniero ad avere la mamma con sé, per cui è inevitabile che il ruolo materno di Ninoska si estenda ampiamente anche ad altri amici del gruppo. Ebrea nativa di Odessa, ha vissuto numerose guerre. Partì dal suo paese alla volta della Francia durante una delle tante persecuzioni subìte dalla sua gente, laggiù affrontò la repressione della seconda guerra mondiale, sopravvivendo per miracolo in un campo di concentramento che le lasciò per ricordo alcuni numeri tatuati sul braccio che lei mostra volentieri a chiunque desideri vederli, aggiungendo che lo fa *per non dimenticare mai*. Suo marito, originario della Normandia, partecipò attivamente alla Resistenza francese contro i nazisti e morì relativamente giovane in seguito a una ferita d'arma da fuoco che a lungo andare gli aveva rovinato i polmoni; Jean-Jacques lo ricorda a malapena. Il suo patrigno era un esiliato spagnolo, un repubblicano che gli trasmise la sua lingua e le sue aspirazioni. Alla morte di quest'ultimo, Jean-Jacques propose alla madre vedova di partire alla conquista di nuove terre, e lei non si fece pregare. Così approdarono a San Cristóbal de las Casas. Le tante donne che passano fra le braccia di Jean-Jacques sanno di poter contare sulla sua benevolenza, come se tutto quanto facesse parte di un patto tra madre e figlio. Ninoska è una donna bionda e in carne, il suo fisico generoso ti fa dubitare dei benefici su cui si basa la moderna estetica anoressica. È un piacere guardarla mentre mangia: con grande cura, lentamente, piano piano, mangia tutto, tutto... i suoi piatti vuoti luccicano come lune piene. È per via del trauma della guerra, spiega Jean-Jacques. E poi è una grande lettrice, cliente assidua della libreria femminista che si trova a pochi isolati di lì, e le piace condividere con gli altri le impressioni sui libri che legge. (San Cristóbal possiede un numero di librerie per abitante addirittura maggiore di Città del Messico.) La sua abitazione, ampia e in stile coloniale, si trova sopra il ristorante: madre e figlio si sono ritagliati un proprio spazio privato, senza interferenze. Come Jean-Jacques, crede rabbiosamente nella causa zapatista e non lo nasconde; avendo già affrontato comunisti e nazisti, dichiara, i paramilitari non mi fanno né caldo né freddo. Ti dà la fantastica impressione di non conoscere la paura. E fa sfoggio di un acuto senso dell'umorismo riguardo alle ossessioni del figlio, che si potrebbero riassumere in un amore sfrenato per la *France*: lui manifesta un profondo rifiuto nei confronti degli Stati Uniti e della loro cultura, si perde in divagazioni sulla differenza tra il concetto di *individuo* (Stati Uniti) e *cittadino* (Francia), è convinto che dopo Napoleone la storia non abbia generato personaggi altrettanto geniali, le sue uniche preghiere sono testi di Victor Hugo e crede fermamente che alla Bastiglia si sia originata l'essenza stessa del futuro dell'umanità.

Il giorno successivo al pranzo in casa di Dun, il mio quarto giorno in città, ho conosciuto La Normandie. Lavora pure quanto vuoi durante la giornata, mi aveva detto Reina per telefono, ma la sera farò in modo che tu esca e non ti senta sola. Le domandai chi ci sarebbe stato a cena. Aveva appuntamento con Jean-Jacques e con Luciano, rispose, ma di solito vengono anche altri amici. Voglio farti conoscere Ninoska, aggiunse, la proprietaria del ristorante, la nostra madre universale; il bello è che ci lascia bere anche dopo la chiusura del locale, cosa che avviene di rado in questa città. Ricordo che quella sera, prima di lasciare l'albergo per raggiungere Reina, mi ero cambiata ben due volte, il che mi aveva sorpreso: da tempo lo specchio non faceva più parte della mia quotidianità. Era la prima volta, dopo secoli, che mi preoccupavo del mio aspetto. (Qualunque cosa ti metta ti sta bene – era solito dirmi Gustavo quando mi agghindavo per uscire con lui – vestita di seta o di stracci, insisteva, sembri comunque una regina.)

"Ehi, ecco la nostra amica cilena!" disse Jean-Jacques vedendomi entrare. "Benvenuta, benvenuta."

Occupavano il tavolo in fondo alla sala, il luogo più intimo del ristorante, quasi un rifugio in quell'architettura coloniale di archi, mosaici e colonne di legno. Circondate da pareti rosa, quattro persone sedevano intorno a cestini pieni di pane tiepido, vassoietti carichi di *pâté* e due bottiglie di vino rosso già stappate. Cercai l'italiano che mi aveva stupito la sera prima e registrai nella mente la delusione di non vederlo.

Reina fece le presentazioni del caso e prendemmo posto su due lati diversi del tavolo. Io mi ritrovai a fianco di Jean-Jacques. (Secondo me Jean-Jacques sta cercando di sedurti, mi avrebbe detto Reina più tardi. Se una donna non emana nulla, nulla le ritorna indietro, pensai, rimbalzano indietro soltanto i sentimenti che hai proiettato su qualcuno.)

"Forza, Reina, unisciti alla gara" disse Horacio, un uomo con gli occhiali e dalla barba grigia; messicano, dedussi dall'accento.

"Di che si tratta?" chiese Reina, prendendo un bicchiere vuoto e versandosi del vino rosso.

"Quanti nomi ha avuto questa città?" chiese Priscilla, una donna giovane, bruna, anche lei messicana.

"Tre" rispose Reina in tono trionfante. "Jovel, Ciudad Real e San Cristóbal de las Casas."

"Male, malissimo!" gridò Jesús, uno spagnolo grande e grosso, l'espressione allegra del viveur.

"Attenzione, chi perde paga da bere" aggiunse Jean-Jacques. "Faremo un'eccezione per Camila, che è appena arrivata."

"Ma no, non vale, è una gara sleale..." disse Reina. "Horacio è uno storico, vincerà comunque lui."

"Dipende..." rispose Priscilla. "Se Luciano arriva in tempo, magari vince lui. Il che, detto fra noi, sarebbe una bella umiliazione per il campanilismo di Horacio."

"Sappiamo che i nomi sono dieci, ma non li abbiamo trovati tutti."

"Dieci? Com'è possibile?" chiese Reina meravigliata.

Horacio prese la parola, io ascoltavo con attenzione, in silenzio.

"Il suo fondatore, Diego de Mazariegos, la chiamò Villa Real de Chiapa nel marzo del 1528."

"Ti prego, risparmiaci i dettagli!" lo implorò Jesús.

"Il suo secondo nome fu Villaviciosa de Chiapa" proseguì pazientemene Horacio.

"Quello sì è un nome che mi piace!" esclamò lo spagnolo.

"Due anni dopo, Pedro de Alvarado la chiamò San Cristóbal de los Llanos de Chiapa."

"E cinque anni dopo," aggiunse Jean-Jacques, da bravo allievo che ha studiato la lezione, "è stata ribattezzata Ciudad

Real de Chiapa, ma la gente del posto preferiva chiamarla Chiapa de los Españoles."

"Dopo l'indipendenza," proseguì Horacio, "diventò San Cristóbal e basta. Ma quando la Rivoluzione decise di eliminare dalla toponomastica ogni allusione a chiese e santi, venne ribattezzata Ciudad las Casas."

"E siamo soltanto a sette, otto. Chi ha detto che erano dieci?"

"Contando il nome attuale arriviamo a nove."

In quel momento la conversazione venne interrotta dall'arrivo di Luciano. Aveva l'aria tesa ma felice dell'uomo che ha sospeso temporaneamente la giornata di lavoro, con i capelli spettinati e le mani sporche, piene di macchie di pittura a olio. (Me le lavo continuamente, mi avrebbe detto in seguito.) La sua giacca di alcantara evidenziava ancora di più gli altri colori. Cercai subito la fossetta sul mento; sì, non me l'ero inventata, era lì.

"Ciao, ciao. Non avete ancora iniziato a mangiare? Ho una fame da lupo!" disse a mo' di saluto, baciando Priscilla e Reina sulle guance. Allora mi scorse in fondo al tavolo e, con una certa difficoltà, dopo avere spostato un paio di sedie, giunse fino a me. "La donna dai capelli rossi" annunciò, e tese una mano per sfiorarmi la spalla. Immaginai che non mi baciasse perché non ero ancora una sua amica, ma non pareva neppure intenzionato a stringermi la mano come forse avrebbe fatto in un ristorante di Milano. Una mano sulla spalla. Lo guardai con una timidezza dietro cui si celava, immagino, il piacere di vederlo. Ma non si sedette vicino a me, Reina gli aveva già fatto posto accanto alla sua sedia. Ricordai i sentimenti che mi aveva suscitato il giorno prima e non ebbi pace finché non riuscii a verificarne l'esattezza. Diverse volte si rivolse a me nel corso della serata, per farmi una domanda, per spiegarmi qualcosa o per fare una battuta, e ogni volta avvertivo chiaramente la sua considerazione, quasi mi attribuisse un valore indefinibile che mi confermava come donna.

Non scoprii mai quanti nomi avesse avuto San Cristóbal de las Casas, e non ricordo chi avesse pagato il vino, ma il mio sguardo non abbandonò mai Reina e quel suo modo di civettare, innocente e giocherellona insieme, ma anche calcolatrice. Decisi che era, senza ombra di dubbio, una persona seducente: diffondeva intorno a sé, e quasi suo malgrado, uno strano sentore che rievocava una gatta che sta per entrare in calore. In quell'occasione sfoggiava un *sarape** di uno spettacolare colore scarlatto sul solito vestito nero (mi domandai dove l'avesse comprato, non ho mai trovato quel colore al mercato di Santo Domingo), e il movimento che faceva con le spalle per sistemarselo addosso confermava quanto ho appena detto. Il calore che emanava il suo corpo era personale e aggressivo insieme.

A quel tempo La Normandie era piena di allegria, sprizzava salute da tutti i pori; nessun tentato omicidio tormentava la mente degli avventori. Le risate che udivo là dentro quella sera, e le sere successive, piano piano impregnavano la mia lunga austerità, un balsamo magico per le mie cicatrici. (Col passare degli anni ridiamo sempre meno, sentii dire da Luciano, mentre si asciugava gli occhi dopo una fragorosa risata; allora chiese a ciascuno di noi: Prima di stasera, quando è stata l'ultima volta che hai riso in questo modo? La settimana scorsa o un mese fa? Invece un bambino l'ha fatto al massimo da qualche ora, beato lui, beati loro. Così disse Luciano. E io pensai al mio bambino, il mio, lui che mi ha lasciato proprio quando imparava a ridere.) Quelle pareti dal colore rosato si trasformarono nel mio spirito protettore, un riparo dall'ostilità, qualunque essa fosse. (Ti devo davvero tanto, Reina.) La mia memoria conserva nei minimi dettagli la fine di quella prima cena: uscimmo tutti insieme, tranne Jean-Jacques, ma prima di varcare la soglia avevo sentito una mano sulla spalla. Qualcuno mi toccava? Il mio corpo entrò subito in stato di allerta. Girai il viso e incontrai quello di Luciano, e udii parole inattese.

"Ho notato che talvolta diventi triste. Se hai bisogno di me, telefonami, donna dai capelli rossi, non ti farò domande."

Lo stupore m'impedì di rispondere a tono; in quel mo-

* *Sarape*: indumento di lana o cotone che si porta come poncho. [N.d.T.]

mento Reina stava chiedendo a Horacio di portarmi in albergo, andavamo nella stessa direzione ed era troppo tardi per arrivarci a piedi. Mentre salivo sulla sua automobile mi venne da pensare che la pietà dev'essere la madre dolente dell'amore.

Dall'abitacolo dell'auto, l'ultima cosa che vidi fu Reina che camminava verso una viuzza secondaria e Luciano che l'accompagnava.

Naturalmente non gli telefonai.

Era il mio quarto giorno a San Cristóbal de las Casas: i miei occhi allora tradivano assenze più frequenti, più marcate.

4.

Il mio stomaco gringo non si è ancora abituato agli orari messicani e all'una del pomeriggio la fame si fa già sentire. Per placarla, Ninoska mi serve un caffè forte. Dalla sua espressione sembrerebbe che non sia accaduto niente, è l'unica fra tutti noi che riesce a tirare avanti come prima, nonostante la tragedia di ieri sera. Per quel poco che la conosco, so che non è l'indifferenza il sentimento che la anima. Ma nel corso della sua vita ha sempre dovuto tirare avanti, tragedia dopo tragedia, senza fermarsi mai. Mi ricorda Dolores: forse è una caratteristica delle donne coraggiose. Sono invidiosa di Ninoska, lo riconosco: la sua vita è stata piena di avventure, eroica, ha avuto sempre l'amore a portata di mano, ha partorito un figlio che vive ancora vicino a lei, un figlio che non è morto, e sa cucinare. (Forse Gustavo mi avrebbe rimproverato di meno per la mia vigliaccheria di fronte alla dittatura cilena se avessi avuto un'abilità simile in cucina: lui, un *gourmet* quasi maniaco, mi avrebbe perdonato qualunque cosa se avessi portato alla sua tavola soltanto uno dei sontuosi manicaretti che sa preparare Ninoska.)

"Camila, dove stai vagando con i tuoi pensieri?"

"Scusami Ninoska, ma con tutto quello che è successo sono un po' sperduta."

"Niente che un buon caffè non possa risolvere. Su bevi, che si raffredda. L'ultima cosa di cui abbiamo bisogno in questo momento è la distrazione."

È vero, il potere di un buon caffè è incommensurabile, soprattutto in questa zona dove lo si produce così generosamente. Ninoska si accende una sigaretta e si siede vicino a me.

"Credo che Paulina stia per arrivare" mi dice. "Luciano è andato a cercarla."

"Vengono qui tutti e due?"

"Sì, Luciano ci ha chiesto di restare uniti."

Paulina è una india ch'ol, dalle lunghe trecce nere e lo sguardo vivace, bassa di statura e dal fisico compatto, lavora come commessa nella libreria di Reina. Sta lì dall'apertura del negozio e se ne occupa ogni volta che Reina sparisce, come succede abbastanza spesso. Indossa camicette ricamate e scialli variopinti e zoppica vistosamente con la gamba destra. La sua famiglia appartiene a uno dei gruppi che popolarono la selva Lacandona qualche decennio fa e che avevano dovuto abbandonare di nuovo le loro terre, dopo averle dissodate tra difficoltà immani a causa di una vegetazione impossibile, quando l'esercito le aveva occupate dopo la ribellione zapatista. Tutto questo avveniva nel febbraio 1985, nel corso dell'offensiva militare che aveva obbligato tanta gente a spostarsi. (Compresi gli indigeni che erano contro la guerriglia.) Tutti gli averi della famiglia di Paulina furono distrutti e la loro casa fu data alle fiamme. Quando la famiglia decise di addentrarsi nella selva alla ricerca di un nuovo posto dove vivere, Paulina non la seguì.

"È stato a causa di una malattia," mi raccontò l'unica volta che avevo parlato con lei, indicando la gamba destra, "sono stata ricoverata nell'ospedale di Ocosingo per parecchio tempo."

Quando venne dimessa, senza essere guarita – gli indios vengono dimessi in fretta dall'ospedale, così non tengono occupati i letti – decise di venire in città.

"Qui si può vivere davvero bene" mi disse alludendo a San Cristóbal.

Più tardi Reina mi confermò quanto si sentisse libera Paulina lontano dalla selva e dalla sua comunità, dove la tradizione impone rigide leggi alle donne; grazie al lavoro nella libreria era riuscita a sottrarsi al destino delle indigene. È molto giovane, quasi una ragazzina, e così ha evitato di essere data in matrimonio in cambio di un po' di acquavite e di una vacca, come è accaduto alle sue sorelle. Non intendo sposarmi, afferma; quello che nella cultura occidentale è un atto romantico, per lei significherebbe schiavitù.

(*Qui nel Chiapas non siamo mai stati al passo con la storia, mi diceva l'avvocato messicano di una Ong con cui mi aveva messo in contatto Gustavo. La guerra ci piombava addosso in tempo di pace e in tempo di pace abbiamo fatto la guerra: tutto squinternato. No, qui non c'è stata nessuna rivoluzione, quando invece la Rivoluzione esplodeva nel resto del paese. I proprietari terrieri armarono i contadini per difendere le proprie terre, usurpando il potere dello stato. E poi c'erano i* mapaches, *un esercito che entrava in azione soltanto di notte, incaricatosi di fare la controrivoluzione e dal quale sono usciti i* desorejados, *gli indios ai quali i soldati dell'esercito mozzavano le orecchie, e che combattevano per gli interessi dei padroni. Qui la riforma agraria non è mai arrivata, e di conseguenza il possesso della terra è uno dei problemi più scottanti di questa zona. Gli indigeni vengono depredati da sempre, non hanno vinto nemmeno con la Rivoluzione messicana. Per questo la discriminazione razziale qui è più accentuata che in qualsiasi altra parte del Messico.*)

Pochi minuti dopo comparve Paulina insieme a Luciano e tutti e due presero posto al mio tavolo, poi anche Jean-Jacques si unì a noi. Luciano mi sorrise a fatica, un sorriso tirato. Avevi ragione ieri con la storia del gallo e dei presagi, non riuscivo a levarmelo dalla mente, mi disse a bassa voce, sfiorandomi la spalla con la mano macchiata di pittura a olio. Io intanto mi sentivo in colpa per essermelo mangiato con gli occhi poco prima in piazza, senza che se ne accorgesse, come se gli avessi rubato qualcosa che lui aveva deciso di non condividere con me.

"Jesús fa la guardia nella camera di Reina e dice che non ha problemi a fermarsi per tutto il tempo necessario" iniziò Luciano, la sua voce era stranamente cupa. "L'ospedale è sotto controllo, se cercassero di finirla non ci riuscirebbero. Stasera Jean-Jacques s'incontra con Horacio per definire quale tipo di campagna dovremo organizzare e per analizzare il *quando*. Non sono sicurissimo che convenga farlo subito, potremmo esporre Reina, potrebbe essere quasi un tradimento... insomma... ci penseranno loro. L'importante è che Jesús abbia telefonato, ha parlato con Paulina in libreria, Reina ha ripreso conoscenza. Il medico ha spiegato di nuovo che la convalescenza sarà molto lunga, ma nessuno ritiene opportuno che avvenga in ospedale."

(E se fosse stato soltanto un avvertimento e non avessero pensato di ammazzarla? Magari volevano levarsela dai piedi per un po' di tempo, perché dava fastidio.)

L'idea di Luciano è di portarla a casa non appena le sue condizioni lo permetteranno.

"Noi siamo la sua famiglia, tocca a noi prenderci cura di lei."

Ascoltando le sue parole, non sapevo se commuovermi per la solidarietà che rivelavano o domandarmi se dietro l'interesse dell'affascinante pittore italiano si celassero altre emozioni meno filantropiche. Ma reagii immediatamente: non era il momento di azzardare ipotesi del genere.

"Possiamo contare su medici amici che potrebbero tenerla sotto controllo e seguire passo per passo la sua ripresa. Ma dobbiamo proteggerla sempre, non può rimanere sola, mai. Paulina dormirà a casa sua, ma durante la giornata sarà impegnata nella libreria. Ho pensato a Camila, a Dun, a Priscilla... devono essere persone molto vicine a Reina."

"Perché soltanto donne?" domandò Ninoska.

"Perché sarebbe più confortevole per Reina. Chissà per quanto tempo non potrà andare da sola in bagno, per esempio."

"Ma non dimentichiamo che quei figli di puttana potrebbero ritornare da un momento all'altro..." interruppe Jean-Jacques.

"Io so sparare" disse Paulina: la guardammo tutti a bocca aperta e nessuno osò fare commenti.

Cambiando argomento, per la prima volta feci sentire la mia voce.

"Ho prenotato il volo di ritorno per dopodomani."

Scese un cupo silenzio; stavolta tutti gli sguardi si con-

71

centrarono su di me. Cercai di sostenerli, senza successo. Luciano fu il primo a reagire, spontaneamente.

"Non penserai mica di andartene via in questo momento... vero?"

Cercai di protestare, di ricordare loro che ero venuta nel Chiapas soltanto per quindici giorni, avevo esaurito tutti gli appuntamenti, il mio lavoro era finito, non ero una di *loro*. (*Gli intellettuali trovano tutto caldo, il pranzo, il letto e l'acqua, aveva detto l'avvocato della Ong. Anche gli stranieri. Alcuni arrivano qui con le loro angosce, come se noi gliele potessimo cancellare con la nostra guerra. Devo ammettere che sono stati utili, in certi momenti persino indispensabili, ma ciononostante sono e continuano a essere degli interventisti. Se ne vadano via e ci lascino in pace!*) Vicina io? Perché mi coinvolgevano in una specie di cellula nella quale non avevo chiesto di essere ammessa? L'idea di trasformarmi nella Florence Nightingale dei rivoluzionari non destava nessuna eco dentro di me, figurarsi! E l'idea di rimettermi a fare l'infermiera era scoraggiante, le mani e le palpebre che mi tremavano di nuovo, l'obiettivo del mio viaggio non era proprio diluire quei ricordi? Eppure gli occhi vecchi e saggi di Ninoska mi invitavano a rimanere, e così anche gli occhi intelligenti di Jean-Jacques e gli occhi voluttuosi di Luciano, e gli occhi antichi, tanto antichi di Paulina. Tenevo ancora in tasca l'orecchino d'argento e lo strinsi di nascosto.

"Devo telefonare a Washington. Vi darò una risposta nel pomeriggio. E adesso," dissi cambiando tono nel tentativo di eludere quegli sguardi, "credo che la priorità l'abbiano i gatti. Qualcuno ha pensato a loro? Devono essere affamati."

Il sollievo aleggiò amichevole nell'aria del ristorantino in calle Real de Guadalupe. Luciano mi strinse leggermente il braccio destro e Jean-Jacques chiese subito una copia delle chiavi della casa di Reina, che Paulina gli tese.

"Ci vado io," assicurai prendendole in mano, "voi continuate pure la vostra conversazione."

E senza badare al mio stomaco vuoto da una del pomeriggio, uscii dal ristorante.

5.

Non sapevo che cosa fare, ed è probabile che la mia decisione finale sia dipesa proprio da questo. Conoscevo a priori la risposta che mi attendeva a Washington: Che cosa c'entri tu con la loro storia? Sei matta! Torna indietro. Per una questione di equilibrio dovevo mettermi in contatto con Santiago. Mi diressi con passo energico al Cyber Café che frequentavo ogni pomeriggio, era sulla strada. Per dieci pesos all'ora potevo accedere a Internet e controllare la posta elettronica. Tutti gli stranieri lo facevano, e a volte mi distraevo davanti allo schermo giocando a indovinare la nazionalità degli altri clienti come me e le ragioni che li avevano spinti fin lì. Dolores e Gustavo erano i miei punti di riferimento più importanti, anche se lei tirava la corda da una parte e lui dall'altra. Scrissi a lei. Con un po' di fortuna avrei ricevuto la risposta prima di sera.

Chi pretendevo d'ingannare se non me stessa? Come se qualcuno me l'avesse rovesciata addosso, ebbi la visione del mio bianco appartamento nel Maryland, nel quartiere di Chavy Chase, bianco e minimalista, bianco e ordinato, bianco e spazioso. Cercai d'immaginarmi là dentro, mentre mi muovevo tra l'esile lampada a stelo che mi fa sempre venire in mente una scultura di Giacometti e l'unico divano della casa, enorme, a quattro posti, e io là in mezzo, che cammino lungo le pareti spoglie. Spoglia anche la piccola camera da letto del mio bambino. Neanche la culla. No, non ancora. Me lo vedevo Gustavo, seduto al tavolo della sala da pranzo mentre sbuccia con attenzione una pera william, con quale vino l'avrebbe accompagnata? Di quale vitigno, di quale annata? E se la pera non fosse stata succosa come si aspettava, con chi se la sarebbe presa? Qualunque essere umano attraversasse la sua strada, lui se lo degustava, con gli occhi e il palato di un esperto sommelier. Non conosco abbastanza intimamente altre coppie per sapere con certezza se il mio sia un caso eccezionale o se invece confermi una banale quotidianità: il fatto che sono la pattumiera di mio marito. Ciò detto, devo sottolineare che non mi piace la parola *marito* con tutto quello che comporta. Il problema è che non so bene come rimpiazzarla: convivente? partner? compagno? La prima definizione ha un connotato statistico, da pratica ministeriale; la seconda la usavano gli hippie e certi club "privé"; la terza mi sa di anni sessanta, molto di sinistra. Vista l'inadeguatezza del vocabolario, di solito parlo di Gustavo chiamandolo per nome e non "mio marito" – come invece amano fare altre donne – sebbene riconosca di avere firmato il contratto di matrimonio davanti a un funzionario statale per poter vivere con lui negli Stati Uniti. Ma ritorniamo all'argomento "pattumiera". Sono convinta che le uniche basi solide di una coppia siano quelle che vengono gettate il primo giorno di convivenza; oggi, a sei anni di distanza, mi rendo conto che continuo a rimproverarlo per gli stessi motivi nel tentativo di cambiare qualche cosa, e sempre nella speranza di non dovermi ripetere, ma è inutile, ormai è troppo tardi, non cambierà nulla. Perciò mi sento condannata – come un criminale legato alla catena – a essere la pattumiera di Gustavo sino alla fine dei miei giorni. Al diavolo tutte le accezioni che questa parola avrà in spagnolo, ma in Cile la pattumiera è il recipiente per la spazzatura, dove finisce e si decompone l'immondizia, la porcheria, la meta ultima dei resti, degli avanzi, della sporcizia. La pattumiera di una scrivania si può chiamare cestino, ed è più pulita di quella del bagno o della cucina, ma il suo scopo è esattamente lo stesso. Tutte le energie negative di Gustavo si scaricano su di me, non ha importanza di che natura

siano, e tantomeno che io abbia un qualche rapporto con loro. Stoicamente, il mio petto riceve uno dopo l'altro i dardi
della sua amarezza passeggera: il suo reportage non è stato
preso nella giusta considerazione, quello stupido cameraman
non ha ripreso la scena dall'angolo corretto, la segretaria, quella cretina, gli ha cancellato dal computer tutti i file dell'archivio, quegli irresponsabili della tintoria gli hanno rovinato
il vestito blu, gli fa male dappertutto per via dell'influenza,
quell'imbecille del vicino non gli ha restituito l'edizione originale del libro di Neruda, al ristorante gli spaghetti non erano al dente, il benzinaio ha avuto la faccia tosta di fregarlo sui
litri di benzina, la serratura del cassettino del cruscotto si è
bloccata, ha sbagliato strada perché non ha guardato bene la
cartina. Non importa quale sia la ragione, fatto sta che ogni
crisi di rabbia – sua – diventa superabile perché può contare
su un posto sicuro dove scaricarsi. Camila! Riconosco subito
il tono del momento in cui il mio corpo si trasformerà nella
pattumiera esistenziale. E dopo averci buttato dentro la la-
mentela, dopo che è finita nel secchio della merda, ritorna il
sole, si dissolve la nebbia e io sono di nuovo la moglie di un
uomo meraviglioso. Questa situazione non può venire cata-
logata tra le violenze domestiche o gli abusi, è più ambigua,
eppure mi domando che cosa farebbe Gustavo se fosse sca-
polo, su chi si scaricherebbe, a chi assegnerebbe tale ruolo. I
figli del nostro tempo non lo accetterebbero neppure per
scherzo, anzi, oggi sono loro i boia, così come non lo accetterebbero i genitori anziani – quando ci sono – perché, nonostante tutto, gli si deve un certo rispetto, e i fratelli giustamente lo manderebbero al diavolo. Nei film a volte tocca al
maggiordomo o a un'anziana domestica masochista, ma nella vita reale credo che soltanto i coniugi possano svolgere questo ruolo, per di più hanno il vantaggio di trovarsi sempre a
portata di mano. E di sopportare.

No, non avevo ancora voglia di tornare a casa.
Riflessioni meschine? Per caso, non è che stessi usando il

corpo infortunato di una donna impegnata politicamente – e ferita per questo – per i miei scopi? Proprio io che sull'impegno politico non ho mai scommesso niente? Non fare la sarcastica, Camila, rilassati.

In confronto a Washington, le strade di San Cristóbal de las Casas – l'antica Ciudad Real – stimolano i miei sensi: caotiche, pazze, contaminate dal commercio ambulante, dall'odore del cibo, da indigeni che si mescolano a tedeschi, olandesi, spagnoli, carnagioni di tutte le tonalità, suoni di tutte le lingue, artigianato di tutti i colori, bambini piccoli che chiedono l'elemosina, gioiellerie che espongono ambra nelle vetrine e negozi e alberghi ovunque a contraddire la miseria, ristoranti vegetariani, annunci esoterici, tigri di ceramica, un assemblage multiculturale fra *tamales** e *sarapes*. Sopra un muro una scritta: "VAMOS CON MARCOS".

"D'accordo" rispondo ad alta voce e di buonumore, affrettando il passo. "*Vamos!*"

---

* *Tamales*: pasticcio di carne avvolto in foglie di mais. [*N.d.T.*]

Reina abita nel quartiere più antico della città, Cuxtitali, dedicato al Dolce Nome di Gesù, dove fiorisce l'attività artigianale della lavorazione della carne di maiale, con le botteghe dove si affumica la carne e le concerie. È abbastanza lontano dal centro, per cui avevo preferito prendere un taxi piuttosto che perdermi come una stupida turista. Il tassista pensò che fossi diretta al Museo Na Bolom, una tappa obbligata per gli stranieri, e non volli contraddirlo; quando l'avevo visitato la prima volta avevo perso un sacco di tempo prima di riuscire a trovarlo. Anche se cercavo di concentrarmi sulle linee che s'intersecavano sulla mia piantina tutta stropicciata, non potei fare a meno di notare la croce di bambù che pendeva dallo specchietto retrovisore dell'automobile: enorme, quasi un pericolo per la visibilità, con sopra incollato un Cristo sanguinante di plastica rosa che portava appeso al collo un grosso rosario dai grani allungati e azzurrini. Signore, quanta devozione!

(*A mio parere, aveva detto il mio amico avvocato, Marcos ha seguito le tracce segnate dalla Chiesa cattolica, senza di lei l'ideologia zapatista non sarebbe stata possibile. E come sai, la Chiesa cattolica riesce a violare ogni sovranità, s'insedia dove e come vuole. Sono stati loro i primi a percorrere questi luoghi, piano piano, i primi ad arrivare sino alla selva: e lì, fra mille difficoltà hanno gettato le prime basi di un'organizzazione, grazie ai missionari. Gli indigeni sono diffidenti, e soltanto la pazienza e la tenacia dei cattolici è riuscita a fare breccia nella loro cultura. Quando sono arrivati gli zapatisti, il grosso del lavoro era stato fatto. Il loro apporto è stato soltanto cambiare i concetti.*)

La casa di Reina si trova vicino al museo, in calle Comitán, una zona talmente residenziale che mi domando dove comprerà il pane la mattina, sempre che lo compri. La sua casa è piccola e semplice, così modesta da rendere vano ogni tentativo di architettura coloniale. Usando le chiavi che mi ha dato Paulina apro la porta senza difficoltà, non c'è la doppia serratura, e mi rendo conto che sono la prima persona a entrare in questo luogo dopo l'incidente. Il computer sul tavolo del salotto, che viene usato anche come camera da letto, è ancora acceso. Percorro pochi metri, il bagno, la piccola cucina con qualche stoviglia ancora da lavare nell'acquaio, e la stanzetta a fianco con un letto a una piazza, si respira un'aria terribilmente viva. Nel cortile interno, i due gatti prendono il sole passeggiando sulle mattonelle di ceramica blu. Almeno un pezzettino di Reina sembra vivere in pace.

"Insurrección! Miliciana!"

Mi guardano sprezzanti, mentre ricordo quanto mi avessero divertito i loro nomi la prima volta che li avevo sentiti pronunciare da Reina; allora avevo imparato che nella loro razza, la *calico americana*, soltanto le femmine sono maculate nei tre colori, bianco, nero e arancione scuro. In fondo alla cucina vedo la cassetta con la sabbia e le ciotole per l'acqua e il cibo. Il sacco delle crocchette è lì vicino, facile dar loro da mangiare, pulire la sabbia un po' meno. Una paletta di plastica con il relativo sacchetto sembrano aspettarmi, devo riconoscere che per curare i gatti Reina è organizzatissima. Anche per osservarli, uno dei suoi passatempi preferiti, mi aveva confessato.

Ho imparato a conoscere meglio gli esseri umani guardando loro due, mi aveva detto la prima volta che ero andata a trovarla. Insurrección, la più grande, vive con me da quattro anni e l'ho fatta operare. Ti assicuro che le gatte sterilizzate non danno problemi, sono perfettamente controllabili. Credo che l'appetito sessuale sia un elemento di cui diffidare, potrebbe distruggere qualsiasi progetto, in quanto non è gestibile e si presenta nel momento meno opportuno. Insurrección, essendo sessualmente neutra, diventa una femmina di cui ci si può fidare, ma ti rendi conto di che cosa vuol dire? Non scappa di casa perché non va mai in calore, non socializza con altri gatti perché i suoi ormoni non esercitano nessuna pressione su di lei. E così Insurrección non si è mai lasciata coinvolgere in risse, non si è mai presentata a casa con graffi o ferite, non si è mai trovata nei pasticci. È una perfetta e affidabile sedentaria. Certe volte penso che la sua operazione sia come una lobotomia, le estirpi la capacità di sentire e da lì in avanti puoi contare sulla sua serietà. Ma t'immagini la quantità di imprese che andrebbero in porto se vi prendessero parte soltanto le Insurrección del mondo? La guerriglia, per esempio. Quanti conflitti verrebbero evitati! Dopo, quando ho portato qui Miliciana, ho scoperto che la solidarietà di genere è una grande balla. Insurrección era abituata a essere la mia unica gatta e si godeva questo privilegio, e invece io, credendo ingenuamente che sarebbe diventata scorbutica a forza di vivere da sola, avevo pensato bene di portarle una compagna. Che cosa credi sia successo? Si sono messe a litigare per il possesso del territorio, e a morsicarsi e a miagolare ogni volta che si avvicinavano l'una all'altra, si guardavano diffidenti, misurandosi a vicenda. Credimi, loro possiedono un istinto territoriale primitivo, probabilmente lo stesso che tutte noi ci portiamo dentro ma non sappiamo riconoscere. Una volta ho deciso di osservarle non più come femmine ma come due creature che hanno la stessa origine: la conclusione è stata ancora peggiore. L'ostilità profonda che manifestavano l'una nei confronti dell'altra, e manifestano ancora adesso, rendeva pressoché impossibile qualsiasi convivenza. Sono in competizione per ogni cosa, si aggrediscono, l'obbligo di coesistere le irrita profondamente; insomma, non si sopportano. Mi è venuto in mente Hobbes con le sue teorie. I gatti non stringono patti sociali per poter convivere e non conoscono il concetto di simulazione. Che cosa succederebbe se anche noi esseri umani vivessimo come loro, senza compromessi?

Le accarezzai sul dorso, come farebbe Reina se fosse qui.

Pur non essendo una fanatica delle pulizie domestiche, decisi di fare un po' d'ordine e preparare la casa per l'eventuale ritorno della proprietaria. Mi parve logico iniziare dalla cucina. La prima cosa che mi colpì fu la mancanza di un tavolo, classico, storico, eterno tavolo da cucina, il tavolo che accoglie, unisce, invita attorno a sé infondendo all'ambiente una sensazione di focolare, il tavolo il cui legno si è scurito a forza di prepararci sopra gli alimenti da cucinare, e perché lo si è usato per mangiare e chiacchierare, perché ha favorito confidenze, il tavolo su cui si è scritto il diario della propria vita e si sono fatti i compiti, e si è cucito il vestito della festa. Forse la presenza di questo tavolo aggiungerebbe un tocco umano alla quotidianità di Reina. La seconda cosa che mi viene in mente è che ieri qualcuno deve aver pranzato con lei, lo rivelano i piatti, le posate e le tazzine da caffè che non ha avuto il tempo di riporre. Sarà stato prezzemolo, coriandolo o semplicemente spinaci quello che avevano cucinato? Aprii il rubinetto affinché l'acqua cancellasse gli avanzi color verde. Chi ha mangiato con lei? Il primo nome che mi venne in mente fu Luciano: non che fossi particolarmente fissata con lui, ma non avevo dimenticato che il giorno prima non mi aveva invitata a pranzo, al ritorno da San Juan Chamula. Mi domandai se avrei trovato altre tracce rivelatrici come questa, e senza pensarci due volte mi diressi verso l'ampio letto del salotto. No, non era sfatto, anche se il copriletto era tutt'altro che ben sistemato. Immaginai Reina sdraiata là sopra, avvolta nella coperta di velluto. Nessuna sensazione provata da una donna può dirsi originale: ciascuna, per quanto possa sembrare nuova o unica, è già stata vissuta da un'altra. Ecco perché non sapevo se era stata soltanto la mia mano – o le tante mani femminili che si sono accumulate nella mia muscolatura, prima di me – a toccare quella coperta. L'accarezzai lentamente, lisciandola, toccandola, quasi potessi liberarla, senza avere la consapevolezza di che cosa stavo cercando di fare, se distruggerla, annientarla o semplicemente rubarne il sentore. La certezza di non essere osservata mi spinse a esplorare gli odori fra le pieghe e, a mano a mano che li scoprivo, una verità mi colpì duramente, come una parola spietata: avevo dimenticato com'era l'odore che stavo cercando.

Prima che il sole tramonti, le sere a San Cristóbal sembrano lavate a mano, tanto sono nitidi i contorni e le luci della città. Le colline che abbracciano la valle risplendono ancora verdi e uno strano fulgore conquista i tetti delle case. È un metallo ignoto a bagnarli di luce, forse il platino, forse l'oro bianco.

E nel cuore di quell'immagine cristallina, un'altra, meno gradevole, mi martella ininterrottamente il cervello: la radio, la radio che ho trovato, nascosta sotto le lenzuola e gli asciugamani nell'armadio del salotto-camera da letto di Reina. L'ignoranza m'impedisce di capire quale tipo di radio sia, e quindi di conoscerne l'uso, ma ricordo di avere visto una volta qualcosa di simile fra le mani di un radioamatore. La marca, vagamente giapponese, non l'avevo mai sentita: YAESU. Se si fosse trattato di una normale radio a onde corte, perché non era in bella vista? Che cosa nasconde Reina?

("*Perché la via delle armi, Reina?*"

"*Quando l'esercito zapatista mise in mostra le armi, con nastri bianchi avvolti attorno alle canne dei fucili, Marcos disse che speravano di non doverle mai usare. Era paradossale, aggiunse, che in questo paese bisognasse impugnare le armi non per salire al potere, ma per chiedere la democrazia.*"

Quelle sono le armi degli zapatisti, sosteneva lei: per chiedere e salvaguardare la pace.)

Finalmente formulo la domanda che avevo ignorato fino a quel momento: perché hanno cercato di ucciderla? Alla quale segue inevitabilmente: che ci faccio io qui, perché mi lascio coinvolgere in fatti che non mi riguardano? L'egocentrismo certe volte ti sfinisce. Ritorniamo alla prima questione.

Non ho dimenticato l'affermazione di Paulina di qualche

ora fa: io so sparare. E Paulina è la sua più fedele compagna. E poi c'è quel bambino che ricordo bene, era venuto alla caffetteria del Museo per avvertirmi dell'incidente, da dove era sbucato? Quali mani lo hanno indirizzato da me? Come se il mondo di Reina fosse diviso in due: quello visibile e allegro di La Normandie e un altro, a me ignoto, segreto, nel quale lei svolgeva un ruolo clandestino. Era come se una nuvola burrascosa avesse annullato la luce mentre un'ombra scura, tenebrosa mi assediava la mente: aveva il profilo del rifiuto. Io non ero d'accordo con la lotta armata, in nessun caso, in nessuna parte del mondo. Mi tornarono alla memoria, involontariamente, le parole di Cortázar a proposito di Che Guevara: "...tanto romanticismo necessario, sfrenato e pericoloso".

Guardandola dall'esterno, si ha l'impressione che San Cristóbal sia un'unica grande base zapatista, e che gli autentici *coletos*, come si fanno chiamare qui gli antichi padroni della città – i bianchi – abbiano sempre meno spazio in un luogo che storicamente gli apparteneva. So bene che qui sono esplose le ribellioni più cruente organizzate dagli indigeni contro la brutalità della dominazione spagnola. La rivolta del 1712, definita "l'insurrezione più violenta del periodo coloniale centroamericano", non ha forse qualcosa in comune con l'imprevedibile occupazione di San Cristóbal e di altre importanti città della regione – come Ocosingo e Las Margaritas – portata a termine dall'esercito zapatista nella notte di Capodanno del 1994?

Intuisco che la città è complice. Persino al mercato si vendono passamontagna come quelli usati dai guerriglieri, e i ritratti di Marcos li trovi ovunque e in qualsiasi foggia, grandi o piccoli, a dorso d'asino o a cavallo, con o senza donna al fianco, ma sempre con un'arma a tracolla. Alla Madonna di Guadalupe, icona fra le icone, hanno addirittura dipinto una maschera che le nasconde i lineamenti proprio sotto gli occhi, come i guerriglieri. Fanno parte della vita della città. Qualche giorno fa, al mercato di Santo Domingo, avevo notato una ragazza biondissima che si provava un passamontagna nero davanti a tutti, si era persino annodata un fazzolettone rosso sul naso. Vicino a lei, una donna matura la guardava, credo fosse sua madre, ed esplose in una risata vedendola trasformata in una zapatista. Tutti quanti, dagli stranieri che compravano alle indigene che vendevano, le facevano i complimenti. Certo, sarà difficile trovare nella selva una rivoluzionaria con gli stessi colori chiari, si sa benissimo che nell'Ezln le donne sono tutte maya; le *ladinas*, come vengono chiamate le donne bianche, non resistono in montagna, loro operano come basi d'appoggio nelle città. Ma ritorno all'immagine della ragazza: non è altro che l'estensione, la ripetizione dell'intera San Cristóbal, di negozi, mercati, bancarelle, chioschetti in piazza, scritte sui muri. Volto multiplo. Zapatisti interminabili.

Il che dimostra quanto sia inutile tentare di reprimere l'immenso numero di simpatizzanti su cui i guerriglieri possono fare assegnamento in questa città. Se Reina fosse stata semplicemente una dei tanti, sarebbe stata in pericolo? So con certezza che chi lavora alla luce del sole per favorire la causa degli indigeni viene colpito senza riguardi: penso al vescovo don Samuel Ruiz e alle minacce che ha ricevuto, penso all'espulsione dal paese di sacerdoti stranieri, cui non hanno nemmeno dato il tempo di preparare la valigia o dire ciao, penso alle persone della Diocesi con le quali sono entrata in contatto. E penso alla mia amica Cristina, la suora portoricana, anche se il suo caso è meno eclatante: ancora oggi, dopo sedici anni vissuti in Messico, non le è consentito di mettersi in regola con i documenti per via del suo lavoro con la Chiesa locale, così deve periodicamente attraversare la frontiera per ottenere il visto, come una turista qualunque. Un giorno, mentre passeggiavo al suo fianco lungo una delle strade che portano alla piazza principale, avevo sentito gridarle dietro da un'auto in corsa: Samuelista! Meravigliata, le avevo chiesto se fosse in pericolo. Vero pericolo? No. Questa fu la sua risposta.

Non sono un'ingenua, non sono di quelli che ignorano o negano le atrocità che sono state commesse in questo paese, ma qualcosa mi dice che se hanno cercato di eliminare Reina, l'hanno fatto perché lei disturba più di altri. Perciò trovai angosciante la risposta di Dolores al messaggio che le avevo inviato la mattina: "Per quanto riguarda restare a San Cristóbal e prenderti cura di Reina, ricorda che la solidarietà è uno dei pochi valori assoluti che dovrebbero esistere in questa vita. Non pensarci su due volte, Camila e capirai istintivamente qual è il tuo posto".

Bugia, se ci pensassi una o cinque volte non saprò mai qual è il mio posto. Voglio andare via, lontano! Grazie a Dio mi è passata la voglia di sprofondare in letargo sopra un letto, no, mai più, e per questo posso ringraziare Dio e gli uomini in ginocchio. Porto con me il mio bambino, non ho bisogno né di Washington né di altri posti per portarmelo dietro. Vorrei ritornare alla città dell'altro ieri, alle passeggiate, alle chiacchiere lunghe e tranquille, al sole del mattino, agli appunti sul mio computer portatile, alla semplicità degli amici. Insomma, vorrei tornare al momento in cui San Cristóbal non suscitava in me, come spettatrice, nessuna contraddizione. Ah, Reina, perché mi hai cacciato in un simile guaio? Credimi, in questo momento l'unica cosa che m'impedisce di detestarti è il ricordo del tuo sonnellino pomeridiano sul mio letto. Se non sospettassi la profondità del dolore cui possono dare origine certi legami mal costruiti, prenderei subito il volo di ritorno. Ma anche questa, a pensarci bene, è una bugia. Non ho il coraggio di abbandonarti in questa situazione.

Sono bloccata qui.

Mi fermo in fondo alla strada acciottolata lungo la quale sto camminando; è proprio vero, le sere in città, prima che il sole tramonti, sembrano lavate a mano. Eccola lì San Cristóbal de las Casas, unica e mutevole, serena grazie alla protezione del suo patrono san Cristóbal, al quale è stata affidata da Pedro de Alvarado, durante il suo breve soggiorno qui; Alvarado era uno degli uomini più attivi e ambiziosi della truppa che accompagnava Hernán Cortés. Narra la leggenda che il patrono, uomo grande nel fisico e nelle ambizioni, deluso da un re che avrebbe voluto servire, si recò in una terra remota alla ricerca di un destino migliore e laggiù, una notte, seguendo il proprio intuito, fece attraversare il fiume a un bambino piccolo, portandolo sulle spalle. Fece una grande fatica, tanto che giunse stremato all'altra riva. Il bambino gli disse: "Capisco la tua fatica: ti sei caricato sulle spalle il mondo intero, perché io sono Gesù Cristo, il maestro che vanno cercando". Ha avuto ragione Pedro de Alvarado ad affidare a san Cristóbal un secondo carico altrettanto oneroso, il carico di tutti i dolori e le sofferenze dei popoli indios più poveri e sfruttati del continente, quelli che hanno abitato e sofferto sugli Altos de Chiapas.

Forse anch'io dovrei affidarmi a lui, perché capisco, in un attimo di lucidità, che questa città mi è entrata nella carne senza il mio consenso e ora non voglio abbandonarla.

7.

Devo confessare che le mie viscere non vanno d'accordo col mio cervello. Pur non avendo un temperamento passionale, sono aperta alle passioni degli altri. È così che accolgo Reina e i suoi amici: venite, sono qui.

Decisi di fare un riposino in albergo prima di raggiungere La Normandie; mi ero già perduta il pranzo e non intendevo perdermi anche la cena; mi avevano anticipato che ci sarebbe stato il *tasajo* – piatto tipico del Chiapas preparato con carne secca affumicata, messa sotto sale e tagliata a striscioline, una delle specialità di Ninoska – e la prospettiva mi riempiva di entusiasmo. E poi dovevo fare due conti: i soldi per i quindici giorni di trasferta stavano finendo; dovevo cambiare albergo e dormire in una delle tante pensioncine modeste che esistono in città? (Ovvio, Camila, avresti già dovuto farlo, forse non te la senti di portare a termine un compito sgradito, un sacrificio?) Avrei anche potuto chiedere a Ninoska di cedermi la sua camera per gli ospiti, non me l'avrebbe rifiutata, ma l'idea di perdere la mia indipendenza, l'indipendenza che avevo tanto cercato negli ultimi mesi in un modo quasi drammatico, mi scoraggiava. Soltanto nella camera del Casavieja c'era posto per una culla, soltanto qui potevo immaginare tranquillamente di dondolarla. Avevo pochi risparmi, ma a qualcosa sarebbero serviti. Chiedere soldi a Gustavo era fuori questione, non mi sono mai piaciute le donne che risolvono i loro problemi a spese dei mariti, soprattutto se questi – i problemi intendo – sono direttamente collegati ai mariti.

Osservando la mia attuale camera così accogliente – ormai presenta un livello di disordine impensabile nel Maryland – mi assale l'acuto desiderio di essere ricca. Non ho mai avuto molti soldi. Cerco d'immaginarmi come sarebbe la mia vita se per qualche giorno potessi indossare i panni di un'altra donna, una di quelle che possono concedersi dei lussi, ma no, neppure, una donna che si alzi la mattina e affronti le alternative che le si presentano senza dover badare al loro prezzo. Devo riconoscere che la vita qualche regalo me lo ha fatto, anche se non di questa natura. Chi è nato povero resterà sempre povero: persiste una strana insicurezza, per quanto il presente possa dire il contrario. Se la mia situazione a Washington è relativamente stabile e godo di un certo benessere, è grazie allo stipendio di Gustavo e non al mio, il che non rafforza certo la mia autostima. Sono una donna sobria, spendo poco per me e sono stata educata a un'idea di austerità così profonda che, quando mi fermo davanti a una vetrina, è soltanto la mia fantasia a mettersi in moto, senza nessuna pretesa di concretizzarla. Di sicuro nel mio guardaroba troverete soltanto capi di abbigliamento acquistati negli *outlet*.

La tipologia umana che più mi ripugna è la *bambina ricca*, anche se nutro qualche dubbio, lo riconosco, sul fatto che si tratti di una convinzione genuina e non piuttosto di una banale invidia. Ricordo la sensazione di fastidio che mi rodeva dentro dopo avere partecipato a una cena cui era presente anche una ex fidanzata di Gustavo. In confronto a lei io sembravo antiquata, quasi una beghina, anche se non lo ero. Lei era tutto quello che una donna vorrebbe essere, ma non ha il fegato per realizzare: indipendente, autosufficiente dal punto di vista economico, un po' fredda, dominatrice, immune da ogni sentore casalingo. Perfetta. E, naturalmente, con alle spalle una famiglia piena di soldi. Quella sera si chiacchierava dell'abitudine relativamente recente di sfruttare l'ora della prima colazione per le riunioni di lavoro. Lei, che scrive per un importante quotidiano, commentava che quando il vicedirettore l'aveva invitata a colazione, aveva rifiutato. Qualcuno le chiese per quale motivo e lei, tutta seria, ci spiegò che una vera colazione doveva avere tre requisiti: primo, era *fondamentale* che fosse la prima azione della giornata, quindi era fuori discussione farsi prima la doccia, vestirsi, truccarsi, prendere un taxi – figuriamoci rivolgere la parola a un qualunque essere umano; secondo, era un'azione da realizzarsi in *assoluta* solitudine e intimità, come una sorta di allenamento all'equilibrio per le terminazioni nervose che dovranno affrontare la nuova giornata; terzo, era una *questione di vita o di morte* consumarla a letto, per il semplice piacere di farlo. (Come potrete notare, il suo linguaggio era un po' eccessivo.) Sei stata abituata male, le disse Gustavo, dici così perché è tutta la vita che ti portano la colazione a letto. E mentre io valutavo le conseguenze economiche di un no detto al vicedirettore di un quotidiano, atterrò sul tavolo un enorme vassoio carico di chele di granchio, rosa fuori, candide dentro. Vengono dall'Alaska, disse qualcuno, magnifiche, e tutti quanti ci tuffammo sul vassoio, tutti meno la ex fidanzata. Mangio crostacei soltanto se non hanno il guscio, disse lei, li lascio a voi. La mia incredulità era così grande che non potei trattenere un'occhiata di rimprovero, e lei, determinata, mi disse: "No, troppa fatica tirare fuori la polpa". Mi sentii felice quella sera quando Gustavo mi disse: "Era una persona inopportuna". "In che senso?" gli domandai incuriosita. Per esempio, rispose, mi recitava un verso di *The Ballad of Reading Gaol* in un ristorante di Damasco mentre io pagavo il conto e tentavo di capire se cercavano di fregarmi sul cambio; e poi, naturalmente, si lamentava se non la stavo a sentire.

Come potete immaginare, io mangio i frutti di mare in qualsiasi forma si presentino, faccio colazione ovunque mi trovi e non recito Wilde mentre qualcuno cerca di pagare il conto di un ristorante, ma adorerei possedere l'aura intrisa di ricchezza che circondava quella donna. Mentre prendevo l'aereo a Città del Messico, avevo notato due uomini che camminavano verso il *gate* di un volo che stava per partire, ma loro non accennavano ad affrettarsi. Indossavano abiti scuri stirati alla perfezione, avevano capelli sottili e argentei, venti-quattrore di pelle lucida, un'aria di totale autosufficienza. Quelli viaggiano in prima, sussurrò un passeggero a un altro. Era la frase chiave: *quelli viaggiano in prima.* Bastava guardarli per capirlo. Come mi piacerebbe che un giorno lo dicessero anche di me! E che il mio aspetto rivelasse una superiorità nei confronti della media dei comuni mortali. Come la bambina ricca di Gustavo.

(Se fossi onesta aggiungerei una cosa, anche se non c'entra con il discorso precedente: per parecchi giorni avevo pensato a com'era quella donna a letto, e me la immaginavo un po' animalesca, agile come una trapezista del circo, misteriosa e generosa insieme. Mi avvicinai a Gustavo in preda a una sorta di complesso virtuale. Amore mio, a letto non si tratta di fare le contorsioni! fu la sua prima risposta. Poi, devo riconoscerlo, ogni parola che pronunciava me ne aveva dato la conferma, ruscelletti incanalati che sfociavano in un fiume celeste.)

Qualsiasi divagazione – un difetto per il quale mostro una grande propensione – rimase in sospeso perché venni irrimediabilmente interrotta dallo squillo del telefono. Quel suono mi sorprese, di solito a quell'ora non riposavo in camera, prima di sera è quasi impossibile trovarmi in albergo e chi mi telefona lo sa. Sollevai la cornetta e come al solito attesi che mi passassero la comunicazione dalla reception. Era una voce maschile, e almeno quella volta si era tradita: nella piccola torre di Babele in cui mi stavo muovendo potei riconoscere un accento chiaramente locale.

"Non hai idea di chi stai proteggendo!" mi disse in un sussurro, al limite dell'afonia.

"Chi parla?"

"Sono un amico. Sta' attenta a quella troia!"

"Scusi, ma chi è lei?"

"Sai chi se la fotte? Quella grandissima stronza non te l'ha detto?"

"Con chi sto parlando? Per favore, mi dica chi è!"

"Vaffanculo, straniera!"

Lui interruppe la comunicazione (non io) lasciandomi in bilico, davvero in bilico: e non sul filo del rasoio, ma su quello della nausea.

Lo sforzo di essere pragmatica e poco sentimentale era l'unico atteggiamento coerente da adottare in mezzo a tanta rabbia, tanto schifo e tanta indignazione. Se avessi la razionalità di Reina, definirei questa telefonata come uno di quegli eventi che ti aiutano a scoprire valori che l'indifferenza avrebbe tenuto nascosti. Ebbene, non sono una donna cinica: certe cose mi meravigliano ancora, altre mi fanno infuriare e sono comunque impressionabile. Non ho l'ambizione né la rabbia inoccultabile, e nemmeno l'impazienza, di chi vuole cambiare il mondo, come Reina: e se è vero che chi non abbraccia le utopie è colui che è stato vittima dell'ignavia, io commetto questo peccato ogni giorno. È tutto vero, ma l'indignazione stava lì. Ecco perché affermo che l'unica risorsa efficace per non lasciarsi travolgere è conservare la razionalità.

Sai chi se la fotte? Come se lei non avesse attributi personali, come se venisse perseguitata per colpa di qualcun altro, di un uomo, presumibilmente, non per se stessa: cercano di strapparle quel minimo di dignità legato all'essere protagonista e non semplice spettatrice, perfino quello cercano di negarle. Il ventesimo secolo si è appena concluso e posso ancora mettere le mani nelle sue ceneri millenarie per sfiorare le ombre femminili dietro i grandi guerrieri, braci sempre ardenti.

Sai chi se la fotte? Se a volte ho avvertito la personalità di Reina come eccessivamente rigida, oggi ne intuisco la ragione: come fa ad avere spazio per il nemico interiore, se il nemico esteriore è tanto visibile?

Basta. Non stavi parlando di pragmatismo? Su, Camila, muoviti, va' a cena a La Normandie, domani cambia la data sul biglietto del ritorno, ribellati, fatti carico di quella donna, così dev'essere, chissà perché, su bella, datti una mossa, bevi un sorso di vino, lasciati andare, non puoi tornare indietro. Succede anche ai tori che sono già entrati in lizza: i cancelli dell'arena si sono chiusi irrimediabilmente.

8.

E se domani mi svegliassi tramutata in un animale, in uno scarafaggio, in un mostruoso insetto? Non ci hanno raccontato che le metamorfosi si verificano così, senza nessun preavviso, senza nessuna possibilità di difendersi?

Non hai il pass da giornalista! ripeteva sconsolato Jean-Jacques durante la cena quando raccontai a lui, a Ninoska e a Luciano la telefonata che avevo ricevuto in camera (della quale tralasciai, per non so quale ragione, il *Sai chi se la fotte?*. Se ci fosse stato soltanto Jean-Jacques forse ne avrei parlato). Ma perché avrei dovuto avere un pass se non sono mai stata una giornalista? Ho ripetuto loro una volta per tutte la mia storia: il vero giornalista non sono io, è Gustavo. La rivista di Peter Graham mi aveva affidato il lavoro, mi aveva dato i soldi della trasferta, ma non avevano pensato di fornirmi il pass che i miei amici ritenevano così importante: non mi costava niente fare una telefonata e chiedere di mandarmelo, tramite corriere sarebbe arrivato entro un paio di giorni, ma l'esperienza dimostra che quel documento non serve a niente a queste latitudini, lo chiedano pure ai giornalisti spagnoli o italiani. O a uno qualunque degli europei o americani che sono venuti qui a cercare un rifugio per la loro coscienza sporca.

E se avessi raccontato a Luciano l'intero dialogo con il mio anonimo persecutore, l'avrei ferito? Le domande mi piovono sulla testa rimbalzandomi addosso come una pioggia d'estate. Quale genere di passione domina i suoi rapporti con

Reina? Quale lente distorce il suo modo di vedere? Meno domande, Camila. Concentrati sui tuoi grovigli confusi, che non sono pochi.

Gustavo. L'aeroporto di Washington il giorno della partenza. *Torna da me.* Queste sono state le sue uniche parole, un po' timide, al mio orecchio.

(Scena dell'infanzia: la mia mamma seduta davanti al mobile da toeletta si pettina i capelli con accanto la figlia dodicenne. Lei si sta preparando per andare all'aeroporto a prendere mio padre. Dialogo del tutto anodino, lei è concentrata sui capelli e sullo specchio:

"Sei contenta che il papà e la mamma si vogliano tanto bene?".

"Sì..." rispondo indifferente.

"Credi che sia una cosa che succede sovente?"

"Sì, è normale."

"Davvero credi che sia normale?"

"Be', sì."

Distoglie l'attenzione dalla propria immagine riflessa e mi guarda a lungo, senza perdere l'espressione allegra. Poi ride apertamente.

"Amore mio! Sei così innocente." E mi lancia un bacio sulla punta delle dita.

"Perché?" Io sono un po' confusa.

"Ti stupiresti vedendo com'è difficile incontrare coppie sposate che si amino ancora dopo quindici anni di matrimonio. Vedrai, quando sarai grande..." Torna a guardare lo specchio, prende la spazzola con una mano e l'asciugacapelli con l'altra. Prima di accenderlo e di assordarci entrambe, commenta in tono leggero: "Io e il papà siamo una delle rare eccezioni".

E la smarrisco nel baccano dell'asciugacapelli.

È un'informazione che devo avere conservato in qualche angolo della memoria, sapevo che esisteva ma non le attribuivo nessuna importanza. Fu molto più tardi, ritrovandomi con coppie che vivevano insieme da parecchi anni, che questa scena affiorò di colpo alla mia coscienza e potei verificarne l'esattezza. Così lei mi insegnava cose della vita, non lo faceva mai pomposamente e neanche con troppa serietà. Tutto quello che so, è come se lo avessi imparato per caso.)

Finimmo di cenare presto. Le congetture e le analisi sul caso di Reina furono l'unico argomento di conversazione; mi informarono che la campagna di denuncia sarebbe stata rimandata di un paio di giorni; temono che possa danneggiarla, per cui aspettano di poterne parlare con lei. I giornalisti sono già stati avvertiti, così come alcuni ambasciatori e qualche collaboratore delle Ong, aspettano tutti il *Vamos!* per far esplodere lo scandalo. Ma, inevitabilmente, la vita quotidiana continuava, e così Luciano avrebbe voluto andare a sentire un complesso jazz che suonava in un localino del centro e io l'avrei accompagnato volentieri, ma la voce della coscienza gli imponeva di ritornare a casa. Jim, con il quale viveva, era malato.

"È soltanto un problema di stomaco. Ma qualcuno deve pur preparargli una tisana o un piatto di riso in bianco. Vedi? Sono diventato una vera *mogliettina*" commentò.

"Se lo fossi per davvero, ti lamenteresti molto di più per la serata di jazz mancata" sottolineò Ninoska. "Quale donna sopporta il marito malato? Nessuna, nemmeno una santa!"

(Gustavo aveva soltanto il raffreddore, ma sul suo corpo e ai suoi occhi la malattia si arrampicava come un'edera lussureggiante, irrefrenabile, arrivava fino in cima e vinceva alla grande. Un semplice raffreddore acquisiva connotati da cancro soltanto perché ce l'aveva lui. Ma perché gli uomini si danno tanta importanza quando sono malati? Nella mia infanzia, ricordo l'intera casa sottosopra se il papà aveva qualcosa; la mamma correva su e giù con bicchieri d'acqua e medicine, tutti stavamo in silenzio: "Tuo padre sta male", la frase sacra. Quando accadeva a lei, nessuno le prestava la minima attenzione.)

Decido di fare quattro passi prima di rientrare in albergo.

Rimandare ancora l'inevitabile appello alla Mistral, la Gabriela cilena, che invito ogni sera per cantare insieme la sua *Canción amarga*:

> *¡Ay! Juguemos, hijo mío,*
> *a la reina con el rey.*[*]

Dovunque sia diretta, i miei passi mi conducono sempre al Parque, a sedermi su una delle sue panchine. Se è sabato sera, mi allieta la marimba che si piazza sotto il pergolato e accompagna con la sua musica generosa i miei sensi sempre all'erta. Ma oggi è venerdì, lascerò la musica per domani.

Aveva proprio ragione Reina! Non posso negare il progressivo innamoramento che sta nascendo tra me e la città. Ecco qui San Cristóbal de las Casas, intatta, inconfondibilmente intatta come solo possono esserlo i luoghi abbandonati dalle autorità del potere centrale, prima dai governatori guatemaltechi della colonia, poi dai governanti di Città del Messico, lontano da ogni crocevia, da ogni importante direttrice. Bizzarro paradosso: i luoghi trascurati conservano il fascino conferito loro dall'essersi mantenuti integri, basta guardare le strade acciottolate e gli angoli antichi della città, che altrimenti sarebbero spariti nel nome del progresso. Quale contrasto con la città grande, la vicina Tuxtla sull'orlo del Sumidero! Com'è affascinante San Cristóbal con le sue casette basse e variopinte, con i muri a secco e le tegole, con gli antichi conventi e le chiese, con i palazzi ben conservati, con quel cielo trasparente e il sapore di provincia che ormai si trova in pochi luoghi al mondo. Penso alla scelta che hanno fatto Jean-Jacques e Luciano eleggendola a luogo in cui vivere, e per la prima volta mi accorgo di provare una calma invidia nei loro confronti.

Impossibile fare il conto di quanti siano i bambini indios che interrompono continuamente le mie divagazioni: o sono tre pacchetti di chewing-gum per un peso o un *elote* per cin-

---

[*] Ah, giochiamo, figlio mio, alla regina con il suo re! [*N.d.T.*]

que o un braccialetto per dieci. Mi si avvicina una bambina piccola, scalza e con i capelli scarmigliati come tutte le altre, che si porta dietro un neonato legato alla schiena, un pettirosso con le piume arruffate. Come se conoscesse già la pazienza incommensurabile, mi si piazza davanti anche se non mostro alcun interesse a comprare la sua povera mercanzia. Le regalo un mandarino che tengo nella borsetta e le chiedo quanti anni ha.

"Sei."

"E il piccolino che ti porti dietro?"

"Tre mesi. È la mia sorellina."

"Come si chiama?"

"Carmelita. E io mi chiamo María del Carmen."

(Chissà come avranno chiamato le altre sorelle?)

"E la tua mamma?"

"Lavora."

(A quest'ora? Ma certo, fa le pulizie in un edificio pubblico, ogni sera.)

"E tu ti prendi cura di tua sorella mentre lei lavora?"

"Sì."

A sei anni! Mi vengono i brividi al pensiero di un bambino di tre mesi affidato alle cure di una bambina di sei anni. (Il mio bambino, lui ritorna sempre, cerca il modo, più indolore possibile, per farsi sentire.) Lei lavora già, porta a casa i soldi e ha la responsabilità di un'altra creatura. L'errore natale.

Quando María del Carmen migra verso altri stranieri più generosi di me, fisso lo sguardo sulla cattedrale, protagonista orgogliosa di buona parte della storia di questo territorio. Lungo la fiancata dell'edificio si trovano gli uffici della Diocesi, dove qualche giorno fa mi aspettava padre Íñiguez, uno dei sacerdoti che vi lavorano.

(*"Il Chiapas e il suo mondo indigeno: povero tra i poveri. Non potremmo neppure definirli cittadini emarginati perché si trovavano al di fuori dell'emarginazione stessa. Nel Chiapas, fino a poco tempo fa, esisteva una struttura quasi feudale. I* coletos *non si mescolavano mai con gli indigeni, il che li ha spin-*

ti ad autodefinirsi coletos *autentici. Hanno confinato gli indios sulla montagna, appropriandosi della vallata e trasformandoli in servi. Hanno avuto il totale dominio su San Cristóbal per quattro secoli, sebbene questa città se la contendessero anche antropologi e avventurieri. Gli indios erano stati i suoi primi padroni e l'avevano chiamata Jovel. Hanno dovuto sopportare prima i conquistatori e poi i proprietari terrieri, che li consideravano strumenti per arricchirsi, bestie da soma, schiavi da far lavorare nelle piantagioni di cotone e di caffè, nelle miniere e nelle piantagioni di canna da zucchero. San Cristóbal era il centro di tutto quanto, il nucleo operativo dei* coletos *autentici."*)

Mentre gli chiedevo quale situazione avesse trovato il vescovo Ruiz quando era venuto qui, non riuscivo a distogliere lo sguardo dalle sue mani nodose, ossute, e dai gesti misurati di quelle lunghe dita.

(*"Quello che don Samuel ha trovato nello stato del Chiapas più di trentacinque anni fa non era molto diverso dalla drammatica realtà che il suo predecessore, fra' Bartolomé de las Casas, aveva affrontato quattro secoli prima. Come se la modernità avesse escluso questo pezzo di terra dal privilegio della civiltà, marchiandola a fuoco, isolandola, emarginandola, saccheggiandola."*)

E nel momento in cui passò a esporre gli obiettivi del suo vescovo, mi sforzai di osservare quegli occhi azzurri per scoprire come potessero convivere la fatica e la tenace speranza che vedevo splendere in essi.

(*"L'obiettivo di don Samuel era insieme umile e grandioso. Glielo espongo usando le sue parole: 'Andare verso la creazione di una Chiesa autoctona che sia espressione della propria storia di salvezza, che sia in grado di esprimersi nella propria cultura; che sia in grado di arricchirsi con i propri valori, che sappia accogliere le proprie sofferenze, le lotte e le aspirazioni e che con la forza del Vangelo trasformi e liberi la propria cultura'. Un giorno un indigeno gli disse: 'Se la Chiesa si fa tzeltal per gli indios tzeltales, ch'ol per gli indios ch'oles, tojolabal per gli indios tojolabales... non capisco come possa ancora chiamarsi Chiesa cattolica'. Allora don Samuel rispose che intendeva spez-*

zare quella che lui stesso definiva 'la schizofrenia religiosa in cui vivono gli indigeni dalla guerra della Conquista'.")

E quando indagai sull'intervento dei missionari, non avrei più voluto smettere di ascoltare la sua voce monotona, che mi accarezzava lentamente come la promessa di una serenità che proveniva addirittura dal paradiso.

(*"Hanno raccolto la parola presente nella comunità, l'hanno sistematizzata, l'hanno resa parola sociale. Soltanto così potevamo restituire la dignità a quei Cristi maltrattati, come fra' Bartolomé de las Casas aveva chiamato gli indigeni."*)

Di ritorno in albergo, salendo per la scala esterna che porta al terzo piano dove si trova la mia camera, mi fermai sul pianerottolo e osservai l'oscurità con il suo irrevocabile silenzio, a prova di amministratori di disgrazie e di personalità sfuggenti. Una terra sperduta ai confini del paese messicano, a sud, sempre a sud, come ciascuno dei nostri paesi da questa parte dell'universo, ciascuno con le ferite del proprio Sud. Quali turbamenti hanno sconvolto l'animo del Padre degli indios, il vescovo Bartolomé de las Casas? Che cosa ha visto di così terribile se gli sono bastati soltanto sei mesi alla guida di questa Chiesa per dedicare il resto della vita a raccontare la distruzione delle Indie? Chissà se c'erano differenze tra il comportamento dei colonizzatori e dei funzionari di allora e quello dei loro attuali eredi?

Quattro secoli e la stessa realtà. Possibile che il futuro si fermi, si blocchi, s'impantani, si congeli in un luogo che qualcuno ha scelto una volta, chissà quando? Avvenire trasformato previamente in una statua di sale. Alla fine di quella giornata mi era rimasta una sola piccola verità: il tempo si è fermato nel Chiapas e Dio ha girato al largo.

SABATO

1.

Mi svegliai con la convinzione che Paulina sbagliasse a considerare ogni nuovo giorno come la festa della rinascita. Gli indios ch'oles, nella loro lingua, hanno un unico termine per definire tre concetti: *k'in* significa insieme *sole*, *giorno* e *festa*. E invece no, che disastro quelle parole, cascasse il mondo non riesco a considerarle sinonimi.

Alla reception del Casavieja mi avvertirono che il soggiorno che avevo prenotato stava per scadere, e io non avevo ancora un posto dove andare. Stavo finendo i soldi. A Gustavo non era piaciuta l'idea che avrei rimandato il ritorno: inoltre, e per non so quale reconditaragione, avevo evitato di raccontargli di Reina.

("Dammi una ragione obiettiva, Camila, che possa legittimare la tua decisione."

"Una ragione obiettiva? Be', non ne ho nessuna, perché dovrei avere una ragione *obiettiva*?"

"Ma allora come la giustifichi?"

"Ma perché devo giustificarla? Non mi sembra di commettere peccato se decido di fermarmi qui qualche giorno in più. Mi rimane parecchio tempo prima della data di consegna dell'articolo."

Obiettività. Giustificazione. Che paroloni, mio Dio! In quale momento della storia i mariti si sono arrogati il diritto di giudicare quello che fanno le loro mogli?)

Uscendo dall'albergo vidi sul marciapiede un uomo che

leggeva il giornale, appoggiato contro il muro. Era profondamente assorto nella lettura, ma attirò la mia attenzione perché nonostante il grande interesse che manifestava per il giornale si era messo a camminare dietro di me, lungo calle Adelina Flores. Non mi soffermai sul suo aspetto, ma soltanto sul fatto che vi ho raccontato. Più tardi mi sarei pentita della mia distrazione. Decisi di passare dall'ospedale Regional ma la mia visita fu inutile: non mi lasciarono vedere Reina. Litigai aspramente con un infermiere ma non riuscii neppure a scoprire come avesse passato la notte. E non potei avvertire Jesús, il suo angelo custode.

Stando così le cose, m'incamminai lentamente verso la piazza, come ogni mattina. Decisi di non cambiare le mie abitudini visto che mi procuravano un certo equilibrio, precario ma pur sempre equilibrio, ed era per me d'importanza vitale: avevo esaurito tutti gli appuntamenti di lavoro e l'inattività rischiava di giocarmi brutti scherzi. Mi sedetti sulla solita panchina per leggere il giornale *sotto il sole giaguaro*, ossessivo (certe volte ho il sospetto che in Messico il sole non vada mai a dormire, come se, per una qualche ragione incomprensibile, non accettasse di tramontare; ricordo di avere tradotto un testo di Octavio Paz in cui, a proposito della pittura di Tamayo, affermava che l'elemento che meglio la caratterizzava era il sole, visibile o invisibile, e che anche la notte per Tamayo non era altro che un sole carbonizzato. Per Tamayo e per il Messico, aggiungo io). Compivo il mio piccolo rituale mattutino con una insistente e folle illusione: sentirmi di nuovo incinta. Il calore sonoro che mi avvolgeva e la quiete che avvertivo nel fluire del sangue mi rimandavano a quei nove mesi gloriosi, e la mia idea fissa si ridestava con un lieve tremolio. Ogni mattina il Parque, ogni mattina la vita che accorre fertile e silvestre. Grazie al sole.

Tale stato di grazia – sereno e demente insieme – venne interrotto dalle voci di due uomini, entrambi di mezza età, l'uno meticcio e l'altro indio, che discutevano a pochi metri da me. Alzavano la voce in tono chiaramente irritato, ma non riuscivo a capire bene la ragione del litigio. Fissai lo sguardo su di loro mentre rivedevo gli occhi splendenti di Luciano il giorno in cui, seduti a un tavolo de La Normandie davanti a una bottiglia di tequila e a due deliziosi piatti di *tamales* chiapanechi – alcuni avvolti in foglie di cambray, altri in foglie di banano –, lui mi raccontava storie di razzismo della regione. (Naturalmente Reina stava seduta fra noi due.) Se, quattro secoli e mezzo fa, fra' Bartolomé de las Casas ha dovuto sostenere davanti alla Corona di Spagna l'idea che gli indigeni avessero un'anima e andassero trattati come esseri umani, i leggendari scontri tra indios e meticci, che ancora oggi continuano a mettersi reciprocamente in discussione, non aiutano certo la loro causa. I meticci sostengono che Gesù abbia creato soltanto loro, poi è arrivato il Padreterno che gli ha chiesto di creare anche gli indios. Gesù gli rispose che il fango era finito. In quel momento passò un asino e si mise a fare i suoi bisogni proprio davanti a loro. Gesù prese lo sterco e con esso modellò il primo indio. La risposta dell'immaginario collettivo degli indigeni non si fa attendere: Gesù avrebbe creato soltanto gli indios, ma col passare del tempo avevano iniziato a litigare e si erano divisi, e così si era ridotto il numero di uomini necessari a soddisfare le donne, per cui queste ultime si accoppiarono con i cani e dalla loro unione nacquero i meticci, figli di cani.

Un accento diverso – che rievocava mari remoti – s'interpose fra le voci irate, ridestandomi da un letargo di leggende e di sole.

"Donna dai capelli rossi, cercavo proprio te."

"Guarda guarda, si parla del diavolo!... O si pensa al diavolo, in realtà. Stavo ripensando a una delle storie che mi hai raccontato."

"Be', te ne ho raccontate un sacco, il materiale non ti manca."

"Sta meglio il tuo convivente?"

"Sì, va meglio, e ieri sera ne ho approfittato per parlare con lui della possibilità di accoglierti a casa mia. Il vecchio divano nell'atelier è un ottimo letto per me, posso cederti la mia camera. No, non interrompere... Secondo me staresti molto meglio lì che da Ninoska... nessun obbligo legato alla convivenza, nessun bisogno di essere gentile. Abbiamo un bagno solo, ma se anticipiamo gli orari non dovrebbe essere un problema. Ti pare? Per Jim, l'unica condizione è di parlare in spagnolo, niente inglese, e meno che mai l'italiano."

"Devo riconoscere che sei un tesoro."

"Sempre ai suoi ordini, signorina."

"Ma mi hai presa in contropiede... lascia che ci pensi su."

"Ma va' là... che cosa c'è da pensare?"

"Non so se voglio fare irruzione nella vostra quotidianità, dopotutto tu lavori in casa."

"Di giorno sarai impegnata con Reina e la notte dormirai, come tutte le persone normali, tra le quali io non mi annovero. In che cosa consisterebbe l'irruzione?"

"Sì, hai ragione... Ma stamattina mi sono svegliata davvero confusa, senza neppure un posticino per l'ottimismo."

"Sono già fin troppe le ombre intorno a noi, non aggiungerne altre. Sai che si fa? Chiedo a Jim di darmi la macchina e ti porto a fare un giro, sai, a quest'ora mi riesce difficile mettermi al lavoro."

"Davvero? E dove mi porti?"

"Al canyon del Sumidero, scommetto che non lo conosci."

"No, non lo conosco. Ma... e Reina?"

"Se non ci permettono ancora di vederla, che cosa possiamo fare per lei? Le riunioni sono già finite e Jean-Jacques si occupa di tutto quanto. Jesús ci telefonerà al ristorante per dirci quando potremo portarla a casa. Paulina sta all'erta, e Ninoska pure. A proposito, abbiamo già parlato con Dun e Priscilla, sono tutte e due d'accordo a darti una mano per curare Reina."

Poiché la sua compagna, Leslie, in questi giorni si trova nella sua terra natale, Dun ha assicurato di poter disporre di *tutto il tempo del mondo*, a parte quello che dedica ai cani. Priscilla, un'antropologa messicana, insegna all'università e l'orario di questo semestre le lascia liberi un pomeriggio e tre mattinate, come minimo. In effetti, nonostante la disponibilità che manifestano, Dun ha i suoi cani e Priscilla le sue lezioni, quindi in fin dei conti l'unica a non avere niente da fare sono io. E sono anche la più vulnerabile alle passioni della città.

"Qui nessuno ha figli" balbettai in modo incoerente.

"Non ci stanno," rispose Luciano con noncuranza, "i fanatici non ne hanno bisogno."

Il canyon del Sumidero è una gigantesca bizzarria della natura. Lungo la strada che porta a Tuxtla, prima di arrivare in città, si trova l'imbarcadero dove si sale a bordo di un battello che attraversa il fiume: durante il breve viaggio, i passeggeri vengono scaraventati in una dimensione inusuale, antica e primigenia, dovuta alla presenza delle gigantesche scogliere e delle rocce dall'aspetto millenario che fanno la guardia alle due rive, come incorruttibili sentinelle. Con quanta facilità il mondo odierno rimane indietro, a galleggiare sull'acqua, quasi le enormi muraglie naturali agissero da efficace protezione contro di esso. Fra gli elementi basilari del cosmo – quelli che non s'ingarbugliano come l'aria, l'acqua e il sole – ne percepii un altro: mi sentivo assalire da una benefica sensazione di freschezze dimenticate, una di quelle sensazioni rarissime, legate alla certezza di trovarsi proprio nel luogo dove uno vorrebbe essere, dove desidera essere, dove ha bisogno di essere. Fertilità sublime.

Ebbi soltanto un sussulto durante quelle ore gloriose. Stavamo seduti in quest'ordine: un passeggero della barca, io e poi Luciano, e dividevamo tutti e tre stessa panca lunga. A un certo punto, il passeggero vicino a me si alzò in piedi per guardare più da vicino alcune scimmie che penzolavano dagli alberi sulla riva, ma perse l'equilibrio e cadendo mi spinse fra le braccia di Luciano. Lui mi sostenne saldamente per le spalle e mi passò un braccio dietro alla schiena. Dopo avere accettato le educate scuse del mio vicino ed essermi assicurata che stesse bene, istintivamente cercai di liberarmi dall'abbraccio di Luciano, ma lui finse di non accorgersene. O meglio, ignorò il mio gesto, continuando a tenermi stretta a lui. Sentii contro la guancia il contatto vellutato dell'alcantara, e invece di ritrarmi – stoicamente – da quella morbidezza, mi lasciai travolgere. Pensai che la volontà non mi stava assistendo. Riconobbi controvoglia l'oggetto dei miei timori: dovevo sottolinearlo e tenerlo bene a mente.

Sulla via del ritorno ringraziai Luciano per avermi strappata dallo smarrimento confuso degli ultimi giorni; e mentre ritornavamo nel mondo reale ripensai alla nostra chiacchierata nel Parque e gli chiesi di parlarmi di quello che in un modo o nell'altro mi fa sempre venire i brividi: il fanatismo.

"Bisogna distinguerlo dalla parola impegno, sebbene alcuni tendano ad associare i due termini. Nel linguaggio degli idealisti più radicali e dei messianici la parola 'impegno' è una parola sporca. Loro credono che impegno equivalga a opportunismo, disonestà, vigliaccheria. Impegno invece è sinonimo di vita, ma il suo contrario non è integralismo e neppure coraggio, il contrario di impegno è fanatismo e morte."

"Non lo avevo mai considerato sotto questo punto di vista."

"Prova a rileggere la storia e scoprirai l'enorme differenza tra gli uomini impegnati e i fanatici. Il fanatico non ha una vita intima, privata, dedica il cento per cento della propria esistenza al pubblico. Si preoccupa soltanto di te, di farti cambiare, di redimerti, è più interessato a te che non a se stesso. Se non riesce a cambiarti, ti ammazza."

"Si preoccupa di morire per una causa, e non di cercare una causa per cui vivere."

"Esatto. Pensa a un vegetariano: ti mangia vivo se mangi la carne. Pensa a un pacifista: ti spara un colpo se uccidi un nemico." Accenna a un sorriso: "Usano le armi che odiano perché la loro verità non è mai relativa, la loro verità è irriducibile e punta sempre a distruggere gli uomini impegnati".

"Sì, è vero."

"E guai quando un fanatico finisce vittima di un qualche evento tragico! Il dolore dei vinti esercita una sorta di ricatto nei nostri confronti, e tutti noi, senza rendercene conto, ci lasciamo fregare." Frena bruscamente dietro a un camion che si è fermato a metà curva, urla qualcosa al conducente in tono irato, lo supera e quindi prosegue, sereno e concentrato, come se nulla lo avesse interrotto. "Non so se ci hai fatto caso, ma non pensano mai al *dopo*. E la vita, cara mia, ha sempre dimostrato che il *dopo* che loro hanno costruito era grigio almeno quanto il *prima* contro cui avevano combattuto."

"Stai pensando a qualcuno in particolare, fra le persone che frequenti?"

"Certe volte vedo quel veleno negli occhi di Reina."

"Reina?"

"Può essere molto interessante smontare un fanatico, lo sapevi? Ma lasciamola in pace. In fin dei conti lei si rifiuta di vivere nell'immediato, come invece facciamo tutti noi, chi in un modo chi nell'altro. Certo, alcuni si salvano. Il monaco buddhista, per esempio; non è anche lui un fanatico? Anche il guerrigliero. Sì, dobbiamo riconoscerlo: almeno loro si salvano dall'immediato."

"A proposito di progresso, o di modernità, come preferisci, il grande conflitto nel Chiapas non è un po' troppo nostalgico, un po' antiquato?"

"No, al contrario, è modernissimo. È così che sono diventati i conflitti dopo la caduta del Muro: piccoli, fratricidi, di quartiere. Orfani della globalità, ecco che le minuscole utopie locali tornano ad armarsi."

"Sai, Luciano, non credo che per Reina sia questione di fuggire dall'immediato. L'enorme differenza tra lei e gli altri è che i suoi muri non sono crollati. Venendo nel Chiapas, non ha fatto altro che puntellarli con le proprie mani."

"Non ha fatto altro che fuggire da una condizione che le fa paura: essere un'orfana."

"Orfana di che cosa?"

"Dell'Apocalisse."

2.

Ho dovuto dirlo a Luciano: di rivoluzionario ho soltanto il nome. Essendo nata verso la metà degli anni sessanta da genitori politicamente impegnati, in quale altro modo potevano chiamarmi, se non Camila? Non si sono ancora messi d'accordo sulla personalità cui avevano voluto rendere omaggio, mio padre dice Cienfuegos, mia madre Camilo Torres. Quest'ultimo era stato assassinato qualche giorno prima che nascessi, nel lontano 1966, per cui tendo a credere di più a mia madre. E, oltre a essere stata vittima di tutte le nuove teorie relative all'educazione dei figli e avere respirato l'aria di cambiamento che si doveva respirare in ogni casa perbene, non ho altri precedenti estremisti al di là di questi.

Quando nel mio paese venne rovesciato l'unico governo socialista salito al potere per via elettorale, non avevo più di sette anni. I miei due fratelli minori – i gemelli – avevano ancora il pannolino. I miei genitori si amavano ancora e, pur avendo la possibilità di sceglersi un posto migliore dove vivere, avevano deciso di restare in Cile e di combattere contro la dittatura. Per questo la casa dove sono cresciuta era tutt'altro che stabile, i mestieri che i miei genitori avevano potuto svolgere durante quegli anni erano al limite della sopravvivenza, e le uniche ricchezze che avevo conosciuto erano la discrezione e il segreto, tutto era tacito e sottile, ma comunque presente. Quando incarcerarono mia madre, per esempio, a scuola non ne parlai con nessuno; e non perché mi avessero detto di non farlo, ma perché sapevo da sola, istintivamente, che cosa dire e che cosa non dire. Mi abituai a trascorrere la notte accudita da sconosciuti, i miei non avevano soldi per assumere qualcuno che si occupasse di noi, il che mi fece crescere nutrendo una certa fiducia nel genere umano, anche se adesso, da grande, non ne sono più così sicura. Sono stata educata a provare ribrezzo per la mancanza di libertà e da sempre ho intuito che la democrazia è il migliore dei destini di una nazione. Ma niente di più. Mia madre stava molto attenta al suo modo di esprimersi, non so se ciò era dovuto al rispetto per noi in quanto individualità diverse da lei, o all'intento di darci una maggiore sicurezza nella clandestinità, ma l'unica parola d'ordine della mia educazione è stata solidarietà, nessun'altra. Quando a volte mi capita di riascoltare il linguaggio di quel tempo, con la sua terminologia reboante, dogmatica e totalitaria, ringrazio il cielo per essere stata allevata al di fuori di quel gergo, e non m'importa quali fossero le ragioni di fondo.

Non ho studiato sociologia come mia madre né filosofia come mio padre, due facoltà perfettamente inutili al giorno d'oggi, ma ho deciso di fare la traduttrice. Sicuramente speravo di ricreare nella mia lingua le parole di grandi poeti, ma non è così semplice guadagnarsi la vita e mi porto ancora dietro pesantissimi dizionari tecnici e glossari specialistici per tradurre testi che non inneggiano propriamente alla natura degli esseri umani né regalano nuove vite a chi come noi deve accontentarsi di questa. Insomma, tutto questo per dire che dal punto di vista professionale anch'io, come mia madre, non ho fatto molti sforzi per sconfiggere la miseria.

Quando finalmente la libertà fece ritorno nel mio lontano paese, sebbene molti la considerassero soltanto una mezza libertà, io avevo un'età fantastica: ventitré anni. Ma non furono in molti a cercare di trattenermi: e infatti alla fine del primo governo della Concertazione andai a vivere proprio nella capitale dell'impero. Le uniche azioni che posso vantare nel mio curriculum pseudorivoluzionario sono di avere svolto qualche lavoretto per Dolores durante gli anni della repressione, di essere scesa in piazza a manifestare un paio di volte (ritornando a casa bagnata fradicia e semiasfissiata dai gas tossici che usava la polizia), e di essermi impegnata in università per spiegare come votare nel plebiscito che tolse il potere dalle mani dei militari. Come potete vedere, il minimo che qualsiasi persona onesta avrebbe fatto in quegli anni. Ripeto: il minimo.

E non è stato certo un motivo di orgoglio nel momento in cui ho conosciuto Gustavo e i suoi. Anzi, devo riconoscere che a volte deformo la mia storia e m'impadronisco di un pezzo della storia di mia madre per non sentirmi addosso lo sguardo carico di rimprovero degli americani, così politicamente corretti ma ignari di che cosa sia la paura di avere uno stivale militare che ti incombe sulla testa. Lo stesso Gustavo, figlio di intellettuali cileni in esilio negli Stati Uniti, non è mai tornato nel suo paese di origine, neppure quando avrebbe potuto farlo; ha preferito *combattere* dalle varie lobby cui aveva accesso e sì, è probabile che la sua lotta per la causa sia stata più efficace così. (Ancora oggi sento dire da mio suocero, ogni volta che viene a trovarci, che l'unica cosa peggiore dell'esilio è il ritorno.) Debbo aggiungere che, da quando ho l'età della ragione, la mia nazionalità non è mai stata neutra; da decenni, nulla nel mio paese può fregiarsi di questo aggettivo; è la nostra condanna. Il mio biglietto da visita all'estero è sempre stata la terra da cui provengo, e il discorsetto che segue inevitabilmente alla mia dichiarazione è una sorta di cognome: e mi domando come sia possibile per un paese che si colloca nel punto più recondito della geografia terrestre, come sia possibile che per decenni un paese del genere abbia mantenuto fissi su di sé gli sguardi del mondo intero. Da piccola credevo che il Cile fosse piccino e lontano, ma crescendo ho scoperto che nessun paese europeo è più grande di lui, nemmeno il Giappone, che tra l'altro ha smesso di essere lontano da quando l'Oceano Pacifico si è trasformato nel fulcro dell'economia mondiale. Ma lasciamo perdere, i cileni ci credono ancora. Ebbene, se io fossi nata in uno qualunque dei paesi vicini alle nostre frontiere, guarderei al Cile quasi con risentimento, domandandomi quali grazie si celino dietro le sue montagne altissime. Forse perché è davvero inusuale che un luogo tanto recondito si sia preso il lusso di operare scelte politiche originali, eccentriche persino, anche se alla fine le ha pagate care. Dolores dice che le sue grazie sono sul punto di scomparire per sempre. Ma se mi lascio influenzare dalle parole deluse e piene di rancore di mia madre, è meglio che prenda un'altra nazionalità.

A volte mi domando se il mio mancato impegno politico sia dovuto a una ribellione contro di lei, a uno scetticismo profondo e inalterabile che mi accompagna da sempre o alla semplice vigliaccheria della comodità. Forse a tutte e tre le cose insieme. Il Muro di Berlino è crollato anche sui miei ventitré anni di allora, convincendomi dell'inutilità di compiere altre imprese, e dell'orrore che si nascondeva dove credevo ci fosse la giustizia. Avevo attraversato sconsolata gli anni dell'adolescenza scoprendo che la fame è identica dappertutto e il veleno ultimo, assoluto e totale, deriva soltanto dal potere. La caduta del muro aveva segnato tutti quanti, credenti e non credenti. I primi si smarrirono per vie molto diverse: alcuni, pochi, si irrigidirono ripiegandosi sulle proprie verità; altri scelsero il privilegio del pragmatismo, credendo di avere il diritto di arricchirsi con progetti personali. Ma la fine di quell'epoca storica trasformò anche noi che non ci credevamo, perché chi come noi vive accanto ai credenti viene comunque perseguitato da una sorta di nostalgia priva di ogni razionalità. Un esempio: la prima volta che mio padre fece un viaggio nei paesi comunisti, portò in regalo a mia madre un carillon che suonava le note dell'*Internazionale*. Lo ricordo benissimo, laccato di rosso, ci avrò giocato mille volte, lo sguardo sperduto nella neve del paesaggio siberiano dipinto sopra. Molti anni dopo, accompagnando Gustavo a San Salvador per un reportage su di una manifestazione, avevo sentito cantare le strofe dell'*Internazionale*. Affascinata, avevo seguito la gente che marciava: ero insieme a loro con tutto il mio cuore, senza razionalità, con i miei brividi che seguivano il ritmo dei loro sentimenti, a qualunque prezzo.

I muri crollarono anche a casa mia. Piano piano le strade dei miei genitori imboccarono direzioni opposte e anche il loro affetto finì per dissolversi: l'uno si rifugiò nel regno del disincanto, l'altra nel regno della caparbietà, e i loro diversi modi di vedere la vita li spinsero a un antagonismo crescente. Avvicinandomi alternativamente all'uno e all'altra, scoprii un fenomeno profondo che più avanti trovò conferma anche nel comportamento di quei conoscenti che appartenevano al mondo della sinistra: la fine del modello comunista aveva sconvolto radicalmente e in modo irreversibile la percezione della realtà e il significato che davano alla propria vita. Alcuni, pochi, decisero di persistere nelle idee rivoluzionarie, senza nessuna speranza che potessero tradursi in un effettivo cambiamento della realtà, a differenza di prima, quando lo consideravano un evento imminente che avrebbe dato un senso alla loro vita. Continuarono a coltivare la disciplina anche se in maniera sempre meno mistica, e limitarono la loro visione politica a una critica implacabile dei nuovi fenomeni di globalizzazione, ma senza formulare proposte per il futuro. Possedevano ancora la vocazione, ma adesso era pateticamente vuota di contenuti. Il che li trasformava in creature ogni giorno più scontrose e disadattate: era come se i membri della sinistra rivoluzionaria si fossero preparati a una vita breve ed eroica e adesso la storia li avesse condannati a vivere un lungo inverno senza speranza in un territorio che sarà sempre loro estraneo e ostile.

Nel frattempo mio padre andava a ingrossare le fila di un'altra sinistra, quella pragmatica e professionale, che puntava alla gestione immediata della società, *indifferente ai posteri e noncurante del futuro*; la sinistra che si era lasciata alle spalle l'antico senso dell'eroismo e del sacrificio e che, per alleviare i propri traumi, tentava di presentarsi come una scelta forte, realista e tollerante, con l'eterna argomentazione di salvare il salvabile per rendere umano un mondo che comunque veniva considerato egoista ed estraneo.

Mia madre si ostinava a conservare la purezza del proprio impegno politico, mentre mio padre aveva adattato i suoi principi e il modo di vedere la realtà nel tentativo di mantenere intatta l'efficacia dell'azione. Il cortocircuito che scattò fra i due fu irrimediabile, il dialogo e l'amicizia che aveva loro scaldato il cuore non erano più possibili. Lo sgretolamento politico aveva raggelato per sempre le loro vite.

Superfluo specificare chi dei due salì al potere.

(Così come, presumo, l'enorme diffidenza che suscitano in me, e spero mio padre mi perdoni, coloro che lo esercitano.)

Eppure quando mi confronto con mia madre, dico: la sua vita è stata migliore della mia. E non mi piace. Così come non mi piace il vago senso di colpa che mi pervade quando penso a Reina, a Jean-Jacques o a Luciano, e che si fa ancora più profondo quando penso alle persone che lavorano nella Diocesi di San Cristóbal, tutti coloro con cui ho parlato in questi giorni, coloro che in modo anonimo si dedicano anima e corpo alla causa degli indigeni, mediante l'istruzione, la catechesi, insomma conferendo loro la dignità. Debbo riconoscere che la loro esistenza ha cambiato qualcosa in questo mondo, mentre la mia è andata avanti come in letargo, a volte piacevole, quasi sempre insipida. Forse, a essere sinceri, il mio vero terrore è di ritrovarmi sul letto di morte e quando qualcuno mi chiederà di sintetizzare quale sia stato il senso della mia esistenza, non sapere che cosa dire. Quello sì che mi fa paura!

Ed eccomi qui, a dirigere i miei passi verso i nuovi amici, che nel disorientamento ideologico ed esistenziale hanno trovato il loro spazio nel Sudest messicano: proprio nella terra dove sono rinate le utopie, piccole, frammentarie, con frontiere estremamente limitate, ma pur sempre utopie. Dopotutto.

3.

Nella mitologia ch'ol le stelle sono i bambini innocenti morti accanto ai loro genitori, i Chuntie Winik, condannati dal massimo creatore Ch'ujtiat.

Quando costui aveva creato gli uomini e li aveva mandati sulla Terra, gli uomini furono ingrati con lui e continuarono a vivere senza onorarlo e senza lavorare. Ch'ujtiat si arrabbiò e mandò un diluvio universale per annegare tutti quanti. Ma alcuni riuscirono a salvarsi arrampicandosi sugli alberi, e si rifugiarono lassù. Erano i Chuntie Winik. Dopo qualche tempo il creatore scese sulla Terra e li trovò ancora vivi. Si arrabbiò di nuovo perché gli avevano disobbedito e li trasformò in scimmie. Questi fuggirono un'altra volta sugli alberi, dove vivono ancora oggi. Ma i loro figli morirono e loro non avevano offeso Ch'ujtiat, erano piccoli e non avevano colpe. Allora il creatore si commosse e li mandò lassù, nell'infinito, affinché vivessero come stelle nel cielo.

Pensai che anch'io dovevo cercare il mio bambino fra le stelle.

"Non ti spaventare, Camila, ma ho l'impressione che un'automobile ti stia seguendo."

Mi guardai istintivamente alle spalle e vidi un'auto bianca che stava parcheggiando davanti alla chiesa di Santo Domingo, vicino al marciapiede della casa di Luciano. Scorsi tre uomini all'interno dell'abitacolo. Non riuscii a leggere la targa.

"Guarda che mi attribuisci un'importanza che non merito" dissi a Luciano, convinta che nessuno potesse avere interesse a seguirmi. Pagai il taxi che mi aveva aiutato a trasportare i bagagli e lo congedai, mentre Luciano continuava la sua ispezione davanti alla porta di casa, dove era venuto a ricevermi.

"Da dove arrivi?"

"Da casa di Reina."

"Non ci è andato nessun altro dal giorno dell'incidente, vero?"

"Credo di no."

"Dev'essere la casa di Reina il problema... Hai dato da mangiare ai gatti?"

"Sì. E mi ci sono già affezionata un po'."

Luciano fissò di nuovo lo sguardo sull'auto bianca senza celare la sua preoccupazione.

"Quando mi hai avvertito che saresti arrivata in taxi, sono uscito per aspettarti. Loro ti venivano dietro, Camila, non puoi fare finta di niente, li ho visti."

"Non è che stiamo diventando tutti quanti un po' paranoici? Su, fammi entrare."

Luciano abita in una casa minuscola: ha la porta nera e il muro all'intorno è dipinto di verde. Mentre mi guidava verso la sua camera, ne approfittai per dare un'occhiata all'interno, alle pareti di un rosso spento; la struttura è tipica di questi paraggi: un cortile interno invaso dalle piante, un corridoio dal fresco e coloratissimo pavimento a mosaico su cui si affacciano tre porte di legno – le due camere da letto e il bagno –, le travi a vista del soffitto come in una casa coloniale in miniatura e una sala ampia e luminosissima. Visto che quello è l'atelier di Luciano, gli chiesi dove si mettesse Jim quando usciva dalla sua camera.

"Praticamente non esce mai, ecco perché ha la stanza più grande della casa, con il televisore e i mobili che un tempo erano nella sala. Gli ospiti li riceve in camera sua. Quanto a me non ho problemi, non ricevo mai visite." Di fronte alla mia espressione incredula, aggiunse: "Ah, e lì c'è la cucina... non è così piccola. È il posto dove si mangia e si convive".

In effetti la cucina era quadrata e spaziosa e soddisfaceva ampiamente tutte le fantasie di quella che potrebbe definirsi una cucina messicana; sugli scaffali blu che si allineavano lungo tre pareti facevano mostra di sé grandi cucchiai di legno, piatti di ceramica bianchi e azzurri, vassoi dipinti di verde, caraffe di cristallo rosso e bicchieri di ogni misura. Fin troppo facile associare le mattonelle brune del pavimento – a disegni geometrici gialli e color caffè – alla carnagione del loro proprietario; avevano un'aria così fresca e accogliente, che voglia di sdraiarcisi sopra e riposare!

A differenza della cucina, il disordine che regnava nella sala era fuori dal comune, libri e carte dovunque, impilati sulle mensole stracariche, alcune sculture di tipo preispanico sul pavimento, un paio di bicchieri sporchi sotto il tavolo, una coperta gettata con noncuranza sulla poltrona, tele e boccette di colore sparpagliate in giro, caraffe piene d'acqua, custodie di compact-disc, come se nessun oggetto avesse il proprio posto. Mi assalì l'acuto desiderio di vivere qualche giorno in quel disordine caotico, aveva un che di nostalgico (l'infanzia, la casa paterna dove l'estetica non veniva mai programmata; si manifestava spontaneamente attraverso le tracce materiali che la vita lasciava dietro di sé, attraverso il legno caldo di mobili disomogenei davanti a puzzolenti stufe a cherosene, attraverso le tendine di macramè stropicciate con gli scialli e le coperte patchwork gettati sulle poltrone, attraverso i variopinti tappeti di lana da quattro soldi nascosti sotto montagne di giornali, documenti, ritagli, cartelline. Non ricordo nessuna linea di gelido alluminio. Certe volte vorrei ritornare a quel calore. Ma Gustavo esprime opinioni su così tanti argomenti che non c'è più posto per le mie, di opinioni, e poi le sue sono sempre così azzeccate, così valide – penso al design e all'architettura – che fin dall'inizio ho trovato più comodo, facile e sopportabile adattarmi, piuttosto che intraprendere una battaglia perduta già in partenza. Per questo motivo ho vissuto gli ultimi sei anni della mia vita nella dittatura del minimalismo, e ho capito che non lascia spazio a nessuna improvvisazione).

La stanza che Luciano mi ha ceduto è monacale. Sotto il soffitto altissimo c'è soltanto un letto a due piazze, e il piccolo tavolo con la relativa sedia sembrano provenire dall'aula di una scuola pubblica; le pareti color arancione, di una tonalità quasi fluorescente, presentavano cerchi sfumati più o meno scuri, come se una spugna si fosse mossa circolarmente per produrre quello strano effetto. L'unico ornamento era un tucano di legno appeso a una trave del soffitto. Chissà se il giallo sgargiante del collo dell'animale e il suo piumaggio rosso e nero erano davvero le uniche compagnie notturne del pittore? Buttai l'enorme zaino sulla coperta tessuta a mano, presumibilmente acquistata lì di fronte, nel mercato che si tiene sul sagrato della chiesa. Credo sia guatemalteca, ma mi viene in mente che i confini tra il Chiapas e il Guatemala sono molto sfumati, non per niente sono stati un'unica nazione fino ai primi vent'anni dell'Ottocento.

"Vieni, ti preparo un buon caffè" mi propose Luciano dopo che ebbi sistemato la mia nuova camera.

Mi sedetti su una sedia gialla impagliata, di fronte all'unico tavolo della cucina. Mentre Luciano riempiva d'acqua la caffettiera, gli chiesi se potevo leggergli una lettera che Dolores mi aveva spedito qualche giorno prima.

"Puoi leggermi tutto quello che vuoi, anche le pagine più intime del diario della tua vita..."

Gli sorrisi e iniziai.

Camila, mia cara bambina,

come vorrei essere lì con te in questi giorni, nel Sud del Messico. Ho riflettuto sulle domande che mi hai fatto e grazie al tuo viaggio ho analizzato di nuovo tutto quello che sta accadendo lì.

Per quanto concerne Marcos, "il Sub", è un argomento che mi ha dato da pensare e ho cercato di capire, soprattutto per capire me stessa, Camila. Perché sono convinta che il problema di Marcos non sia Marcos, ma siamo noi, la sinistra rivoluzionaria del nostro continente. Perché lui rappresenta tante cose che ci toccano da vicino, ci emozionano o ci aggrediscono.

Per quelli della mia generazione è un fenomeno inquietante perché ci sconvolge, perché è anacronistico (sto pensando ad alta voce) e perché per colpa sua ci sentiamo mancare il terreno sotto i piedi. Marcos è arrivato troppo tardi, e per questo – non perché esiste – lo percepiamo come un rompiscatole. Per questo. A un livello personale, intimo, inconfessabile. Il Sub è arrivato quando ormai il dolore, la delusione, il lutto e tutto il resto si stavano smorzando. È arrivato quando ci eravamo più o meno abituati alla sconfitta. Quando avevamo accettato – a malincuore, ma comunque accettato – che la lotta armata era stata un fallimento in America Latina. E con questa triste certezza avevamo spento la luce. Ma ti rendi conto? Proprio in quel momento, zaffete! arriva il maledetto e ci rompe le uova nel paniere.

L'uomo dal passamontagna si è presentato quando eravamo giunti alla conclusione che la lotta, e i costi da essa sostenuti, o non erano serviti a niente, oppure erano serviti a noi come persone – conforto anoressico – e tale idea aveva finito per mettere radici nei ragazzi di allora con una connotazione epico-etico-malinconica. E lui arriva con la sua pipa per dirci che non ab-

biamo saputo aspettare perché la rivoluzione era ancora possibile... con altre modalità, in altri luoghi o con altra gente. Ma comunque era possibile.

Indipendentemente da queste considerazioni personali, voglio dirti che tutto quello che è successo nel Chiapas mi sconvolge, perché non c'è dubbio che la rivolta degli indigeni e la loro lotta sia una cosa giusta e bella. E credo che gran parte di questo lo si debba a Marcos. Ma, secondo me, lì si racchiude anche l'enigma; è questo il nostro problema, Camila, il nostro grande fallimento. È terribile pensare che oggi soltanto i personaggi messianici, illuminati, siano capaci di scatenare i cambiamenti di cui ha bisogno l'America Latina.

Secondo te la vita mi ha squinternata tutta?

Adesso raccontami come la vedi tu, da una generazione come la tua, così indifferente e fredda a tutto quello che invece sconvolge ancora la nostra.

Abbi cura di te, figliola, e abbraccia forte Reina da parte mia.

Quando ebbi finito di leggere, mi accorsi che Luciano teneva lo sguardo fisso su di me, mentre giocherellava con il cucchiaino. La sua attenzione mi commosse: potevo contare sulle dita di una mano le persone con cui avrei potuto condividere una lettera, e che davvero mi sarebbero state a sentire.

"La nostra generazione non è tutta così... non sono d'accordo con tua madre: il suo è un cliché. E comunque non è quello il punto. Vuoi un parere politico o affettivo?"

"Mi sa che non farai in tempo a darmi né l'uno né l'altro, si è fatto tardi..." risposi consultando l'orologio da polso. "Comunque mi interessa di più un parere affettivo."

"Hai mai pensato che il mondo avrebbe un'altra faccia se i due pareri combaciassero?"

Lo guardai sorpresa e d'istinto allungai una mano sul tavolo della cucina per sfiorare la sua. Gliela strinsi. Per la prima volta avvertii chiaramente il calore di quella mano. Ripeto: non era stata una iniziativa mia, ma del mio istinto. Qualcosa mi s'infiammò dentro, rimandandomi a una delle fasi più infami dell'adolescenza (la sola idea di rivivere sensazioni di quel periodo – il peggiore – suscitava in me un rifiuto feroce). Ritirai subito la mano e, non ne sono sicura, mi parve di notare un guizzo beffardo nel suo sguardo. Inoltre, avevo bisogno di completare un percorso interiore che non era ancora ultimato.

"Rimandiamo a domani," tagliai corto, "quando saremo ufficialmente conviventi."

"Domani?"

"Sì. Domani sarò qui. Ho già avvertito in albergo, è un sollievo per loro sapere che me ne vado" le mie parole tradivano nervosismo e forsennato batticuore. "Stasera trascorrerò l'ultima notte nella mia super *master suite*, dove concluderò la mia funzione di ricercatrice-inviata-di-un-importante-giornale-per-fare-un-reportage-sui-problemi-del-Chiapas."

"Va bene. Ma non arrivare troppo presto, altrimenti mi svegli."

Uscendo di casa ci accorgemmo che l'auto bianca era sparita. Luciano tirò un sospiro di sollievo, e ammise che forse si era sbagliato.

"Vuoi che ti accompagni in albergo? Sai, per via dell'auto..."

"Non ti preoccupare, non vado da quella parte. A El Puente, alle otto, proiettano un documentario sul massacro di Acteal. Mi interessa vederlo. Credo che mangerò qualcosa al bar, prima di tornare in albergo."

Mi arruffò i capelli con la mano destra – una carezza? – e mi lasciò andare.

5.

El Puente, situato in un gigantesco e accogliente palazzo azzurro in calle Real de Guadalupe, è un centro culturale molto frequentato e con tantissime attività: ogni pomeriggio proiettano film, tre spettacoli al giorno, in una sala minuscola, cui si accede dopo aver percorso numerosi corridoi. Mi piace l'idea che per quindici pesos si possa vedere di tutto, dai film di James Bond ai documentari sull'Ezln. È uno dei rari posti che rimane aperto dopo le dieci, bar compreso. A forza di frequentarlo mi sono fatta qualche amico, così ho la possibilità di accedere a materiale filmico sul Chiapas che non troverei da nessun'altra parte.

Cammino nel pittoresco quartiere di Santo Domingo, un mondo a sé stante, vivo, splendente, così deserto ora che sono andati via i venditori del mercatino dell'artigianato, come se tutti i colori del mondo fossero andati a riposare, ma avessero lasciato dietro di sé un alone di possesso, un segno inconfondibile che delimita il loro territorio. Attraversando una strada, penso che da giovani si combatte per sconfiggere i peccati capitali senza sapere che nell'età adulta non saranno le virtù a neutralizzarli, bensì i peccati stessi. Per esempio, a lungo andare la gola prende il sopravvento sulla vanità e l'ignavia sulla lussuria. E così la mia speranza si concentra sull'ignavia, marcata e robusta, a fronte dell'avventura in cui sto per imbarcarmi accettando l'invito di Luciano. Eppure una parte di me, forse quella che è figlia di Dolores, mi avverte: Attenzione alla virtù! Tante volte scopri che è inutile.

La realtà ha labbra che baciano a morte.
Esco dal cinema abbattuta, scura in volto.

Acteal è un villaggio indigeno tzotzil, nella regione degli Altos de Chiapas. Dopo avere subito minacce di morte da parte di un gruppo di paramilitari che distrussero numerose abitazioni, alla fine del 1997 più di trecento persone si erano rifugiate laggiù. Erano membri della cosiddetta Sociedad Civil Las Abejas de Chenalhó, un gruppo pacifico che cercava una soluzione negoziata e politica alla guerra. Abbandonarono le piantagioni di mais, di caffè e le loro case nella speranza di sopravvivere alle minacce dei paramilitari, che li avevano condannati a morte ansiosi di trovare dappertutto basi zapatiste. Il 22 dicembre, ad Acteal, si scatenò l'inferno, un massacro dove trovarono la morte quarantacinque persone, per la maggior parte donne e bambini e uomini disarmati che pregavano in una chiesa, mentre osservavano un digiuno.

Per colpa della maledetta abitudine che ho preso dagli americani, avevo cercato di guardare l'altra faccia della medaglia, ricordando che le disgrazie in questa zona risalgono a tempi lontani: esistevano conflitti fondamentali anche prima di Acteal, che ora acquisiscono dimensioni maggiori perché l'impunità è maggiore, ma non dovevo dimenticare gli altri sfollati, le vittime dei territori sotto il controllo degli zapatisti: insomma, in questa guerra non è tutto bianco o tutto nero, niente lo è, niente lo è mai stato. Ma ben presto mi accorsi che era un esercizio inutile e accettai consapevolmente la mia indignazione.

Mi perseguita l'immagine di una donna nel documentario, una sfollata che stava facendo il bagno nel momento in cui erano arrivati i paramilitari e che per salvarsi la vita era dovuta scappare così com'era. Oggi l'ho vista nuda dalla cintola in su, un bambino le mordicchiava il capezzolo destro, ma non sembrava cercare il latte, voleva soltanto giocare. Gli occhi annebbiati degli indigeni fissi su di lei. La sua nudità avvilita come la testimonianza più eloquente.

Mentre mi dirigo verso l'albergo, penso all'ignominia.

Secondo le credenze maya, gli dèi, nel tentativo di creare l'uomo, fecero il primo con il fango, ma questi non poteva parlare. Il secondo lo fecero di legno, ma non poteva sentire. Il terzo venne creato dal mais e lui sì, aveva tutte le facoltà. Gli uomini che hanno sparato ad Acteal erano quelle creature di legno che, per la loro insensibilità, non potevano appartenere al genere umano. Soltanto così posso spiegarmi tanta ignominia.

Immersa nei miei pensieri, camminavo lentamente lungo calle Adelina Flores per arrivare all'hotel Casavieja, senza sollevare lo sguardo da terra. Le strade di San Cristóbal sono sempre deserte di notte, come se la città si nascondesse da se stessa, mettendo tenacemente al riparo i suoi abitanti da ogni bene e da ogni male. La solitudine, dunque, era totale quando sollevai lo sguardo e, a dieci metri dall'ingresso principale dell'albergo, vidi l'auto bianca con i tre occupanti all'interno.

Costernata, entrai subito in albergo e mi precipitai verso il bancone della reception alla ricerca di un volto amico, ma con mia grande sorpresa vidi che il portiere di turno si era addormentato. Decisi di andare di sopra senza perdere altro tempo. Attraversando il primo cortiletto per imboccare la scala che porta alla mia camera, vicino al muro vedo il giaguaro di ceramica nero e ocra, lo conosco, lo vedo tutti i giorni, spalanca le fauci minacciosamente. È a grandezza naturale e i suoi occhi mi guardano fisso mentre la coda sembra fremere tra le zampe, pronto a lanciarsi sulla preda. Affrettai il passo. Nell'albergo ci sono due cortili interni: sul primo si affacciano la reception, le sale da pranzo e gli uffici; il secondo, su cui si affacciano soltanto le camere, ha un portone di legno a due battenti che si apre sulla strada e che non usa mai nessuno. Certe volte, passandoci davanti, l'avevo visto aperto. Mi viene in mente che se qualcuno volesse entrare senza farsi vedere, potrebbe passare da quel portone, per poi salire al terzo piano, il mio, e, varcando l'unica porta che si trova di fronte alla camera 49, arrivare al terrazzo sul tetto. Mi era capitato di prendere il sole là sopra e di guardare la notte: di sicuro puoi startene lassù tutto il tempo che vuoi senza essere visto. La mia mente registrò che l'auto bianca era parcheggiata proprio all'altezza del portone del secondo cortile.

Entrai in camera, accesi tutte le luci e controllai ogni cosa come un detective. Era tutto a posto, come al ritorno dal canyon del Sumidero; a una prima occhiata non era entrato nessuno. Il silenzio era agghiacciante. Avevo paura di starmene da sola in camera, per cui uscii sul pianerottolo, il posto che prediligevo per stare in compagnia dei miei pensieri. La pace, assoluta, riempiva tutto quanto, ma quel giorno mi sembrava fasulla. Il mondo si era davvero spento. La notte si estendeva da nord a sud, da est a ovest. I tetti, neri a quell'ora, coprivano, celavano, chiudevano, impedendo di vedere qualsiasi movimento liberatorio. L'intera San Cristóbal viveva la notte tacita, ciascuno nella propria solitudine, per conto proprio, a proprio rischio, chissà quali paure trasudavano in quelle case.

Nessun suono in città. E io che ho sempre odiato il rumore. Io che ho guardato sdegnosa chiunque, uomo o donna, alzasse la voce in un locale pubblico. Io che ho sempre condannato apertamente l'inquinamento acustico. Io che ho cercato l'assenza di rumore in ogni luogo dove ho vissuto. Io che se un angelo malvagio mi costringesse a trovare un castigo per l'umanità, sceglierei il mutismo. Io che sono sempre stata felice in questo posto per il suo silenzio discreto, adesso anelavo al rumore, non m'importava se fosse acuto, se fosse stridente, se brusco o stonato, se dissonante, aspro o fragoroso, qualunque esso fosse, pur di spezzare la paura.

Mi allontanai dal pianerottolo perché mi ero accorta che

mi rendeva inquieta e tornai in camera. Presi a girare in tondo tentando di non perdere la compostezza, neanche di fronte a me stessa. Le buone maniere e la dignità si perdono in un lampo; chiudi gli occhi e sono svanite, se ne sono andate via tenendosi per mano, e intanto se la ridono e ti prendono in giro. Con questa convinzione racchiusa nel cuore, afferrai il telefono e i miei spiritelli personali fecero un numero per me. E alla fine udii una voce amica.

"Luciano? Sei tu? Per favore, vieni! Vieni, ho paura!"

6.

"Se ne sono andati."

"Forse qualcuno di loro è riuscito a entrare, come hai fatto tu, se il portiere dorme..."

"È vero, intrufolarsi dalla porta d'ingresso è una roba da pivelli... ma se fosse così, mi avrebbero visto venire in camera tua. Su, Camila, usciamo di qui."

"No, non voglio muovermi... ci beccherebbero mentre andiamo a casa tua. E le strade sono deserte."

"Stai proponendo di passare la notte in albergo?"

"Sì."

"Con me?"

"Non penserai mica di lasciarmi sola!"

"Va bene, va bene... Vuoi che parliamo, vuoi che esaminiamo di nuovo la situazione? Che cosa sta succedendo? Perché tu e non noi? Vuoi che ripassiamo tutto quanto, dalla prima telefonata anonima in avanti?"

"No, non voglio parlare."

"C'è qualcosa da bere in quel frigorifero?"

"Sì, c'è anche la tequila. Dai, ti servo io. Ma spegniamo tutte le luci, come se non fossimo qui."

"E che cosa ci guadagniamo?"

"Nel caso non ti abbiano visto. Crederanno che mi sono addormentata, che ho cessato di esistere. Così per oggi la persecuzione è finita."

"Immagino di non poterti chiedere di essere razionale, in questo momento."

"Già, proprio così, non chiedermelo."

"Vuoi che telefoniamo a Jean-Jacques?"

"No. Perché?"

"È il patriarca, il grand'uomo..."

"Piantala di scherzare."

"La tua camera sarà pure ampia e lussuosa, ma questo divano è duro come la pietra."

"Sì, non lo uso mai. Sdraiati sul letto. Io rimango qui, alla scrivania."

"Tutta la notte seduta rigida su quella sedia?"

"Tutta la notte."

"Camila, rilassati."

"Domani vado all'agenzia di viaggi, partirò per Washington non appena possibile."

"Ti dai per vinta così presto? Basta una fottuta macchina che ti segue per metterti paura?"

"Reina hanno cercato di ammazzarla."

"Ma tu non sei Reina."

"Non sono certo all'altezza di Reina, lo so."

"Non sto facendo paragoni."

"La sua vita è piena di significato, vero?"

"Camila..."

"Lei è la rivoluzionaria coraggiosa, vero? E io... Sai Luciano che cosa credo? Che la sua sola esistenza sia un perenne rimprovero alla mia..."

"Che cosa intendi dire?"

"Niente, niente. Sono sfinita. Credo che berrò anch'io un po' di tequila. E poi ci sono dei mandarini. Hai fame?"

"La notte sarà lunga, più tardi."

"Perché non cerchi di dormire? Sapendo che sei qui, non m'importa se ti addormenti."

"Non ho sonno. E il tuo letto è enorme, potremmo dormirci tutti e due senza problemi."

"A letto insieme?"

"Ma cosa credi! Non ti sto facendo una proposta indecente. Anche se a pensarci bene non sarebbe una cattiva idea... se non altro allenteresti un po' la tensione."

"Non ridere..."

"Bella, bella, sarebbe la cosa migliore da farsi. Su, vieni qui vicino a me."

Camera 49, hotel Casavieja, silenzio mortale e oscurità, e io che fuggo, che cammino su e giù per la stanza con un bicchiere di tequila nella mano tremante, mi sembra di vedermi, pallida come un cadavere, confusa di fronte al prossimo passo, tutto il mio mondo impazzito. E Luciano che non si è mosso dal divano di pietra in fondo alla stanza, e il letto mi sembra osceno, e la luna balla scioccamente in cielo, e non so se muovermi o stare ferma, e com'è luminoso e fiero il suo volto rischiarato dalle lontane luci della città, mi guarda come se volesse scoprire i pensieri turbinosi che mi agitano la mente; se è inevitabile che ci siano tanti mostri a infestare i nostri sensi, tra di loro ve ne saranno pure di buoni e di cattivi, vero? Mi rivolsi al più benevolo fra loro.

In un impeto di affermazione personale, mi diressi verso l'estremità della stanza per avvicinarmi al divano, lungo, duro, una pietra, sì, ma con sopra il corpo di Luciano, vieni qui, mi disse, con un tono di voce diverso da prima, obbedii, bevvi un lungo sorso dal mio bicchiere, tequila bruciante, come lo squarcio della lama di un coltello. Conosci l'angelo di Wim Wenders? mi chiese. No, gli risposi. Allora mi disse: Smise di essere un angelo perché il semplice stupore di un uomo e una donna lo aveva trasformato in un essere umano. Mi sfiorò i capelli, una promessa di calore originario, come se nelle ultime ore di quella giornata stesse prendendo forma, lentamente, il fuoco, il fuoco come un fiore rosso, e proprio dalle nostre viscere. Mi sfiorò il viso, il suo contatto mi fece sentire un tuffo al cuore: il mondo era più armonioso e sincronico per tutti quanti. Nel momento in cui stava per affiorare in me una vena cattiva e oscura, legata al senso di colpa, Luciano l'allontanò con il suo istinto, la dissolse con la sua mano, la scaraventò lontano con la sua bocca.

Nel momento che precede l'amore tutti amano. Questa è l'unica legge sicura.

Quando mi prese tra le braccia per portarmi a letto, spiccarono il volo mille immagini incastonate nel mio cervello, come uno stormo di uccelli che fuggono terrorizzati per un colpo di fucile: erano le immagini più intime ad affollarsi nella mia mente, sovrapponendosi a qualsiasi miraggio, a qualsiasi allucinazione. Mi accecarono quelle immagini delle mie carni sciupate, di tutte le mie sterilità e delle mie pene, con al centro, sovrana di tutte quante, l'immagine di Reina. Sentii la sua voce che mi diceva: le gatte possiedono un istinto territoriale primitivo, lo stesso che tutte noi ci portiamo dentro ma non sappiamo riconoscere. Come faccio a mettermi in concorrenza con te, Camila, dal mio letto di dolore? M'impietrirono le ferite del suo corpo, le pieghe della coperta del suo letto, il suo ventre forse pieno mentre camminava fiduciosa verso di me quel pomeriggio all'appuntamento delle otto, i suoi capelli nerissimi sparpagliati sul marciapiede come un'alga marina sconfitta in fondo al mare, l'orecchino d'argento che luccicava sul selciato come la stella mattutina, le tracce di sangue raggrumato.

Mi liberai dal suo abbraccio.

DOMENICA

1.

Mi svegliò di buon'ora una luce intensa, la sera prima avevo dimenticato di tirare le tende. Il mio cervello ci mise del tempo a dare contorni nitidi agli eventi della serata: mi ritrovavo da sola nella stanza, completamente vestita, sul letto e avvolta in una delle coperte che di solito stanno nell'armadio, casto letto, immacolato come una lettera sigillata. Un breve appunto sulla scrivania: "Ti aspetto da me. L.".

Mi concessi una doccia lunghissima, come mai avevo fatto a San Cristóbal, reclamavo dall'acqua e dal vapore fiotti di energia, rinnovamento e calore. E mentre mi vestivo, mi accorsi che una strana forza si stava impadronendo di me, una parvenza di buonumore che nessuna automobile bianca mi avrebbe portato via. Li contai: erano diciassette i miei giorni messicani. E ciascun giorno si sommava al successivo, apportando piccole iniezioni di vita; lentamente ma in modo efficace, ciascun giorno unendosi all'altro era riuscito a far sì che quella donna distrutta abbandonasse il suo letto letargico. Meno male che ieri avevo portato lo zaino a casa di Luciano, così potevo lasciare l'albergo soltanto con la mia solita borsa di pelle, dove con un po' di buona volontà ci sarebbero stati gli oggetti indispensabili per la toilette e il pigiama che avevo tenuto da parte, pensando di usarlo per la notte. Presi congedo dal personale del Casavieja ringraziando tutti quanti e me ne andai con una sorta di incipiente nostalgia, ma con la certezza che nel quartiere di Santo Domingo avrei trovato la protezione di cui avevo bisogno. Puntai diritto verso la piazza, per niente al mondo avrei disturbato Luciano a quell'ora, chissà se la notte prima era riuscito a dormire un poco?

La fossetta sul mento.

Le domeniche a San Cristóbal non hanno un'identità precisa, almeno non per me e per quelli che mi circondano, a differenza delle domeniche in Cile o a Washington. Mentre leggevo il giornale sulla solita panchina e mi godevo l'arietta fresca del mattino che spirava caparbia e vitale, come se nessun problema avesse il potere di turbarmi, venni interrotta da alcuni colpi di clacson seguiti da una brusca frenata. Mi voltai e vidi il conducente di un'elegante Bmw urlare dietro a una donna india che indugiava ad attraversare la strada; aveva le braccia cariche di stoffe, sicuramente stava andando al mercato, per venderle. Stronza! Per un pelo non ti ammazzo! Impara ad attraversare la strada, qui non sei mica nella selva!

(San Cristóbal de las Casas, la città segnata da dolori ancestrali. Da quando i conquistatori giunsero a esplorare il magnifico altopiano di Jovel, pur non avendo fondato nessun insediamento urbano, ogni anno vi facevano ritorno per consumare i loro misfatti, riscuotere tributi e catturare schiavi da vendere nei mercati di Veracruz e del Nicaragua, da dove venivano spediti nelle Antille o nell'America del Sud ad arricchire le sfumature del meticciato e la varietà delle falde latinoamericane. *Uno schiavo costa meno di una mula.*)

Per una frazione di tempo infinitesimale, io e la india chiamata in causa eravamo la stessa persona.

Vivo negli Stati Uniti e sono cilena, sangue, volontà e memoria. Quando sono arrivata in America, ho dovuto riempire un formulario dove c'era una casella relativa alla razza: la prima alternativa era la razza bianca, e stavo per fare la croce lì, automaticamente, quando ho letto più in basso la parola *Hispanic*. Mi era sembrata una prova dell'ignoranza abissale dei funzionari yankee, in quanto l'aggettivo ispanico non si riferisce alla razza, ma in seguito mi resi conto, esterrefatta, che era la prima volta che venivo scacciata dalla mia nicchia, da quella che credevo essere la mia identità naturale e obiettiva, anche se fra me e un'americana non esiste la minima differenza dal punto di vista fisico (e soprattutto nel mio caso: ho i capelli rossi, sembro addirittura una di loro). Superfluo dire che segnai con rabbia il secondo quadratino e ogni giorno dei sei anni trascorsi in America, mi sono sentita sempre più legata alle mie origini. Quando cammino per le strade della città, certe volte ho l'impressione che tutti i miei antenati siano lì, davanti all'entrata della metropolitana, lustra e impersonale, nella speranza di andare da qualche parte. Ogni chicano, ogni povero salvadoregno è mio zio, l'honduregno che raccoglie l'immondizia è il mio fidanzato. Quando Reina dichiara di non appartenere ad alcuna classe, capisco perfettamente che cosa intende dire.

Tutta la mia esistenza si è svolta da questa parte del mondo. La mia culla reale e quella fittizia, il luogo in cui sono nata e l'altro che piano piano ho acquisito, hanno una fisionomia molto americana (non accetto che questo aggettivo se lo attribuiscano soltanto gli americani del Nord! L'America è sia quella di sopra sia quella di sotto, Nord e Sud sono entrambi americani allo stesso livello). Indico due punti sul continente per delimitare il mio territorio e ne aggiungo un terzo, questo qui. Due di essi sono ragionevolmente vicini, e poi, inevitabilmente, la lunga linea scende, scende per arrivare a sud, fino a quella che, mio malgrado, riconosco essere la fine del mondo. Soltanto i ghiacci eterni al di là di quella terra. Lì sono nata. Mapuche o spagnole, fluide, sconcertanti, vigorose, lì sono le mie radici.

2.

Le braccia di Ninoska che cingono il mio corpo erano le braccia di tutte le madri, un rifugio accogliente quando le narrai gli eventi del giorno prima. Non volle sentire ragioni di fronte alla mia cocciutaggine nel voler restare in albergo, perché non andavo a casa sua? Era anche casa mia e di chiunque ne avesse bisogno. Forse era per colpa delle mie manie di persecuzione, ma quando le dissi che avevo intenzione di trasferirmi da Luciano, mi parve di notare un guizzo di complicità nei suoi occhi, e lo vidi accentuarsi quando le raccontai che l'avevo chiamato nel cuore della notte. Mentre lei mi stava a sentire, dischiusi per un attimo i battenti della mia sensibilità e avvertii di nuovo l'odore dell'acquaragia e del limone, e affondai la lingua nella fossetta sul mento, e assaporai la sua bocca come se l'umidità si fosse tramutata in vino.

"Stai bene?" mi chiese Ninoska.

"Sì, ora sto bene, la paura è sotto controllo" risposi con un sorriso che non sapevo se fosse falso o sincero.

Socchiuse gli occhi fissandoli su di me, come se cercasse di mettere a fuoco qualcosa o vedere meglio da vicino, e di nuovo non capivo se la preoccupazione che trapelava fosse rivolta a se stessa oppure a me. In quel momento era chiara soltanto una cosa: nessuna di noi due aveva in mente i paramilitari. Forse lei intuisce davvero tutto, la vita le ha fornito strumenti in abbondanza per farlo con intelligenza, e quando mi accarezzò i capelli assicurandomi che sarebbe andato tutto bene, so che stava pensando a Luciano, a Reina e a Luciano.

"Vieni, figliola, ti accompagno nella mia camera da letto, così puoi riposare un poco e berti un buon succo di frutta finché arriva Jean-Jacques."

Salii con lei al secondo piano ed entrai in camera sua, non la stanza degli ospiti, e fu come sdraiarsi sul letto di Dolores, dove tutti gli incubi se ne sarebbero andati via, lasciandomi più leggera. Mi indicò tre libri che si trovavano sul comodino.

"Un buon romanzo ti aiuterà, lo sai che i romanzi aiutano sempre, vero? Io li ho già letti, scegline uno mentre ti porto su il succo di frutta, preferisci melone o anguria?"

Mentre le chiedevo il succo di anguria, guardai i libri. Uno di Muñoz Molina, un altro di Aguilar Camín e un terzo di Doris Lessing. Presi l'ultimo, preferivo leggere una donna in quel momento, sebbene anche gli altri due autori mi piacessero molto. Viste le circostanze, trovai divertente il titolo: *La brava terrorista*. Nella convinzione che la letteratura sia il luogo più accogliente in cui vivere, e che grazie a essa il mondo diventa più gradevole, iniziai a leggere le prime pagine; ma mentre lo facevo, la bambina viziata di tanto tempo fa si raggomitolò sotto le coperte e piano piano chiuse gli occhi.

Sognai il mio bambino. Lo sognai pieno di salute e allegro, vivo e presente. Sognai che il suo cuore non aveva cedimenti e che sarei invecchiata al suo fianco. Sognai che i muri degli ospedali svanivano, tutti i muri degli ospedali del mondo, con i loro odori, le tristezze, le violenze. Sognai che lui nasceva una volta, cento, mille, strappandomi dalla mia condizione di orfana. Sognai che gli dicevo che ero più vulnerabile nei suoi confronti di quanto non lo fosse Reina nei confronti della polizia. Il mio bambino sorrideva.

Una mano mi scostò i capelli dalla fronte. Sognavo ancora su quel letto materno, circondata da mobili mastodontici e da soffici trapunte? Mi svegliai quando capii che quella mano era reale. Aprii gli occhi e vidi Luciano seduto vicino a me, sul bordo del letto, e in fondo Jean-Jacques che guardava una partita di calcio in televisione, senza l'audio. Il succo di anguria e il romanzo di Doris Lessing sul pavimento con le pagine aperte mi riportarono alla realtà.

"Mio Dio! Che ore sono?"

"Dai, bella. Hai dormito tutta la mattina."

Lo intravedevo nella nebbiolina della sonnolenza e con mio grande stupore mi resi conto che ormai Luciano era, ai miei occhi, un uomo diverso: un uomo che avevo toccato. Il nostro rapporto era cambiato, inevitabilmente. Quale strano potere ha il tatto: una volta che i corpi si sono parlati, l'incontro fra le menti è diverso, non si torna più indietro lungo i binari del passato, non si torna più a quel momento esatto, preciso, prima dell'accelerarsi del respiro. Un certo tipo di sospetto svanisce per essere sostituito da un'inopportuna sensazione di possesso, una piega imprevista. La sua bocca era diversa, definitivamente diversa. Non era necessario chiedere nulla. Avevo sperato che il nostro primo incontro – dopo la notte precedente – avvenisse a tu per tu, così avrei potuto scoprire quale fosse il suo stato d'animo di fronte al mio comportamento confuso, forse incomprensibile. È accettabile per un uomo prendere atto del desiderio di una donna e subito dopo assistere alla sua fuga? Ma nonostante la presenza di Jean-Jacques, lui mi tese con finezza un nuovo tranello, una complicità, tenue eppure reale, perché mentre mi guardava l'intensità dei suoi occhi splendeva come il fuoco nella notte più scura.

"Nessuna speranza che dimettano Reina. È ancora in rianimazione."

Anche se ero stata io la prima persona a presentarsi in ospedale quella sera, Jean-Jacques veniva considerato il parente più prossimo di Reina – a noi le visite non erano permesse – perché era stato capace di farsi valere nei confronti dei medici e del personale ospedaliero, mentre io probabilmente non ci sarei riuscita. (Per non parlare del caso eccezionale di Jesús, lo spagnolo, che non si muove dalla camera di Reina; hanno cercato di buttarlo fuori mille volte ma lui pianta una tale grana, con quella sua mole immensa e il vocione, che a loro conviene tollerare la sua presenza. Ninoska gli porta da mangiare due volte al giorno e lo tiene informato su quello che accade fuori dall'ospedale; Luciano si è offerto di dargli il cambio, ma lui non ne vuole sapere.) Jean-Jacques sta dicendo che Reina è molto giù, praticamente dorme giorno e notte, e sono rari i momenti in cui manifesta un po' di vivacità. Viene ancora alimentata con le flebo, per cui un trasferimento è fuori discussione. Oggi è riuscito per la prima volta a parlare con lei per dieci minuti di fila. È ancora sorpresa, come se non potesse credere a quello che le è accaduto, non ne ha ancora piena consapevolezza. Sa che stiamo aspettando di portarla a casa ma si sente debolissima e, vista la situazione, sembra che preferisca rimanere in ospedale. Quando Jean-Jacques le aveva parlato dei suoi timori circa la possibilità di un ritorno dei criminali, lei gli aveva sorriso brevemente e gli aveva detto: non ti preoccupare, oltre a Jesús, qui c'è un medico dei nostri, anche lui si prende cura di me. Come dicevo, le basi dello zapatismo sono infinite.

Mi racconta che uno sconosciuto ha sistemato tutto quanto concerne le spese per la degenza di Reina con la tesoreria dell'ospedale; è stato uno dei medici a dirglielo, e lui si è sentito insieme sollevato e sconcertato. (Chi sarà? Jesús non ha visto nessuno.) Allora si ricorda che Reina aveva chiesto soprattutto di me. Camila ti aspetta, le aveva risposto Jean-Jacques, sarà lei la tua infermiera quando ritornerai a casa.

L'ultima affermazione mi fece un'iniezione di responsabilità e mi alzai di scatto.

"Ti fermi qui a mangiare?"

"No. Vado a casa di Reina."

"Guardati bene intorno prima di entrare o di uscire. Se vedi qualcosa di strano non avventurarti per strada da sola, telefona a Jean-Jacques o a me."

"Dobbiamo ancora parlare di ieri sera. Luciano mi ha raccontato tutto."

"No, non ce n'è bisogno, Jean-Jacques. Non diamo troppa importanza a quell'episodio. Come dicono da queste parti, non mi lascerò intimorire da una fottuta auto bianca."

Stavo per uscire quando Luciano mi bloccò.

"Ehi! Adesso sei la mia convivente, e questo mi dà alcuni diritti su di te. A che ora pensi di rientrare?"

"Guarda guarda..." sentii il tono rauco e leggermente nasale di Ninoska che in quel momento stava salendo le scale asciugandosi le mani nel grembiule, "glielo chiedi per motivi di sicurezza o per puro possesso?"

"Per le due cose insieme, e sono entrambe legittime, se permetti." Ninoska mi sorrise come non potrebbe mai fare un uomo, come se le donne capissero tutto le une delle altre, dall'eternità. (Le uniche donne che possono contare su amiche autentiche sono quelle consapevoli del genere cui appartengono, l'avevo sentita dire un giorno, le altre rivaleggiano fra loro e si cavano gli occhi.)

I gatti sono ancora più voraci di noi, gli lascio le ciotole piene e il giorno dopo le hanno svuotate completamente. Mi sedetti sull'unica sedia della cucina e li osservai bere l'acqua, erano assetati. Miliciana si sfregava contro la mia gamba mentre Insurreción mangiava.

Lasciai le gatte intente alle loro occupazioni e mi diressi verso l'armadio di Reina, dove un paio di giorni prima avevo preso gli asciugamani puliti, con l'idea che avrei provato a far funzionare la radio che tanto mi aveva inquietata. Frugai in mezzo alla biancheria ma la radio non c'era più. Mani rispettose dovevano essersi intrufolate nell'armadio, a giudicare dalle lenzuola ancora perfettamente piegate fra le quali era nascosta la radio. Controllai meglio, come un ispettore perfezionista, perquisendo l'armadio da cima a fondo... tutto inutile. Mi sentii invadere dallo sconcerto: credevo che nessun altro, a parte me, avesse le chiavi per entrare in quella casa, chi l'avrà portata via? Qualcuno vicino a Reina oppure uno dei suoi nemici? E se fosse stato Luciano? In tal caso ero ancora più confusa: infatti avevo creduto di vedere una grande differenza nel loro modo di affrontare il conflitto nel Chiapas: l'uno era un simpatizzante un po' scettico delle cause perse, l'altra una convinta attivista delle suddette cause; o almeno questo avevo dedotto dalla realtà dei fatti dopo l'incidente. A volte pensavo che la differenza fondamentale fra loro fosse proprio questa: mentre Reina rischiava la vita per il destino libertario della razza indigena, Luciano si fermava affascinato davanti alla sua cosmogonia.

Allora, chi ha fatto sparire la radio?

Pensai che Dolores avrebbe dovuto prendere il posto di sua figlia, quel pomeriggio.

Le sue preoccupazioni per la salute di Reina e per la mia presenza a San Cristóbal erano evidenti nella posta di quel giorno, che avevo letto al Cyber Café mentre mi recavo nel quartiere Cuxtitali. Se mai aveva sognato di realizzare le proprie aspirazioni attraverso la maternità, questa dev'esserle sembrata l'occasione giusta. Sarà orgogliosa di sapere che sua figlia ha abbandonato per un momento la propria vita privata, personale, limitata. E nello stesso tempo può sconfiggere magicamente per qualche istante la desolazione cilena, la desolazione che non ci ha mai abbandonato, la desolazione che si cela, rissosa e senza parole, dietro la nostra efficienza, dietro la nostra civiltà, dietro il nostro pragmatismo. La desolazione che ci ha rubato per sempre il calore. Perché siamo diventati un popolo così triste? O forse lo siamo sempre stati e non ce ne rendevamo conto? Quando, quando abbiamo perduto l'anima?

(Vacanze a Guadalajara, un incontro di famiglia: assistevamo a un concerto degli Inti Illimani, Dolores felice di condividere qualcosa con la sua primogenita, all'estero. Canta allegramente tutte le loro canzoni – naturalmente le conosce a memoria! – quando alla fine del concerto sentiamo alcuni accordi dell'indimenticabile *El pueblo unido jamás será vencido*. Confusione sul volto di Dolores, che strano, loro non la cantano più ormai, era stato il suo commento. Le lacrime scorrono sul suo viso. Le stringo forte il braccio e canto insieme al pubblico, come quando rincorrevo le note del carillon. Ma un gemito mi costringe a voltarmi per guardarla: Dolores piange, piange con una pena infinita, non riesce a smettere di piangere. Piange per il Cile, adesso ha il coraggio di farlo perché

141

si trova in un'altra terra, piange per i diciassette anni di dittatura, per i suoi morti. Piange, infine, per se stessa. La canzone ha messo a nudo i lacci che le stritolano il cuore. Continua a piangere liberando tutto quello che non è stato detto negli ultimi anni, quello che è stato impercettibilmente censurato, quello che si è tenuta per sé visto che, in fin dei conti, abbiamo vinto. Vorrei consolarla ma non ci riesco, la mia vita non è scesa in campo insieme alle voci degli Inti Illimani, non ho niente da dire.

Quella notte in albergo, prima di separarci, cerco di farle coraggio: Consolati, Dolores, la storia ti vendicherà. Lei mi risponde: La storia la scrivono i vincitori. E nel nostro caso non sono sicura di chi abbia vinto per davvero.

Penso a quanto darebbe fastidio a mio padre sentirla parlare così.)

Reina sapeva di che cosa stava parlando quando mi descriveva questo aspetto di mia madre. Anzi, per lei Dolores era diventata un esempio. Non avrebbe mai dimenticato la sua tacita e umile sconfitta; ed era una condizione dalla quale Reina aveva voluto fuggire a qualunque prezzo, prima impegnandosi a fondo nel Cile di Pinochet sino a farsi espellere dal paese, poi unendosi alla lotta durante la guerra civile guatemalteca. Quando si era accorta che il continente stava sotterrando le proprie trincee, ecco apparire per lei una nuova possibilità: il Chiapas. Dove sono finiti gli uccelli del malauguurio che annunciavano la fine della storia? mi aveva chiesto una sera, come se le montagne del Sudest messicano fossero pronte a contraddirli.

"Esistono migliaia di Dolores in giro per l'America Latina" mi aveva detto Reina. "E ciascuna di loro si porta dietro la frustrazione della fine del proprio mondo, ciascuna cerca di adattarsi a un universo ostile che le ha sbattuto la porta in faccia, ciascuna si domanda quale sia il vero senso della vita. Ciascuna di loro si è impigrita e vive giorno per giorno. Sono orfane, Camila, sono tutte orfane."

"Orfane di che cosa?"

"Orfane dell'utopia, della rivoluzione, dei muri, chiamalo come vuoi. E io mi sono ripromessa di non diventarlo mai, qualunque fosse il prezzo da pagare. Nella mia vita non ho mai smesso di lottare, mai, nemmeno un giorno."

(Le orfane. Più tardi, ritornando dal canyon del Sumidero, avrei riconosciuto in Luciano lo stesso linguaggio – le rivelazioni del linguaggio – ma Reina non avrebbe mai accettato di applicare a se stessa la categoria di orfana.)

Merda! Un rumore alla porta.

Ero talmente assorta nei ricordi che il rumore di una chiave nella toppa giunse ai miei orecchi con un certo ritardo. Stavo oziando seduta sull'unica sedia della cucina, e guardavo passivamente le gatte mentre scene lontane mi frullavano per la testa, talmente a mio agio nell'inerzia che ogni stimolo esterno mi pareva privo d'interesse. La luce obliqua del sole giocava a scacchi sulle piastrelle azzurre del cortile, e i miei occhi seguivano tutti i suoi movimenti. Fino a quando quel rumore mi obbligò a distinguere tra la realtà e i sogni. Lentamente, con cautela, l'oggetto che ritenevo essere una chiave si apriva un varco per entrare in casa. Il mio cuore partì per conto suo, battendo all'impazzata, e mi sentii stringere il petto come se un peso volesse a tutti i costi impedirmi di respirare. Non mi mossi, comunque non sarei riuscita a nascondermi, perché lo spazio in casa era molto limitato; per non farmi vedere potevo soltanto chiudermi nella stanzina vuota, quella con il letto a una piazza, ma sarei dovuta passare davanti alla porta che in quel momento tentavano di forzare. Cercando di non far rumore, spinsi con il piede la porta della cucina chiudendola quasi del tutto, era sempre meglio di niente, almeno non mi avrebbero trovata subito. Con le braccia che mi parevano di piombo sollevai Insurreción dal pavimento e affondai il viso nel suo pelo, era così morbida, innocente e bianca dov'era bianca, luccicante, quasi bluastra dov'era nera, accogliente il suo corpo tiepido, un piccolo scudo dietro cui proteggersi.

La serratura cedette e alcuni passi cauti e lievi percorsero la sala. Strani quei passi, come la persona stesse camminando in punta di piedi. Anche se il silenzio che li accompagnava rivelava la presenza di una persona sola, trattenni il fiato; quanto ci avrebbe messo ad aprire la porta della cucina? Ma il silenzio era talmente greve che lo si poteva sentire. Dopo qualche istante nessuno camminava più, chiunque fosse stato a entrare doveva essersi fermato. Allora forse non sanno che sono qui e si sono seduti per aspettarmi? Insurrección emise un miagolio e mi sfuggì dalle mani, balzò sul pavimento e mosse qualche passo verso la porta che mi separava di pochi, pochissimi metri dalla sala. Siccome qualche momento prima, spingendo la porta con il piede l'avevo soltanto accostata e non chiusa, temetti che la gatta s'intrufolasse nello spiraglio aprendolo ancora di più e tradendo così la mia presenza. Ma in quel momento Miliciana, forse per giocare o forse per iniziare una rissa, decise di morsicarle la coda e Insurrección reagì inviperita e aggressiva; non so come, forse per magia o per stregoneria, i due corpi si allacciarono in una pigra lotta sul confine tra la cucina e la sala, aprendo la porta di altri venti centimetri buoni. Nonostante l'insensato terrore che m'intorpidiva le membra, una curiosità sconosciuta, rinnegata eppure inevitabile come i cattivi pensieri, mi costrinse a guardare verso la sala.

Lo spiraglio della porta mi permise di vedere una figura seduta sull'unica poltrona disponibile; non avevo bisogno di guardarla in viso per capire che era un'indigena, lo scialle verde chiaro e i sandali di cuoio erano fin troppo eloquenti. Come legata contro un muro invisibile, la sua immobilità era assoluta, rigidissima la schiena. Sedeva proprio sul bordo, forse per timidezza o forse perché aspettava che la venissero a prendere ed era pronta a scattare in piedi. Insurrección doveva conoscere il suo odore perché puntò subito diritto verso di lei, e con mia grande – e giustificata – sorpresa, vidi alla fine il viso della donna mentre si chinava a guardare la gatta.

"Mio Dio, Paulina, sei tu! Che spavento mi hai fatto prendere!"

Paulina si alzò meravigliata dalla poltrona, sembrava ancora più spaventata di me, gli occhi neri spalancati. Finalmente mi alzai dalla sedia della cucina e mi diressi verso la sala sentendo che il sangue ritornava a circolare normalmente nelle mie vene e l'aria mi riempiva di nuovo i polmoni. Pensai che in futuro non avrei mai dimenticato il significato della parola sollievo. (E mi venne anche il dubbio che non fosse la prima volta che Paulina entrava in quella casa dopo l'incidente.)

La vita a volte è assurda e le situazioni si capovolgono, così andò a finire che fui io a rianimare Paulina e a darle spiegazioni sul mio comportamento, perché non riusciva a capire come mai mi fossi nascosta. Era venuta a cercarmi, credeva di trovarmi in albergo e dato che nessuno era in grado di darle mie notizie, aveva deciso di aspettarmi a casa di Reina, sapendo che io avevo le chiavi ed ero incaricata di dare da mangiare ai gatti. Perciò aveva usato un fil di ferro per aprire la porta, uno stupido fil di ferro separava la casa di Reina dall'ostilità esterna.

Paulina non era una donna di tante parole. Quando le chiesi perché mi avesse cercata, mi tese semplicemente un foglio di carta, un foglio bianco piegato in quattro, un po' stropicciato.

"Che cos'è?"

"Te lo manda Reina."

(Come ha fatto ad arrivare nelle sue mani? Le visite in ospedale non erano proibite?)

Mentre l'aprivo, cercai di controllare l'ansia.

Riservata: Camila, ti prego! Troverai una scatola rossa nel terzo cassetto dell'armadio. Devi consegnarla lunedì 24 al mercato di Ocosingo, bancarella di alimentari del Chato, a mezzogiorno. Grazie.

"Che giorno è oggi?" domandai stordita.

"Domenica."

"Merda!"

Riposi il foglio nella tasca dei pantaloni e mi accorsi che

l'aria, che qualche minuto prima era ritornata generosa a ossigenarmi il sangue, si era di nuovo rarefatta, impedendomi di respirare normalmente. Paulina mi guardò come se non sapesse niente e niente volesse sapere, e con cautela si alzò dalla poltrona su cui ci eravamo sedute tutte e due dirigendosi verso la cucina.

"Caffè?"

"Sì, certo, un caffè ci farà bene."

Mentre sentivo il suono dell'acqua che scorreva nel lavandino e il tintinnio metallico della caffettiera, un'espressione di Reina che ricordavo bene mi tormentava la mente: a volte i suoi occhi divenivano sfolgoranti, duri, forse contro la sua volontà, come se tale espressione appartenesse a un livello di coscienza che lei si preoccupava di tenere sotto controllo e all'improvviso si liberava, senza freni. Quegli occhi schernirono la mia commozione mentre ascoltavo il racconto di Jean-Jacques: il fatto che avesse chiesto mie notizie dal suo letto d'ospedale non aveva niente a che vedere con l'affetto. Reina aveva bisogno di me, tutto qui.

"Perché non ci vai tu?" apostrofai Paulina lasciando perdere la discrezione, perché in quel momento ebbi la certezza che lei era al corrente di tutto.

"È meglio se non lascio San Cristóbal" fu la sua naturale risposta.

"Perché?"

"Non devo farlo."

"Tu non devi farlo ma io sì. Perché?"

"Nessuno ti conosce a Ocosingo."

L'ovvietà della sua risposta era sconvolgente, così sprofondai nel mutismo.

Ebbi in quel momento una pallida intuizione: in mezzo alle flebo, al dolore e allo sfinimento estremo, Reina sta sovrapponendo l'immagine di Dolores alla mia, fondendoci insieme nella stessa persona, e a quella persona si rivolge per chiedere aiuto. Come potrei deluderla? Qualcosa si agita dentro di me, qualcosa che va al di là di Reina, al di là del Chiapas e degli zapatisti, e questo qualcosa – opaco e impreciso, non ci sono dubbi – impedisce qualsiasi risposta negativa.

4.

Paulina Cansino non sa, come tante altre sue compagne, quanti anni fa sia nata, secondo i suoi calcoli potrebbero essere più o meno ventisette, ventotto. Ma sa che sua madre sotterrò il cordone ombelicale nella cenere del focolare, suggellando metaforicamente il suo destino; non per niente il cordone ombelicale di suo fratello era stato portato sulla montagna e sotterrato nella natura libera e selvaggia. È nata sapendo che, a differenza di lui, non potrà mai essere proprietaria della terra che lavora, non potrà mai farsi intestare alcuna proprietà né ottenere prestiti, non potrà aspirare a nessuna carica pubblica e se un giorno avrà la disgrazia di essere violentata, il violentatore diventerebbe il suo signore e padrone. Vide la luce per la prima volta attraverso le chiome lussureggianti della selva Lacandona, nell'umidità più totale, l'umidità che deriva da otto mesi di piogge all'anno. Paulina aveva imparato a camminare scalza nel fango, sempre il fango, o perché pioveva, o come un'eredità lasciata dall'acqua nel periodo secco. Il fango, lo strato di foglie che marciscono per terra e le paludi sono il suo certificato di nascita. Non è nemmeno sicura di quanti siano i suoi fratelli, forse nove. Ma è sicura del posto che occupa lei, il terzo, dopo altre due femmine; suo padre era stato felice di festeggiare la manodopera che arrivava in casa quando il quarto figlio fu un maschio.

Per motivi legati all'esproprio della terra, la sua famiglia era stata costretta a trasferirsi nella selva quarant'anni prima;

all'inizio laggiù c'erano soltanto abitanti del popolo lacandone, i quali non si erano mai integrati con nessuno. Insieme agli indios ch'oles arrivarono anche comunità tzotzil e tzeltal, e fra di loro si scatenarono conflitti furibondi e settari sebbene avessero parecchio in comune, come i progenitori maya e la selva stessa. A lungo andare, si ritrovarono in condizioni di tale emarginazione che decisero di stringere i rapporti e di cercare un po' di coesione. I nonni, avendo lavorato nelle piantagioni di caffè ed essendo stati vittime di innumerevoli abusi e umiliazioni, avevano trasmesso ai figli le proprie ferite, insieme all'avversione per l'uomo bianco, il *caxlan*, per cui i genitori di Paulina si rifiutarono di lavorare per i bianchi, con il risultato di soffrire la fame. Avevano nascosto la loro cultura sulle montagne per farla sopravvivere e non volevano che i loro discendenti nascessero con l'obbedienza tatuata sulla pelle, un marchio indelebile, una seconda natura. I genitori di Paulina riuscirono, fra mille difficoltà, a bonificare un pezzetto di terra nel cuore della selva. Vi piantarono mais e fagioli che poi vendevano nei villaggi vicini. La mancanza di sentieri ostacolava il commercio, prima del 1994 non c'erano neppure quelli che portavano alla sede municipale. Certe volte i suoi genitori camminavano otto, tredici ore per guadagnare qualche peso. Adesso almeno ci sono delle mulattiere, anche se non sono asfaltate. Tutto questo aveva contribuito alla miseria devastante in cui vivevano Paulina e i suoi fratelli.

A casa di Paulina il pavimento era di terra battuta e i muri di legno e di fango secco. La pioggia entrava dall'alto e dai fianchi della casa. Non ha mai avuto un bagno, né una latrina, né acqua corrente. Sentiva sua madre alzarsi alle tre di mattina per cuocere le tortillas e preparare il pranzo. Suo padre usciva all'alba, a cavallo. Sua madre lo seguiva a piedi, portandosi dietro il fratello più piccolo, gli altri venivano affidati alle cure delle sorelle maggiori, qualunque età avessero. Sua madre faceva il bucato di notte, perché di giorno non aveva tempo. Paulina non l'aveva mai vista dormire più di quattro ore di fila. Suo padre riposava nel pomeriggio dopo il lavoro nei campi, ma lei aveva lavorato insieme a lui, come

lui, con il badile e il machete nei campi di mais. E poi si occupava dei bambini, cucinava, faceva le tortillas, rammenda-
va i vestiti e riordinava la casa. Lavorava più di lui. Eppure
lui, quando aveva bevuto parecchio aguardiente, entrava in
casa e la picchiava, a volte in modo selvaggio.

Paulina venne preparata da subito a essere madre. Ma le
insegnarono anche ad andare nei campi, a macinare il mais,
a tagliare la legna, a raccogliere il caffè, a portarsi dietro un
neonato. Paulina lavorò da quando venne al mondo. A volte
il suo corpicino era talmente stremato che litigava con gli altri bambini, o si isolava, a volte le venivano delle crisi nervose di ridarella che spaventavano le sue sorelle, tremori, inap-
petenza. Il digiuno rievoca il vento e ti rende più leggera, dice oggi. Ma allora certe volte vomitava, la fame la faceva vomitare. Non ha mai giocato con i maschi, non ha mai sentito
il contatto innocente di una mano che stringe un'altra mano.
Il suo gioco preferito era rotolarsi sull'erba.

Quando nacque il quarto figlio ed era un maschio, il padre fece grandi festeggiamenti e la madre trasse un sospiro di
sollievo, ormai era in salvo, perché la terra era la loro linfa e
la donna non vi ha diritto. Se diventa vedova o non si sposa,
non mangia.

Quando la sorella maggiore compì tredici anni le combi-
narono il matrimonio. I suoi genitori scelsero il marito e questi portò loro dei regali: mais, fagioli, qualche pezza di stoffa
e un paio di orecchini. Non aveva abbastanza soldi per una
mucca. Il suocero di un vicino di casa aveva chiesto un capo
di bestiame e un po' di liquore, e lei aveva sentito dire dalla
sua vicina: Il mio papà mi ha ceduta in cambio del lavoro. Ma
sua sorella non disse niente. Andò nella casa di lui per imparare dalla suocera, la quale le affidò tutti i lavori domestici,
insomma uno sfruttamento bello e buono. Paulina ricorda
quanto la compatisse quando durante le feste non poteva ballare, prima perché era fidanzata, poi perché era sposata. Lei
sì che poteva ballare, anche se non toccava mai il suo accompagnatore, non poteva neppure guardarlo, per il solo fatto
che era un uomo: era proibito.

La sorella visse per tre anni insieme ai suoceri e non rimase incinta. Allora il cognato costruì una casa separata da quella dei genitori per accogliervi i futuri figli, ma non arrivavano. La seconda sorella andò a vivere insieme a loro. Dato che nella loro comunità chi mantiene una donna ha dei diritti su di lei, poco tempo dopo l'ultima arrivata rimase incinta, colmando l'uomo di gioia: la sua sicurezza per il futuro dipendeva da quello. È importante per un uomo avere dei figli, dice oggi Paulina. E per le sorelle, un'assicurazione sulla vita. E poi se la prima moglie non gli aveva dato discendenti, era legittimo che lo facesse la seconda, e così convivevano tutti e tre, naturalmente. Se la sorella maggiore avesse deciso di separarsi l'avrebbero considerata una pazza. Nella sua comunità le separazioni praticamente non esistono, le donne non sanno dove andare, l'impossibilità di muoversi e i gravi problemi economici le legano al marito per sempre. L'ultima volta che Paulina aveva visto le sorelle, in casa erano arrivati già cinque bambini. A trent'anni le donne indigene sono anziane dal corpo decrepito, sfatto, dice Paulina oggi. Partoriscono in media sette figli; alcuni parenti ne avevano dodici. La prima volta che le sue sorelle avevano sentito parlare di pianificazione famigliare era stato con l'arrivo degli zapatisti. Ma la Chiesa cattolica ricordò loro, per l'ennesima volta, che era peccato. Paulina si domanda in quanti saranno, oggi.

Eppure era stato grazie alla Chiesa cattolica se il mondo aveva iniziato ad allargarsi per lei, la Chiesa era l'unica istituzione che non destava diffidenza nella sua comunità. Non era ben visto che le donne andassero via dal villaggio, le accusavano di cercarsi un marito altrove, per cui Paulina entrò in contatto con coloro che erano arrivati lì insieme alla Chiesa: i missionari. Sono cattolica, ma non credo a qualsiasi cosa, dice oggi Paulina. Partecipò a diversi laboratori e non solo imparò la cosa più importante per lei, leggere e scrivere, ma studiò anche la storia del suo popolo dagli anni della Conquista, conoscendo così le proprie radici e la propria cultura, e per la prima volta fu in grado di distinguere tra il bene e il male nella vita dei nonni e dei genitori. Studiò anche la condizione della donna, gli effetti della violenza e della povertà, le insegnarono a conoscere il proprio corpo. E tali nozioni più tardi le permisero di elaborare e reclamare, insieme alle compagne, la Legge delle donne zapatiste, il primo germoglio di emancipazione femminile di cui si sarebbe sentito parlare dopo secoli trascorsi nelle profondità della selva, provocando, immagino, una sarabanda di capriole nelle tombe dei loro antenati (e grandi disagi fra i non zapatisti che vivono sul loro territorio). Quando Paulina conobbe l'Ezln scoprì che lei, come donna, poteva finalmente eludere il destino delle donne della sua razza.

Ecco quel che c'è nel mio cuore, furono le sue parole alla fine del racconto della sua vita, come usano dire le donne maya quando concludono una storia.

5.

Schiva e nervosa, la luce incalzava il tramonto dissemi-
nando le prime ombre all'ora in cui arrivai a casa di Luciano. Paulina era talmente al centro dei miei pensieri, mentre
mi dirigevo verso il quartiere di Santo Domingo, che mi dimenticai di fare attenzione alle strade, come se l'auto bianca non fosse mai esistita, quando non più tardi di ieri la sua
presenza mi allontanava da qualsiasi altra realtà. Devo essere un'irresponsabile, pensai: frivola e distratta. Che cosa pen-
serebbe Dolores della palese incapacità della figlia a inter-
pretare il ruolo della sovversiva, lei che lo aveva imparato così bene quando ne aveva avuto bisogno? Una verità indiscutibile si ribellava nella mia mente con piccoli e continui colpi da telegrafista: la mia vita era priva di spiegazioni, mentre
accanto a me si ergevano altre donne che mi sussurravano al-
l'orecchio: in te non c'è niente di glorioso o eroico. Come se
loro possedessero un qualche privilegio morale dal quale io
ero esclusa.

Quel pomeriggio ero venuta a conoscenza – con sorpresa –
di qualcosa che mi trasformava in un bersaglio facilissimo per
la mia suscettibilità: Paulina era una *enmontada*, una guerrigliera alla macchia. Soffriva di miseria, mi disse, e le attività
militari per le donne indie sono molto più facili di quelle domestiche, visto che lavoriamo dall'età di quattro anni; e poi in
montagna almeno c'era da mangiare. I discorsi degli zapatisti
non sono magniloquenti, per questo tante donne si sentono a

loro agio. Perché tutto quello che c'è da guadagnare è dignità pura, furono le sue parole. Paulina combatté nella rivolta del 1° gennaio 1994 e venne ferita durante la battaglia di Ocosingo, nella carneficina del mercato in città. Paulina non può tornare in montagna, lassù non serve più a niente con quella gamba malconcia. La prima storia che mi aveva raccontato tanti giorni prima, in libreria, era soltanto una mezza verità: non aveva lasciato la comunità quando i paramilitari erano penetrati nella selva, ma l'aveva fatto molti anni prima, quando si era unita ai ribelli. E la malattia che l'aveva tenuta bloccata nell'ospedale di Ocosingo era la pallottola che l'aveva colpita all'anca. Qualcuno doveva averla messa in contatto con Reina, qualcuno interessato alla capacità delle due donne di agire come collegamento con i guerriglieri. Forse la libreria era una copertura, forse è Reina che dipende da Paulina e non il contrario. Questa è una guerriglia buona, mi disse, so che esistono guerriglie cattive; noi combattiamo per i diritti dei più poveri, diritti accumulati nel corso di cinquecento anni, ma in sei anni non abbiamo sparato un solo colpo.

("Voi parlate sempre della guerra, vi riempite la bocca della parola guerra. Se non avete sparato un colpo in sei anni, di quale guerra state parlando?"

"Della guerra contro la fame" mi rispose Paulina, e io tacqui.)

E poi aveva lasciato un amore fra i ribelli, una relazione che continua ancora oggi. Anche Reina? (*Sai chi se la fotte?*)

Non volle dirmi che cosa contenesse la scatola rossa di cartone che tirai fuori dal terzo cassetto dell'armadio, ermeticamente sigillata con del nastro adesivo. Le sue dimensioni non superavano i venti centimetri in larghezza e lunghezza e non era pesante, si poteva pensare che contenesse banconote più che armi o qualunque altro oggetto di metallo. Mi parve ingiusto chiedermi di portare in giro dei pacchetti così, alla cieca, avevo il diritto di sapere che cosa stavo facendo. Ma Paulina, pur essendo stata molto aperta nel parlarmi di se stessa, non lo fu altrettanto per Reina e per il presente, che fu escluso da qualsiasi racconto.

Dolores martella da lontano.

In calle Madero hanno aperto un ristorante italiano, La Trattoria, Luciano è un cliente abituale perché il proprietario è un suo compatriota e il cibo è al cento per cento originario della sua terra. Il bello di questo posto è che mi risolve il problema della nostalgia, mi aveva detto allegramente, e lo potei verificare andando con lui una sera a cena.

Mentre ci preparavano la pasta e bevevamo il vino della casa, cercai di parlargli di Paulina, non avevo scuse per le ore che ci avevo messo a dar da mangiare ai gatti. Mi sarebbe piaciuto discutere con lui dell'autonomia che gli zapatisti reclamavano per le loro comunità, e i dubbi che nutrivo al riguardo. Non aprirebbe spazi per giustificare qualunque sopruso? Il maschilismo, per esempio, non potrebbe ricrearsi con maggiore facilità in una comunità autonoma, rafforzandosi ulteriormente? Chi s'impadronisce di tali spazi non potrebbe forse riprodurre le strutture del potere, ripetendole all'infinito? Invece parlai soltanto della storia di Paulina, Luciano la conosceva già. Per non so quale motivo era con lui, soltanto con lui che potevo farmi domande sull'importanza, per una donna indigena, del concetto di desiderio, del concetto di piacere.

"La mitologia ch'ol, come le altre immagino, tutte figlie della cultura maya, non possiede dèi voluttuosi, come i nostri predecessori greci o romani. Allora si può ben capire come mai la sofferenza abbia avuto da sempre un ruolo centrale. E come si fa a spezzarlo se nell'immaginario collettivo non esiste un Apollo o un'Afrodite che preparino la strada, legittimando l'idea di piacere?"

"Paulina mi spiegava che il ritmo della vita del suo popolo è strettamente collegato al raccolto, vivere e riprodurre la vita. Il loro comportamento va di pari passo con la caduta delle piogge, il sorgere del sole, la crescita del mais, il ritorno dei frutti della terra, insomma le stagioni, ecco in che cosa s'identificano, sempre nel rigido concetto di sopravvivenza, non vanno mai al di là. Mai il piacere per il piacere. Lo sapevi, Luciano, che Paulina ha scoperto l'esistenza degli assorbenti igienici e dei preservativi soltanto quando gli zapatisti sono arrivati nella sua comunità?"

"Non mi stupisce. Quando si sposano, le indigene vanno a finire *sotto la mano dell'uomo.* Quale spazio può esserci per il piacere femminile?"

"Come se fosse un lusso..."

"Sì," ripeté Luciano, "come se fosse un lusso."

Mi guardò socchiudendo le palpebre, come se in realtà non volesse guardarmi, ma mi accorsi che all'improvviso il suo stato d'animo era cambiato. Allungò una mano sul tavolo e sfiorò la mia, mi sfiorò come mi sfiorerebbe un'intenzione, un tentativo.

(Gustavo.

Il bisogno di controllare se il suo corpo è ancora il suo corpo. Se il mio, rinsecchito, carbonizzato, è ancora suo. Il suo desiderio come una sentinella smarrita, che si è perduta cercando le mie tracce. Le sue parole, tacite come la luna.)

"La mia donna di fuoco" disse Luciano senza intensità, così, lievemente.

"Di fuoco? Che cosa vuoi dire?"

"Donna dai capelli rossi. Parlo soltanto dei capelli rossi."

(A volte capita che nel matrimonio le parole si consumino, a forza di ripeterle si svuotano lentamente, perdono significato. Non è il caso di adoperarle di nuovo, il loro significato non dice più quello che semanticamente dovrebbe dire. La coppia può essere una causa involontaria di perdita di linguaggio.)

"Sei un pittore fantastico" commentai a casa sua, lo sguardo assorto sui suoi dipinti a olio.

"Per adesso lo so soltanto io, magari domani lo saprà anche il resto del mondo."

"T'interessa davvero il parere del mondo?"

"Un giorno ho chiesto a Jean-Jacques quanto spazio avesse il futuro nella sua vita, e lui mi ha risposto schiettamente: Non molto. Mi ha fatto pensare che nessuno di noi proviene da una qualche parte né c'interessa sapere dove andiamo. Credo che questa sia la sintesi della pace. E della libertà, se me lo consenti."

"Vorrei condividere il tuo punto di vista" gli dissi turbata.

"Perché dici così? Anche tu hai bisogno di avere delle motivazioni?"

"No. Ho soltanto bisogno di trovare un senso. Ce l'avevo, Luciano, credimi. Un anno fa non avrei parlato così. Adesso che non ce l'ho più, il vuoto sta lì, in agguato dietro a ogni angolo, pronto ad assalirmi."

"Qual era il senso di cui parli?"

"Una vita al di là della mia."

I suoi occhi castani ebbero un bagliore, mi dissero che stavo per lanciarmi in verbalizzazioni inutili, i lutti vanno vissuti nella discrezione più totale. Mi rifiutavo categoricamente di parlare del mio bambino, e se non ero disposta a farne un argomento di conversazione, dovevo aggirarlo ai fianchi, gironzolare intorno piano piano fino ad arrivare al cuore della mia insensatezza. Allora il dramma che già avevo taciuto sarebbe continuato così, in silenzio, le domande insondabili avrebbero continuato a essere mortalmente mie, mie e di nessun altro.

"E oggi ti senti come una creatura senza famiglia..."

"Sì, forse."

"Ci sentiamo tutti così, Camila. È normale come l'aria che respiri."

"Forse hai ragione. Be', continua pure a lavorare. Io vado a letto."

"Sei sicura che vuoi andarci da sola?" Aveva già riacquistato il senso dell'umorismo.

"No, non ne sono sicura, ma lo farò" gli risposi con un sorriso malizioso come il suo, sebbene soltanto io conoscessi l'onestà racchiusa nelle mie parole.

"Non importa, abbiamo tutto il tempo del mondo." Nel cogliere la tenerezza con cui me lo disse, pensai che per un cervello poco fantasioso come il mio era difficile seguire il ritmo convulso dei cambiamenti d'umore di quell'uomo.

Tra l'altro, anch'io ci avevo pensato: avevamo tutto il tempo del mondo.

"Camila!" mi chiamò. "Prima che tu vada via... avevo dimenticato di darti un regalo."

Stavo già dirigendomi verso il corridoio che portava in camera da letto e tornai indietro, speranzosa. Un regalo? Da tanto tempo nessuno mi viziava con attenzioni del genere. Luciano si avvicinò porgendomi un pacchetto molto piccolo avvolto nella carta velina bianca.

"Aprilo" mi ordinò.

All'interno trovai un quadretto, un cartoncino di fibra vegetale color verde pallido su cui erano incisi dei teschi neri che danzavano in cerchio. Era una xilografia, bellissima, un piacere per gli occhi.

"Le morti rappresentate da un maya nella selva, un pittore lacandone" m'informò. "Soltanto in questo paese una rappresentazione del genere può essere allegra. Questa danza della morte è per te, Camila: vediamo se ti convince a cambiare le tue idee al riguardo."

Lo ringraziai, commossa.

"L'unica cosa che ho comprato a San Cristóbal è una piccola tigre di ceramica," gli dissi a scatti, "nel mercato qui di fronte, l'ho pagata meno di un dollaro. Finora non avevo altri souvenir da portarmi a casa."

"Una tigre? Nobile artigianato, non disprezzarlo. La ceramica di queste terre... è bellissimo vedere come insegnano a mentire al fango."

"Ma questo sarà il regalo più prezioso" risposi indicando il quadretto. "Cercherò una cornice sottile, di legno chiaro... quando sarò a Washington."

Restammo a guardarci. Il suo sorriso era incerto. Che strano, i miei sensi erano come congelati. Perché non gli buttavo le braccia al collo? Il desiderio e la tenerezza non riuscivano a prendere forma, soffocati sul nascere, terrorizzati all'idea dell'estasi. Riuscii soltanto a dirgli buonanotte.

Così me ne andai da sola in camera da letto e per lunghe ore fu soltanto la musica in salotto (jazz) ad assicurarmi che il pittore era sveglio. Avevo trovato il romanzo di Doris Lessing sul comodino – Ninoska si era preoccupata che Luciano me lo portasse a casa – e ce la misi tutta per tuffarmi in altre vite, ma era inutile. Mi agitavo sul letto, con la luce spenta, in preda a emozioni e inquietudini contrastanti, dalle telefonate anonime in albergo dalle quali ero finalmente in salvo, al mercato di Ocosingo, alla radio sparita, alle mani di Luciano: ogni immagine mi volteggiava dentro in un vortice sbigottito, il mio desiderio rischiava vigliaccamente di prendere il sopravvento. Tutti mi stavano parlando, le voci s'incrociavano contraddicendosi senza pietà. Reina mi diceva: Non è da preferirsi l'eccesso alla penuria? L'unica cosa che questo angolo di mondo conosce è la mancanza di: pane, riposo, giustizia, sicurezza. Protezione, calore. Vuoi che vada avanti? No, Reina, smettila. Allora s'intrometteva la voce di Paulina: nella cultura maya il cuore è il centro di tutto. Ho imparato a parlare dei miei dispiaceri per liberarmi il cuore, che è stato così ferito. Le donne del mio popolo hanno sempre mal di testa, è per via della tristezza, per colpa sua. Sì, Paulina, anch'io la conosco. Poi arrivava Dolores: Quello che qui viene considerato indecente, in Cile lo chiamiamo *moderno*. E già, quelli della morale indolore. Ci avevi mai pensato, Camila, ti era venuto in mente che fosse possibile? Tutto quello che ha a che vedere con il pensiero è obsoleto. Se qualcuno parla in tono riflessivo, lo si accusa di essere un nostalgico; se ha un tono intenso, lo si accusa di essere antiquato. Le parole hanno perduto il loro significato, le categorie sono state sovvertite. No, Dolores, non ci avevo pensato. Paulina, Reina, Dolores, ciascuna con le sue ferite di guerra, e io intatta. (Intatta? Risponda il mio bambino per me.) Alla fine riuscii a smorzare le altre voci per lasciare il campo libero a quella di Luciano, alle sue parole pronunciate con dolcezza dall'altra parte del piccolo tavolo, alla Trattoria: Il tuo corpo, Camila, è un campo minato, e l'abilità consiste nel riuscire a percorrerlo mescolando insieme rischio e attenzione.

Quando una donna è stata per tutta la vita una persona riservata e pudica, e con serie intenzioni di lealtà a costellare tale monotonia, diventa difficilissimo riconoscere il desiderio. Quello scappa, schivo, fugge di ramo in ramo, affiora soltanto per nascondersi subito, temibile e imprevedibile, e per mascherare le sensazioni, lasciando il cuore vuoto.

Quanto selettiva e ben custodita si rivela essere l'intimità! Io, che di solito la guardavo con una sorta di scetticismo, capisco che è stupefacente. Gustavo. Ricordo che quell'uomo davanti al quale sfoggiavo il nuovo reggiseno nero per accendere la sua libidine è lo stesso che nella malattia si prende cura del mio corpo, che ne testimonia la mancanza di decoro, lo coccola, lo cura, lo fa suo anche nella bruttezza per aiutarmi a guarire, per proteggermi. Un corpo privo di fascino, inutile. Ed è sempre lui, è sempre lo stesso. Un corpo giallognolo e sudato – spenti e consunti ogni fascino e ogni freschezza – vive all'interno di quell'altro che il giorno prima aveva vibrato, lasciandosi travolgere da ondate di erotismo. Soltanto lui ha il permesso di vederlo e di sancirlo. Così, quando riaffiora l'esuberanza, soltanto lui può goderne. O poteva. Questa è l'intimità. Il peggio e il meglio: l'infimo e il grandioso. Tutto quanto confluisce davanti alla stessa persona e questa lo accoglie, senza che il negativo di un simile ritratto lo separi, lo allontani, o lo scacci.

L'unico testimone delle mie inquietudini nella stanza nuova era il tucano dai colori brillanti: sembrava guatarmi, arrogante, dalla trave del soffitto, superbo, quasi lottasse contro la tentazione di beccarmi gli occhi. E sul tavolino, che sembrava provenire dall'asta di una scuola pubblica, il mio quadretto con i teschi incisi aspettava la luce del mattino per lasciarsi di nuovo ammirare.

Luciano dipinse tutta la notte. Neappure una volta si avvicinò alla mia camera. Mi fu difficilissimo ammettere l'inconfessabile: non avevo potuto chiudere occhio per tutta la notte, aspettando con impazienza i suoi passi, aspettando.

LUNEDÌ

1.

Quando piano piano si verificò la metamorfosi nella vegetazione e i pini vennero sostituiti dai banani e apparvero le palme a umidificare l'aria, capii che la selva non doveva essere lontana, mi stavo avvicinando inesorabilmente alla scena finale. Mille buche costellavano la strada rendendo disagevole il tragitto e dovetti sopportare mille scossoni per i sobbalzi del piccolo autobus, stringendomi ancora di più ai miei compagni di viaggio in quello spazio limitato e soffocante. In effetti il veicolo, il cui nome, *Agnello di Dio*, campeggiava orgogliosamente sul parabrezza, doveva essere stato pensato per sei passeggeri, sette al massimo, e là sopra eravamo in dieci. Avrei preferito chiedere in prestito la macchina a Jean-Jacques, ma avrei dovuto fornire spiegazioni e non avevo nessuna intenzione di farlo: *Riservata* era la prima parola del messaggio di Reina e dovevo rispettarla. A tratti, la natura stupefacente, le mille tonalità del verde con cui giocavano le colline e la pianura, mi consentivano di dimenticare la scomodità e il senso di soffocamento che avvertivo all'interno del piccolo autobus. La vegetazione lussureggiante e via via sempre più fitta conferiva al paesaggio una luminosità tutta speciale, come se a ogni metro ne aumentasse la profondità. Mi sarebbe piaciuto scendere, respirare a pieni polmoni e scoprire quali fossero i suoni degli uccelli, come facessero a comunicare con le migliaia di animali che costituiscono la ricca fauna che vive qui, sul limitare della selva. Bastava un'occhiata per rendersi conto dell'enorme ricchezza che possiede questo sperduto angolo del pianeta, quanto a biodiversità, acqua, minerali strategici. L'appoggio incondizionato di molti stranieri alla causa zapatista è legato all'attenzione per l'ambiente: gli zapatisti insistono nel salvaguardare gli equilibri della Terra, sono gli unici ribelli a farlo. Per i maya, la selva Lacandona rappresenta i polmoni nel corpo della madre terra e soltanto le loro mani possono assicurarne la sopravvivenza. Sono tante le multinazionali che stanno sfruttando queste terre, come avevano fatto per il caffè all'inizio del ventesimo secolo. Guardo i miei compagni di viaggio, tutti indigeni intrappolati nella loro miseria stracciona, e mi domando con rabbia come sia possibile che in una terra così ricca, che produce più della metà dell'energia elettrica messicana e ingenti quantità di caffè e di mais, la maggioranza della popolazione non sia in grado di leggere, non abbia luce né acqua potabile. Non c'è bisogno di essere dei rivoluzionari per ribellarsi di fronte a una realtà tanto abbietta.

(O forse dovrei domandarmi se non sia il capitale umano la vera ricchezza, ovunque sulla faccia della Terra; e, pertanto, se il problema di fondo non sia il grado d'istruzione degli abitanti, la loro mancanza di preparazione, l'esplosione demografica, la fragilità delle strutture interne – quelle strutture che compenetravano il cuore del Chiapas e delle sue comunità indigene – non sarà forse quello lì l'anello debole? Vogliamo pensare alla quantità di sovvenzioni che riceve questa regione? Come vorrei essere una brillante economista e trovare delle risposte, come vorrei che qualcuno mi sussurrasse all'orecchio un modo per spezzare questa feroce spirale di miseria.)

Mentre la strada si snodava in uno, cento, mille tornanti, i miei compagni di viaggio parlavano tra di loro in una lingua a me ignota, inintelligibile. (Tocco con mano le culture udibili, non simboliche.) Nel gruppo c'era soltanto una donna con un bambino piccolo sistemato nello scialle, come si vede di solito in queste terre dove donne e bambini si fondono insieme, tanto che è impossibile immaginare le loro figure indipendenti l'una dall'altra; benedetta la donna che ha un bambino da portarsi dietro, benedetto il bambino che respira senza che il suo cuore abbia cedimenti. A un certo punto lei si chinò per cercare qualcosa dentro uno dei sacchetti che teneva tra i piedi, e il bambino, scomodo, si mise a piangere. Mi offrii di aiutarla, potevo tenerle il bambino o i sacchetti, ma lei mi guardava senza capire, e si portò subito una mano alla bocca. È un gesto che fa anche Paulina, ieri le ho domandato il motivo, se era per via dei denti. No, è perché si vergogna a parlare *castilla* – spagnolo – e mi dice che la vergogna invade ogni ambito della vita delle donne indigene, hanno vergogna di tutto e per tutto. E anche se Paulina è bilingue, e ha imparato lo spagnolo dai missionari e l'ha approfondito in seguito con i ribelli, non si sente sicura nel parlare una lingua diversa dalla ch'ol. Pensando ai suoi antenati, cercai d'immaginare il loro sconcerto quando gli spagnoli introdussero un linguaggio nuovo, intessuto di connotati squisitamente cortigiani, dove si diceva quello che non si sentiva, una cosa che un indigeno non si sarebbe mai sognato di fare nella propria lingua. Credo che sia nata proprio allora la cortesia, insieme al meticciato, e si sia conservata nel tempo, diventando un patrimonio messicano.

A mano a mano che le sfumature di verde ondeggiavano sotto il cielo, e salivano, fuggivano via e tornavano a salire posandosi sugli alberi nodosi, rifuggendo da quelli imputriditi, il piccolo autobus procedeva affrontando innumerevoli curve; dal finestrino riuscii a scorgere villaggi o gruppi di case, osservando la cui miseria e precarietà, capii che qui il ventunesimo secolo non era ancora iniziato. Ma non riuscivo a concentrarmi perché qualcosa mi stava travolgendo e mi costringeva a ritornare indietro, a riandare a qualsiasi passato che non mi ricordasse il futuro incombente, passati recenti, immediati, pur di non anticipare l'avvenire; come se fossi immersa nelle mie traduzioni e ogni pagina nuova comportasse una nuova sfida, tanto da spingermi a correggere soltanto quello che avevo già scritto, senza progredire nel lavoro. Allo stesso modo non volevo affrontare l'idea che mi stavo recando a Oco-

singo, con dentro alla borsa un involucro sospetto da conse-
gnare a mezzogiorno al mercato a qualcuno che non conoscevo. Il calore pestilenziale che si respirava sull'autobus in-
duceva a un assopimento quasi letargico; perché stare sveglia
se non per evitare che i fogli bianchi si riempissero di parole?
Concentrai tutte le energie che mi erano rimaste dopo la notte quasi insonne e la mattinata angosciosa di quel lunedì alla
fine di gennaio, all'inizio del nuovo secolo.

Allora sì, tornai indietro.

Ieri, a casa di Reina, l'avevo rievocata mentre mi parlava
delle orfane, le donne ignave che vivono giorno per giorno.
Mi domando quali fantasmi addormentati si ridestino in lei
all'idea dell'ignavia. Stavamo dando da mangiare ai gatti il pomeriggio in cui mi raccontò questa breve storia.

Era accaduto in Cile, durante la dittatura, quando i militari l'avevano arrestata per mandarla al confino, in un borgo
in mezzo alla campagna, a un'ora e mezzo da Santiago. I militari erano acquartierati a diversi chilometri dal posto, e per
quanto riguarda alberghi, locande o pensioni neppure a parlarne, c'era soltanto una chiesetta costruita con assi malconce
che sembrava sul punto di crollare. A suo parere, l'ostilità della polizia nei suoi riguardi era in parte dovuta al fatto che lei
non aveva un posto dove alloggiare. Si diresse verso il negozio, l'unico edificio dall'aspetto quasi prospero, e parlò con il
proprietario esponendogli chiaramente la situazione. L'unica
via d'uscita che trovò il negoziante era la casa di una signora
che viveva poco lontano da lì: parente di un ex latifondista, tra
un rovescio di fortuna e l'altro era riuscita a conservare la propria casa. È un po' matta, non so se mi spiego, le disse.

Reina non poteva fare altro, e ci andò.

Dopo aver camminato per mezz'ora nel fango dell'inverno cileno, trovò un posto che la lasciò a bocca aperta. Neppure nelle più cupe favole infantili aveva mai visto tanta desolazione: la sterpaglia nascondeva ogni pezzetto di terra ri-
coprendo ogni cosa; dove una volta doveva esserci stato un
giardino, oggi c'erano solamente felci, rampicanti a non finire ed enormi arbusti cadenti. Era una casa a due piani, co-

struita con un legno che il tempo aveva ingrigito e che avrebbe avuto bisogno di una bella mano di vernice. Le finestre al piano superiore erano sbarrate con assi di legno e la porta principale era protetta da un'inferriata talmente malconcia che era lecito domandarsi a che cosa servisse. Non c'era il campanello, niente per bussare, per cui Reina entrò, semplicemente. La villa che un tempo aveva ospitato un'intera famiglia, con tutto lo spazio necessario, si riduceva a un'unica stanza, perché il resto della casa era palesemente sprangato. Nella stanza c'era la cucina, un fornello a due fuochi collegato a una bombola del gas, tutto in bella vista, e una bacinella di plastica posata sul pavimento faceva le veci della lavastoviglie; la camera da letto era costituita da un letto accostato a una parete, con sopra una pila di coperte, coperte ruvide e vecchie. Ma la cosa più sorprendente era il numero di gatti che gironzolavano per la stanza. Reina dice che non è mai riuscita a contarli, ma dovevano essere almeno una ventina. Il tanfo era insopportabile, la cassetta con la sabbia della cucina di Reina sarebbe stata un lusso eccentrico in quel contesto. In mezzo alla sala, lo schermo di un televisore lanciava bagliori a un volume tutt'altro che moderato. In seguito scoprì che non veniva mai spento, mai, nemmeno per un minuto. Vide una donna dai capelli candidi che indossava lunghe vesti scure, un gilet sopra l'altro e un altro ancora, con la gonna che le arrivava fino a terra. Nonostante il contesto, le fattezze della vecchia tradivano una sorta di eleganza antica, il colorito e la struttura delle ossa la rivelavano.

"Sei una giornalista?" fu il suo benvenuto.

Reina dovette spiegare per l'ennesima volta la sua situazione e la vecchia non manifestò alcuna meraviglia.

"Vuoi dormire qui? Puoi pagare? Parla con Bárbara, è nell'atelier, là dietro."

Reina non poteva credere a quello che aveva scoperto. Ci mise parecchi minuti a convincersi che non si era sbagliata: in mezzo a tanta decadenza aveva trovato Amaya Zambrano.

Era stato il tempo a distruggere tutto, il tempo, e ancora il tempo.

Amaya Zambrano era una grande pittrice, Reina aveva fatto una ricerca su di lei nell'ultimo anno di liceo, conosceva la sua opera. Aveva sposato il pittore più importante della sua generazione, furono la coppia per eccellenza delle arti visive durante gli anni quaranta e cinquanta. E lei era destinata a chiudere perfettamente il cerchio intorno al talento, classe e bellezza nella gioventù, denaro e prestigio nella vecchiaia. Invece Amaya non lo aveva fatto. Quando il marito rappresentava il proprio paese a Roma in qualità di ambasciatore e loro due insieme, due astri sfolgoranti, si godevano la dolce vita di quegli anni, lui si innamorò di un'altra donna, la moglie del console argentino. Barbarita era il gioiello dei due pittori, ma regalava riflessi dorati soltanto alla madre: purtroppo tutto finì quando vennero scacciate dall'ambasciata. Con il cambiamento di governo, per l'ex marito era troppo dispendioso mantenerle, quindi dovettero tornare al loro paese, sconfitte. Il grande pittore non vi fece mai ritorno, sempre più famoso e quotato all'estero, e intanto l'amarezza e il risentimento diventavano la forza motrice di Amaya, trascinando nell'abisso anche Bárbara. Amaya era convinta che il Cile non riconoscesse la sua importanza come avrebbe dovuto, secondo lei non era giusto che le lodi andassero soltanto al marito; lo stato avrebbe almeno dovuto finanziarla per permetterle di continuare a dipingere. Superfluo dire che in Cile queste cose non si facevano allora e non si fanno oggi, e così Amaya Zambrano piano piano iniziò ad avere problemi di denaro. A nessuno venne in mente che Bárbara, oggi quarantenne, potesse cercarsi un lavoro, no. Lei – oltre a respirare attraverso i polmoni di Amaya – per mestiere vendeva i quadri della madre e ogni tanto qualcuno del padre, dai quali ricavava più soldi. Il giorno in cui Amaya dichiarò apertamente la bancarotta, suo cugino, che sarebbe morto un paio di anni dopo, le regalò questa casa per viverci, ma oggi tre nipoti stanno cercando di scacciarla, vogliono ristrutturare la proprietà e poi rivenderla. Il grande pittore giura alla stampa che in tutti questi anni ha sempre mandato soldi alla moglie e alla figlia, ma nessuno è in grado di dirgli dove siano andati a finire. Mi bastano appena per dar da mangiare ai gatti, era la versione di Amaya. Bárbara continua a rovistare nell'atelier – l'antica scuderia della villa quando questa faceva ancora parte del latifondo – alla ricerca di originali di sua madre o, in mancanza di questi, di qualche copia fatta da lei.

Reina decise che la caratteristica più evidente di Amaya era l'ignavia. Un giorno le chiese se l'ignavia e la depressione alla fine non fossero la stessa cosa. No, rispose Amaya con la sua voce rotta, la differenza sta nel fatto che nella seconda la volontà sparisce.

Un giorno le aveva chiesto come mai tenesse tanti gatti. Qualcuno deve pure toccarmi o leccarmi, e alla mia età non lo farebbe nessun altro.

Così Reina trascorse i due mesi di confino, dormendo nella scuderia-atelier, cercando di preparare Bárbara al giorno in cui sua madre sarebbe morta (che peccato, non aveva mai letto *Il secondo sesso*) e avendo come attività principale quella di dar da mangiare ai gatti. E assicura che, lente o immediate, le sensazioni che Amaya Zambrano aveva suscitato in lei non le dimentica. L'ignavia, mai.

Ritorno al presente, ricordo che sono Camila, non sono Reina, e sto andando a Ocosingo. L'epilogo della storia mi strappa un sorriso:

"Non vorrai mica dirmi che i tuoi gatti hanno la stessa funzione di quelli di Amaya!" fu il mio commento alla fine del racconto di Reina.

La sua risposta fu una sonora risata.

(*"Sai chi se la fotte?"*)

2.

In confronto a San Cristóbal de las Casas, Ocosingo sembrava un ammasso di costruzioni e strade disordinate, urbanesimo sgraziato sopra un terreno ondulante, sentieri tortuosi e strade disomogenee. Qualunque traccia di bellezza: assente. Poiché i miei occhi non trovavano nulla da ammirare, mi resi conto di quanto in fretta ci si abitui alla bellezza e a darla per scontata, come se San Cristóbal non fosse un'eccezione, un regalo, ma la normalità. Non mi fu difficile trovare il mercato, anche una persona senza il senso dell'orientamento ci sarebbe riuscita, e in fretta anche, perché in centro non c'era niente che invitasse alla distrazione o allo svago, nemmeno lo *zócalo*, che di solito nelle cittadine messicane irradia una grande vivacità, perfino nei paesi più piccoli e sperduti. L'intera città pareva sbiadita, come se i colori se ne fossero andati via portandosi dietro le costruzioni coloniali e la frescura dell'aria cui mi ero abituata a San Cristóbal – che a quell'altitudine rinfresca sempre, come se tenesse in serbo una brezza continua. Mi tolsi la maglia e me l'annodai in vita, qui il caldo fa sul serio. Notando un'atmosfera cinerina, opaca e deprimente, avvertii la mancanza delle tracce dei conquistatori spagnoli: anche senza conoscere la storia, immagino che se un giorno sono arrivati in queste terre, probabilmente hanno girato al largo. Ocosingo significa "luogo del signore nero" (più tardi me lo sarei ricordato, e non una volta sola). Era uno di quei posti da cui Gustavo scapperebbe via di corsa, il che equivale a dire che era piccolo, brutto e povero. (A San Juan Chamula, qualche giorno prima, avevo incontrato un bambino che si offriva di farmi da guida per pochi pesos; parlando con me e consultando la piantina, aveva puntato il piccolo dito scuro su questa zona e aveva detto: lì vivono i Marcos. Io e Luciano ci eravamo messi a ridere. E invece eccomi qui.) Mi distolse dai miei pensieri un corteo funebre che avevo notato passando davanti alla chiesa; non voglio avvicinarmi, altrimenti mi viene la tristezza, dissi tra me e me: non sto scherzando, a diciotto anni piangevo già a ogni funerale, anche se non conoscevo il defunto. Così affrettai il passo. Guardai l'orologio: erano le undici e trentacinque minuti. Brava, Camila, finora va tutto bene. Anche a rischio di sembrare ripetitiva, intendo ribadire quanto mi desse fastidio, un fastidio ossessivo, la scatola che tenevo nascosta nella borsetta: avevo proprio voglia di disfarmene al più presto. Dovevo averla tastata mille volte durante il tragitto per assicurarmi che fosse ancora lì, quasi temendo che avesse una vita propria e potesse sfuggire al mio controllo.

Scoprire quale dei banchetti di alimentari fosse quello con su scritto "Chato" si rivelò invece più difficile del previsto, il mercato è così grande e le bancarelle sono così tante! Mi sentivo osservata mentre mi sforzavo di leggere ogni nome: il mio fisico e il colore dei capelli non mi aiutavano a passare inosservata, visto che intorno a me c'erano soltanto indigeni. Mentre mi aggiravo per il mercato, l'immagine di Paulina ferita nel corso di quella battaglia cruenta mi sconvolgeva, quel giorno sembrava così tranquillo e innocente quello spazio, spazio ingannatore, bugiardo quasi. Dopo avere esaminato tutti i luoghi possibili dove potessero esserci bancarelle di alimentari, apparve al mio sguardo, penultimo di una lunga fila di bancarelle, il Chato. Le ginocchia mi tremarono un poco, ero arrivata. Dietro al banco vidi due uomini che stavano preparando, e nessun cliente. Offrivano bibite, *tacos* e tortillas al formaggio, le *quesadillas*, accanto a una piastra arroventata.

"Qualcosa da mangiare, bella?" mi chiese il più anziano dei due, quello che sembrava l'addetto al servizio.

Mi sedetti sopra una panca minuscola e instabile davanti a un tavolo quadrato, di formica, che traballò nel momento in cui vi posai sopra il braccio. La colazione che avevo fatto la mattina di buon'ora a casa di Luciano non era degna di quel nome. Temendo di svegliarlo, ero entrata in cucina in punta di piedi e mi ero riscaldata un caffè ancora tiepido che qualcuno aveva preparato, Jim credo, il convivente americano che non avevo ancora conosciuto. Ma non avevo mangiato niente. Ero stata tentata da un vassoio carico di brioche che si trovava sul tavolo – avevo riconosciuto i *garibaldis* e le *conchas* – ma ero talmente preoccupata all'idea che Luciano si svegliasse nella sala-atelier, obbligandomi a mentire sui miei passi successivi, che lo ignorai. Ora la fame si faceva sentire e mi parve una buona idea mangiare un paio di *tacos* con carne, così l'attesa sarebbe stata meno lunga. Mi venne in mente che Gustavo non mangiava mai nei mercatini popolari, era sempre molto diffidente. Ma il chioschetto del Chato, anche se povero, sembrava pulito e non ebbi un attimo di esitazione.

Undici e cinquantacinque: non c'è anima viva davanti al chioschetto. I due uomini chiacchierano tra loro, di nuovo in una lingua che non conosco, ma nessuno si avvicina. Maschero la mia impazienza, chiedo un altro succo di mela, il primo mi ha ridato la vita, ma quando me lo porgono capisco che è troppo. Il mio sguardo indugia sulla parte di mercato che riesco ad abbracciare.

Mezzogiorno: con un crescente senso di fastidio, penso che quando Reina viene a Ocosingo di persona per contattare gli zapatisti e fare le consegne, probabilmente si comporta come se si trattasse di una commissione normalissima, un impegno qualunque sulla sua agenda, non ne è sconvolta, come invece sono io: l'impegno politico è suo, lei sa come muoversi, non per niente io ho cercato di evitarlo per tutta la vita. Me la immagino qui, mentre chiacchiera tranquillamente con i proprietari del Chato, e intanto gioca a intrecciarsi i capelli nerissimi aspettando il contatto come fosse una cosa normale, come avrebbe aspettato me in un bar qualunque. Questo fa, quando viene a Ocosingo e non si addentra nella selva per andare direttamente nell'accampamento di La Realidad, il quartier generale dei comandanti zapatisti. E a pensarci bene, quanto dev'essere lungo e pesante il viaggio!

Dodici e cinque: Dolores martella da lontano.

Dodici e dieci: quando le mie emozioni – inevitabile disperazione frammista a un'aggressività latente – hanno invaso una vasta area del mio cuore, vedo arrivare al chioschetto un bambino piccolo dall'aspetto famelico, scalzo e vestito di stracci, ma con uno sguardo limpido e vivace, e mi chiede apertamente se ho voglia di visitare la chiesa che c'è sulla piazza, l'hanno appena aperta. I due uomini gli dicono di lasciarmi in pace, ma in tono quasi casuale, senza rimproverarlo veramente. Una luce inviata da uno spirito benigno si affrettò ad annullare il mio sconcerto facendomi capire che il bambino era venuto a cercare proprio me. Pagai la consumazione e me ne andai con lui, o meglio, dietro di lui, perché i suoi passi erano più leggeri e rapidi dei miei. Non si fermò neanche una volta lungo il percorso, non mi rivolse nessuno sguardo, nessuna parola.

Dodici e venti: il bambino è sparito davanti alla porta della chiesa senza darmi spiegazioni, indicandomi soltanto di aspettare all'interno.

Dodici e venticinque: mi siedo su un banco della navata centrale (il funerale si era concluso senza lasciare tracce, chissà che cosa staranno facendo adesso i famigliari? Tento inutilmente di immaginarmeli). All'improvviso, un uomo si siede al mio fianco. Lo guardo di sottecchi, facendo finta di niente. Scorgo i suoi pantaloni di cotone e i sandali, ma non lo guardo in faccia. Si rivolge a me senza perdere tempo: Ha portato il pacchetto? Furono le sue uniche parole. Nessuno mi aveva parlato di qualche segno particolare che mi avrebbe consentito di identificarlo, per cui cacciai le mani nella borsa senza alcuna esitazione e gli consegnai la famosa scatola rossa che lui ripose subito nella bisaccia.

Dodici e ventisette: l'uomo se n'è andato, la scatola finalmente non c'è più, ho portato a termine la missione di una donna che hanno cercato di ammazzare. Mi sento pervadere da una stanchezza profonda, il sollievo che provo nell'avere fatto il mio dovere non riesce a mitigarla. Il mio unico desiderio è ritornare a San Cristóbal, neanche fosse la mia casa, soltanto lì troverò riposo e sicurezza.

Dodici e trentadue: mi alzo dal banco dopo essermi ripresa dal tremore che m'intorpidiva mani e piedi, e mi dirigo verso la porta. Non capisco come abbia fatto il bambino a venire fin lì, è proprio lui, lo stesso del chioschetto del mercato. Non esca! Sbalordita lo afferro per le spalle e gli chiedo che cosa sta succedendo. Non esca ancora, la stanno aspettando! Chi mi aspetta? Loro, i cattivi.

Ci mancava soltanto quello.

Cerco di calmarmi, di non perdere il sangue freddo. Prendo per mano il bambino, mi dirigo insieme a lui verso il banco da cui mi ero appena alzata e lo obbligo a sedersi vicino a me. C'è pochissima gente in chiesa, nessuno vicino a noi, posso parlare senza abbassare il tono della voce. Stavolta si tratta di un'automobile rossa, un furgone, mi spiega quando lo incalzo con le mie domande, soltanto due uomini all'interno (non tre, come se la succursale di Ocosingo avesse meno risorse). Gli chiedo di aspettarmi, di non muoversi, e mi avvio verso la porta, la socchiudo per guardare fuori. È vero, il bambino non ha detto una bugia, il furgoncino è rosso, vecchio e scassato (gli uomini non indossano abiti scuri come a San Cristóbal), uno è seduto al volante, l'altro passeggia lungo il marciapiede di fronte alla chiesa; quest'ultimo, scurissimo, ha un aspetto volgare e trasandato, tanto da sembrare sporco, con un paio di pantaloni scuri e una camicia bianca che tradisce un ventre prominente, le maniche rimboccate e un fazzoletto rosso al collo. Il signore nero. I suoi occhi non guardano verso la chiesa, attende soltanto la mia comparsa, non può sospettare che sono stata avvertita. Consapevole delle mie pulsazioni forsennate e caotiche, chiudo la porta piano e faccio ritorno al banco e al bambino, il quale mi aspetta con uno sguardo attento e un po' stravolto. Andiamo, mi dice. Dove, se non possiamo uscire? Andiamo dal pretino, risponde tirandomi per un braccio. Lo seguii. L'avrei seguito a occhi chiusi in capo al mondo, un piccolo indio che sa comportarsi meglio di me; il suo corpicino, anche se tradisce la scarsità dei raccolti, si muove con maggiore astuzia del mio. A metà strada fra la porta d'ingresso e la sagrestia – che si trovava in fondo alla chiesa – il bambino si gira e il suo volto diventa livido. Mi molla il braccio e sussurra: Corra, corra. Anch'io mi guardo indietro e vedo un fazzoletto rosso e una camicia bianca varcare la soglia del tempio. Il mio accompagnatore e complice svanisce come per magia. Allora faccio quello che mi ha detto di fare: corro. Spalanco la porta della sagrestia senza neanche bussare, entro ansimando – a una velocità sorprendente – e la chiudo dietro di me, la blocco appoggiandomi contro con tutto il mio peso.

"Posso esserle utile, signora?" mi chiese un uomo alzando la testa, seduto alla scrivania, palesemente sorpreso dalla mia entrata insolita e travolgente.

Non aveva un'aria da sacerdote e mi ricordava il compagno di viaggio del volo per San Cristóbal, che fra me e me avevo definito un assistente di don Samuel Ruiz. Se non era lui, gli assomigliava molto.

"Sì... la prego..." Le parole mi uscivano dalle labbra a fatica, ero come paralizzata, non potevo abbandonare il mio posto a guardia di quella porta miracolosa che mi separava dall'uomo con il fazzoletto rosso, il signore nero, come direbbe il nome della città.

L'uomo buono – così lo chiamai dentro di me – rimase visibilmente sconcertato e mi si avvicinò.

"Che cosa le prende? Si sente male?"

"Sì, mi sento male... mi aiuti."

In quel momento, il sesto senso che affiora soltanto in caso di pericolo mi fece sentire che qualcuno si era fermato dietro alla porta, a pochi centimetri da me. Il mio cuore impazzì, temevo che l'uomo buono se ne andasse via per conto suo, lasciandomi da sola. Cercò di farmi spostare da una parte per arrivare alla maniglia e aprire, ma io non glielo permisi.

"No, non apra" lo pregai, la voce supplichevole.

Nella sua espressione lo stato di allarme venne sostituito da un'inquietudine crescente. Mi afferrò per le spalle, in modo fermo ma gentile, mi accompagnò in una stanza attigua e mi chiese di aspettarlo, quindi tornò indietro per aprire quella maledetta porta e capire che cosa stava succedendo. Sentii soltanto dei mormorii (le persone tendono ad abbassare la voce nella casa del loro Dio), non riuscivo a distinguere bene le parole dal mio rifugio dietro quelle mura spessissime. Quando fece ritorno si leggeva nel suo sguardo, oltre all'allarme iniziale, una sorta di pietà.

"Non si preoccupi, gli ho detto che lei non era qui."

"A chi?"

"Come a chi? Non sta scappando da quell'uomo che è venuto a cercarla?"

"Sì, sì... ma come ha fatto a capire che ce l'aveva con me? Io non lo conosco..."

"Non ce l'aveva con nessuno, ha negato di essere venuto qui a cercarla. Credo che mi debba una spiegazione, non le pare?"

"Sì, le spiegherò tutto quanto. Ma per favore mi aiuti, devo fare una telefonata."

"Dove?"

"A San Cristóbal. Gliela pago, gliela pago subito, ma per favore mi presti il telefono."

3.

"Ma che cazzo fai lì?" chiese in italiano
"Parlami in spagnolo, non ti capisco."
"Voglio sapere che cazzo fai a Ocosingo!"
"Te lo spiegherò, Luciano, ma ti prego, sbrigati. Non mi muoverò dalla sagrestia finché non sarai arrivato, giuro che non mi muovo."

Scoprii che l'uomo buono si chiamava Adolfo Sánchez, Sánchez come me, quando glielo dissi parve rilassarsi un poco, almeno accennò a un sorriso, il primo. Nella stanza del telefono c'erano un tavolo, una sedia e una poltroncina. E lì mi fece sedere obbligandomi a riposare un poco mentre lui andava a prendere un caffè per tutti e due. Dio solo sa quanto ne avessi bisogno.

È meraviglioso come il tempo possa annullarsi a queste latitudini. Adolfo Sánchez era stato interrotto nel suo lavoro da una donna che sembrava una pazza, una donna che non conosceva, e adesso eccolo qui, davanti a me, ad assaporare un caffè generoso mentre si accinge a fumarsi una sigaretta con tutta la calma del mondo.

"Non mi piaceva quell'uomo... perché la stava aspettando?"
"M'inseguiva."
"Ma chi è?"

"Un paramilitare, presumo."

I suoi occhi si ridussero a una fessura, ma il suo sguardo non s'indurì.

"Lei è una zapatista?"

"Be', no... no." Mi sembrava così strana quella domanda, non me l'avevano mai posta e non mi ero mai trovata nella necessità di rispondere.

I suoi occhi si strinsero ancora di più.

"Faccio la giornalista" mentii per semplificare le cose. "Sto lavorando a un reportage su di loro per un giornale americano."

"Strano... di solito i paramilitari non se la prendono con i giornalisti. Ne sono venuti parecchi da queste parti, soltanto la polizia si occupa di loro quando danno fastidio, non i paramilitari."

"Sì, lei ha ragione, è davvero strano."

(*Marcos e lo zapatismo sono una barbarie messicana, una leggenda, una megalomania, era stato il severo giudizio dello studioso Luis Vicente López, quella sera nel mio appartamento nel Maryland, poco prima che partissi.*)

Mi scrutava di nuovo, era chiaro che non mi credeva, ma ebbe la delicatezza di non insistere. Mi chiese di che nazionalità fossi e mi ritrovai a parlare per l'ennesima volta di Pinochet e della situazione cilena. All'improvviso m'interruppe:

"È riuscita a intervistare il *Sub*?".

"Marcos? No, non volevo spingermi a tanto... e poi a quanto pare è tutt'altro che facile."

"Non le interessa conoscerlo?"

"Be', sì. Ma forse l'assenza è ancora più affascinante. Lei che cosa ne pensa? Qual è la sua opinione al riguardo?"

Inarcò le sopracciglia in un'espressione che tradiva una risposta complessa e sollevò le mani.

"Marcos e la divinità" sospirò.

"La divinità? Che cosa intende dire?"

"Come lei ben sa, nelle culture primitive le divinità non erano creazioni di se stesse, ma venivano inventate dalla gente, nascevano nella collettività."

"Sì, immagino..."

"La maschera..." disse pensieroso. "Gli imperatori aztechi non mostravano mai il volto, nessuno li vide mai in volto.
Come Marcos. Per ragioni di clandestinità, ovvio, ma la sua
maschera – il passamontagna – è arrivata ai mass media. E la
realtà ha iniziato a esistere a partire dal mito. Poi c'è il suo
nome. Non si poteva pronunciare il nome degli imperatori
aztechi, così come il nome di Dio, vero? Questo si ripete anche nella nostra cultura giudaico-cristiana, Dio non ha nome.
È una bestemmia nominare il nome, mi scusi per la ripetizione. Quando il governo chiamò Marcos con il suo vero nome, molti si spaventarono, era una bestemmia nominarlo, lui
è soltanto Marcos, i suoi seguaci non vogliono sentire un nome diverso da questo."

"Ha un che di religioso."

"Certo, è proprio così. Maschera e discorso costruito sulla superbia. Provi ad analizzare le sue parole: Marcos non fa
altro che pronunciare vangeli diversi. Pubblica epistole, fa appello al senso biblico, senza contare gli elementi tipici della
divinità."

Spense la sigaretta, posò la tazza di caffè sulla scrivania e
mi guardò.

"Non credo che Marcos l'avesse pensata in questi termini, eppure questo è stato il risultato. Bene, amica mia, ora devo finire il mio lavoro. Faccia come a casa sua, non le succe-
derà niente qui. Aprirò io personalmente la porta quando verranno a prenderla. Adesso è meglio se riposa un poco."

"Sì, ci provo. Grazie."

Chiusi gli occhi e per la prima volta in quella giornata
turbolenta mi tornò in mente un'immagine mattutina, che
senza saperlo mi aveva accompagnata lungo la strada per
Ocosingo, si era seduta vicino a me cullandomi sul piccolo
autobus: Luciano che dormiva sul sofà del salotto, placido,
il corpo fiduciosamente abbandonato nel sonno, la bellezza dei suoi lineamenti rilassati. Mi concentrai per un attimo
sulla fossetta del mento e mi domandai se il suo corpo non
fosse come un fazzoletto di terra, un campo, la cui fertilità

dipendeva esclusivamente dall'aria tiepida e dalla qualità del concime.

"Non hai mai guardato dall'autobus per vedere se ti seguivano?"

"No, non mi è venuto in mente."

L'atteggiamento di Luciano era venato da un'impazienza esplicita; se credeva di celarla tenendo lo sguardo fisso sulla strada tortuosa era inutile, affiorava comunque, ed era un modo per lui di mascherare la grande inquietudine che lo assaliva, l'avevo notata subito, nel momento stesso in cui aveva varcato la soglia della sagrestia.

"Tutto questo è stato un grande errore, un errore immenso..."

"Mi sembri così arrabbiato! Quale errore?"

"Averti chiesto di fermarti, avere voluto che ti prendessi cura di Reina senza avere nessuna certezza su quando sarebbe uscita dall'ospedale, sottovalutando i rischi che correvi."

"Non potevamo saperlo..."

"E invece sì, ce lo avevano fatto capire subito, la sera stessa dell'incidente, con quella prima telefonata. Ti hanno avvertito un sacco di volte e con modi diversi. E tu sei stata sorda, e te ne sei venuta a Ocosingo come se niente fosse. Loro sanno perfettamente chi è Reina e quali sono le sue attività."

"Lo sai anche tu?"

Per la prima volta si girò a guardarmi in faccia, con un movimento scomposto, alterato.

"Quello che so io non ha nessuna importanza. Il fatto è che tu hai continuato il suo lavoro: questa era l'informazione di cui avevano bisogno, se tu intendevi o meno agire da sostituta. E hai dato la tua risposta. Ovvio che ti abbiano seguito oggi di buon'ora da casa mia e abbiano allertato i compari a Ocosingo sul tuo arrivo. Avrebbero già potuto arrestarti, le prove non mancavano. C'era un motivo se non lo hanno fatto a San Cristóbal. Quando quella sera mi hai telefonato dall'albergo, terrorizzata, per loro sequestrarti sarebbe stato uno scherzetto.

Ma era soltanto un avvertimento... Hai commesso un errore gravissimo a venire a Ocosingo, Camila!"

Rimasi in silenzio. La parola *sequestro* mi stupiva, il che dimostra che a volte i concetti espressi sono davvero capricciosi. Non glielo dissi, ma in fondo le sue parole mi sembravano deliranti, come tante altre che mi è capitato di sentire in questi luoghi. Avevamo percorso una decina di chilometri senza aprire bocca, mi concentrai sul panorama che scorreva fuori dal finestrino e rividi il paesaggio della mattina, lo stesso che avevo osservato da sola e che adesso era diverso perché vicino a me c'erano gli occhi di Luciano. Di fronte alla mia meravigliata soggettività, il paesaggio cambiava, era diverso, si rivelava ancora più irrefrenabile, più vigoroso – se possibile –, gli alberi sembravano imbevuti di una frescura verde nuova e rinnovata, potevo sfiorare con le mani cieli di un azzurro gelido. Quando Luciano riprese a parlare, il suo tono era cambiato.

"Per strada, venendo qui da San Cristóbal, ho pensato parecchio. Devi lasciare il Chiapas non più tardi di domani, non puoi correre altri rischi."

"Domani?" dissi come se mi avessero rovesciato addosso un secchio di acqua gelata. "Ma Luciano..."

"Aspetta. Mi era venuta un'idea, non so che cosa ne pensi..."

"Quale?"

La sua voce tradiva una nota sonora, vibrante.

"Magari non te la senti di partire per Washington domani, visto che avevi deciso di non farlo." Trovai elegante, da parte sua, esprimersi così. "Perché non andiamo al mare? Ti invito a trascorrere una breve vacanza, così ti rimetti in sesto. Sai, sono nato in Calabria, e ogni tanto ho bisogno di tuffarmi nell'oceano. Poi ritorneremo alla nostra normalità, ma con i nervi a posto. Ti pare?"

"Sono davvero commossa, credimi... però..."

"Ci devono essere dei *però*?"

In quel momento ebbe inizio una sorta di epifania che si sarebbe smorzata soltanto alle porte della città, di cui furono testimoni i campi verdeggianti costellati di palme, poi le immense foreste di pini; mi faceva male sentire che la donna convenzionale che sono avesse dichiarato guerra all'altra, quella che incarna i geni di Dolores. Lei, nella passione con cui respira ogni mattina, non lascerebbe mai che un'occasione si sgretolasse senza essere vissuta. Difficile ricordare un istante altrettanto limpido che delineasse meglio le mie contraddizioni. Mi sentivo pulsare il sangue, ribolliva turbolento, cercando disperatamente una valvola di sfogo ed ero io a sbarrare tutte le uscite, era un po' come avere i muscoli delle gambe allenati a correre, caldi, pronti, ma ero io ad annullare la gara. A un tratto pensai: è questa l'immobilità, da un momento all'altro diventerò rigida, per non avere tentato di muovermi e allora resterò bloccata. E non ci sarà più niente da fare.

"Credi che sia giusto farlo, con Reina che sta male? Non ti sembra indecente?"

"Lascia Reina fuori da tutto questo, è improbabile che torni a casa presto, altri sono in grado di fare quello che le serve. Ma rispondi alla mia domanda: è indecente ai tuoi occhi, Camila? Soltanto questo conta."

"Be', a dire la verità un po' sì..."

"Hai bisogno di una sorta di transizione... qualcosa a metà strada tra i paramilitari e la piña colada?"

Credo che il mio silenzio equivalesse a un sì. Perché proprio in quel momento mi sentii pervadere dalla più irrazionale e impulsiva delle paure: non la paura provata nella chiesa di Ocosingo ma un'altra, molto meno limpida, priva di ogni grandezza. La semplice paura dell'amore.

"Dai Camila, dai. Non per niente ci hanno detto che esiste un tempo per distruggere e un tempo per costruire, la saggezza sta nel riconoscerli quando appaiono."

"Dammi qualche ora per pensarci su" fu l'unica risposta che la mia fragile fantasia riuscì a dare. Forse sembravo una donna difficile, e non lo sono affatto, ma se la paura aveva scelto quella maschera, non c'era niente di male. Dopotutto, quante occasioni ha una donna per farsi desiderare?

Luciano mi prese la testa fra le mani e se l'appoggiò contro la spalla. Con leggerezza e un sorriso provocante mi disse, concludendo la nostra conversazione:

"Ricordati della Beauvoir, non si nasce donna, ma lo si diventa".

"Se sapessi quanto mi costa! Se soltanto sapessi..."

Lasciandomi travolgere dalla morbidezza della giacca di alcantara, che percepivo come fosse la sua pelle, mi sentivo un tutt'uno con il mondo soltanto per merito suo. Soltanto per merito suo.

Mentre l'auto che ci aveva prestato Jim divorava avidamente chilometri su chilometri di strada tutta curve e Luciano guidava in silenzio, lasciandomi andare la testa soltanto nelle manovre più difficili, pensai all'anno appena trascorso, come se al calduccio del mio nascondiglio potessi dar libero corso ai pensieri senza correre il rischio di scoprirmi. E pensai che nei recessi della mente esiste uno spazio in cui va a finire l'inservibile, di modo che possiamo liberarci di quello che non ci piace e vivere così soltanto nell'illusione del presente: il vigore del presente ci obbliga a inventare un oblio forzato, l'illusione che quello che abbiamo ricacciato nei recessi più profondi non è mai esistito, magari relegandolo nel mondo dei sogni. Ma le questioni in sospeso in genere sono devastanti: conservano intatto il loro potere proprio per non essere state risolte. È la mancanza di un epilogo a renderle potenti. E standomene sul letto per un anno intero forse avevo involontariamente sfidato quel potere, per sconfiggerlo più tardi.

L'inverno persistente strappa la luce da San Cristóbal de las Casas la sera presto; e si era già spenta, come una bestiola ferita, quando la sera entrammo in città.

4.

"Niente cena fuori, neanche da Jean-Jacques, tu uscirai da questa casa soltanto insieme a me e per andare all'aeroporto. Non correremo altri rischi, hai capito bene? Ricordati che i criminali, per non so quale mistero, hanno sempre voglia di farsi scoprire."

"Jim viene a cena?"

"Jim è andato a Tuxtla, tornerà domani. Perciò mi è stato facile prendergli la macchina quando mi hai chiamato. Devi riconoscerlo, Camila, neanche Superman avrebbe fatto così in fretta a liberarti."

Adoravo la leggerezza di Luciano.

Si offrì di cucinarmi gli spaghetti al pesto, aveva trovato la salsa al basilico già preparata dal suo amico italiano della Trattoria. Mentre aspettavamo che l'acqua bollisse, con la schiena appoggiata contro gli scaffali blu scuro della cucina, l'immagine di un'altra cucina meno bella, la cucina di Reina, si affacciò alla mia memoria: il primo giorno dopo l'incidente, quando avevo lavato i piatti che erano rimasti nell'acquaio, il verde degli avanzi era il basilico. Finalmente non avevo più dubbi su chi avesse trascorso con lei l'ultima sera.

"Li hai cucinati anche per Reina giovedì scorso, vero?"

L'espressione di Luciano era perplessa all'inizio, poi infastidita, il fastidio di un europeo liberale di fronte alle apprensioni passionali di una latinoamericana un po' conservatrice.

"E allora?"

"Oggi è lunedì, Luciano, è soltanto lunedì. Mi inviti al mare, ti prendi cura di me, ma non so che cosa provi... è così difficile..."

"Sei gelosa, Camila?"

"E tu non sei mai geloso?"

"Ma sì, certo..."

"E di chi? Di un comandante zapatista? O di Marcos?"

"Lascia Reina fuori da tutto questo, lei è al di sopra, e forse ormai è tempo che tu lo capisca."

Il mio animo si velò, come una nebbiolina; la sua durezza era drastica quanto la sua lealtà. Ma la durezza era per me, la lealtà per l'altra. Chinai la testa, per un attimo avevo temuto che mi sarei messa a piangere come una stupida. Ma con Luciano le cose non sono mai come sembrano: lasciò perdere la pentola con l'acqua che bolliva e mi si avvicinò, io stavo sempre appoggiata contro lo scaffale con un bicchiere di vino rosso in mano.

"Questa sera sono geloso di un giornalista televisivo mezzo yankee e mezzo cileno che vive a Washington. Questa è la verità, eri pronta a sentirtela dire?"

Dio santo.

Non sono sicura di quanto abbia investito su di me la natura, né a quali doni abbiano rinunciato gli dèi per crearmi. Ma qualcosina devono pure averla fatta, se quella notte sono diventata la donna che ero. La prescelta. E poiché – forse – mi sto avvicinando alla metà della mia vita, mi sento in diritto di essere relativamente ottimista. Tale era il mio stato d'animo quando finimmo di lavare i piatti dopo cena. Guardavo i movimenti precisi di Luciano in cucina e mi venne in mente un'affermazione che facevo di solito: se in una coppia l'equilibrio si manifesta nella parità intellettuale, la battaglia è già vinta, e relegavo tutto quello che appartiene alla sfera domestica in un secondo piano, un dettaglio secondario prodotto dall'ossessione delle prime femministe. Il tempo mi ha dimostrato che sbagliavo; se non si condivide il mondo domestico, l'abisso tra pubblico e privato non si colmerà mai. A ogni buon conto ritorniamo al principio, all'apparente marginalità che veniva attribuita a uno scontro banale, terra terra, o come dice bene il nome, domestico: se il tuo uomo non lava i piatti insieme a te, la maledizione millenaria sopravvive ancora. Allora pensai che Luciano doveva essere un buon compagno di vita. Chissà se alla lunga tanta diligenza sarebbe diventata noiosa? Conosco parecchie donne che, con il passare del tempo, hanno trasformato le virtù per le quali si erano innamorate di un uomo in orribili difetti; le doti che avevano osannato all'inizio, alla fine erano diventate un handicap. Come dice un'umorista argentina, si sono innamorate del Che e poi hanno cercato di tagliargli la barba.

Un uomo onesto non parla mai piano, disse John Huston. Eppure certe cose sono state inventate per dirle sottovoce, bisogna pronunciarle così. E così lui ribattezzò la notte.

"Secondo un'antica leggenda, raccontare storie può guarire dalle malattie o salvare la vita; senza storie, vivremmo in un presente già vecchio. Dammi la mano, Camila, e te ne racconterò qualcuna."

Un bicchiere di tequila ciascuno, ci sdraiammo sopra il letto nella stanza monacale, io e il tucano variopinto appeso al soffitto intenti ad ascoltare belle storie, favole, mitologie, raccontate con lo scopo di cancellare quella giornata così strana e pesante. La tequila arrivava diritta all'anima e all'intimo di chi la beveva.

"Sto ritornando nel territorio dell'innocenza" gli dissi con gratitudine.

"E quale sarebbe?" mi chiese.

"Questo qui, il territorio dell'allegria interiore più che del divertimento..."

Giocherellava con i miei capelli rossi arrotolandoseli intorno alle dita, poi, lentamente, il suo dito iniziò a percorrere il mio profilo. Quando arrivò alle labbra, istintivamente lo trattenni con i denti e iniziai a mordicchiarlo. La sua risposta fu immediata: m'infilò il dito in bocca, profondamente, bagnandolo con la mia saliva, come se così facendo entrambi cominciassimo ad allontanare le nostre esitazioni. L'ansia febbrile incendiò la notte: non sapevamo come ci avesse colti la vertigine, in quale momento avessimo iniziato a baciarci instancabilmente, due scatenati che diffondevano intorno a sé un oro sconosciuto. L'aria, la notte, la città, l'universo intero, tutto asservito ai nostri corpi, a un appetito vitale tanto vorace quanto accecante e definitivo.

"Stai tremando" mi disse tra un bacio e l'altro.

Non risposi.

"Il freddo finisce qui, bella, te lo giuro, non avrai più freddo..."

Su un incontro d'amore si possono dire soltanto frasi banali, le solite che gli amanti hanno ripetuto nel corso dei secoli, soprattutto quando anche loro, come me, consideravano la propria esperienza un fatto eccezionale. Ma non è una ragione abbastanza forte da farmi tacere.

La notte era grande come tutta San Cristóbal de las Casas e io ero una bambina rannicchiata contro di lui. I nostri respiri, un lieve rumore di pioggia. Luciano mi obbligava a indietreggiare dentro me stessa, travolgendo i miei territori più privati, non c'erano più spazi liberi, finiti i nascondigli, finito il pudore, ecco i palpiti, ecco la sete. Impossibile qualsiasi ritirata. Non potevo domandarmi che cosa ronzasse nello spazio aereo della sua mente, ma nel mio persisteva qualcosa: le presenze irregolari della paura. Come se l'azzurro firmamento ripetesse insieme a me, in toni che andavano e venivano ondeggiando: maledetto desiderio, così meschino, sempre pronto a saltare fuori quando non è ancora consumato e così avaro con la memoria quando è finalmente sazio. Mi spogliò con le sue mani sporche di vernice, le sue mani, di nuovo, quante cose avranno toccato le sue mani, no, non sono mani sazie, niente affatto, allora, raggomitolandomi nel suo abbraccio, gli domandai balbettando, dove, dove si ritornava dopo l'amore, qual era il posto.

"Hai paura di arrivare fin lì?" mi chiese, e lo splendore dei suoi occhi castani avrebbe offuscato il sole.

"Non è sempre caldo né accogliente" risposi con un filo di voce.

"Non avere paura, siamo noi, io e te, è nelle nostre mani" mi disse.

E la sua pelle rispose per lui, un fulgore improvviso spazzò via le tenebre nere e angosciose, le mie e le sue. Sentii di nuovo l'odore dell'acquaragia e del limone e capii che non c'era nessun posto sicuro al di fuori delle sue braccia.

Così ebbe inizio l'amore. Una passeggiata in zone diverse, opposte, un dialogo tra la disgrazia e la fortuna, le regioni superiori e la terra, e poi, come se il Messico ci avesse prestato per un attimo tutte le forze antagonistiche su cui si fonda, passammo attraverso la notte e il giorno, il sole e l'oscurità, la tempesta e la siccità, le ribellioni e le distruzioni, la solitudine e la completezza.

Ci sono uomini che chiudono gli occhi durante l'amore e rimangono in silenzio. Luciano non smise mai di guardarmi, di comunicarmi che non solo il suo corpo ma anche lui era con me. Mi parlò nella sua lingua, nella sua bellissima lingua, con un'intonazione particolare che nessuno scritto potrebbe riprodurre, soltanto le note musicali. Parlava come tutti abbiamo immaginato una volta nella vita che possa parlare Dio.

E lui scoprì che celavo dentro di me una voluttà inaspettata: vedendola dal di fuori non l'avrei riconosciuta come mia, aspettava non so quali stimoli per emergere. Dentro la camera da letto, in mezzo ai vestiti sparpagliati alla rinfusa, i frammenti di tutti i miei amori si riunirono, i vari pezzetti aderivano l'un l'altro come in un caleidoscopio sbiadito formando un quadro finale alquanto misero. Inconfutabile miseria, eppure fu la sua presenza costante a ingigantire la notte facendo da sentinella, assistendo alle mie emozioni così da salvaguardarle, e custodirle; chissà quale energia mi avrebbero regalato nelle prossime carestie, quanti pezzi di terra calcinata e rocciosa avrebbero inumidito semplicemente rievocandole.

Allora, la passione. La maledetta signora forsennata con le sue pretese inflessibili. Filtrava attraverso una crepa, una piccola breccia, uno spiraglio come la luce dell'alba attraverso le imposte, e alla fine si aprì un varco scatenando un impeto che era soltanto mio, primordiale. Mi diluivo in un oceano enorme, completo. L'esplosione. Che uccide senza riguardi. Squilli di trombe e arpeggi di cetre. Arpeggi di cetre e squilli di trombe. Arpe, tamburi e danze. (Il battello navigava sotto le cascate del Niagara, avvicinandosi pericolosamente al punto in cui l'acqua si nebulizza, il battello in un atto finale, irreversibile, quando penetra nelle cateratte, e una donna inglese al mio fianco, in una sorta di orgasmo, gridò: "*It's like dying!*".) Se qualche minuto prima io e Luciano passeggiavamo lungo sogni paralleli, all'improvviso avvenne il miracolo e ne spezzammo la continuità: per un attimo le linee disgiunte finalmente si fusero insieme. Un solo sogno unico. *It's like dying*.

La luce lattiginosa dell'alba ci sorprese ancora svegli.

"Il mondo di fuori si è fatto selvaggio, amore. Nasconditi qui."

Liberando una mano dal suo abbraccio, gli accarezzai la fossetta sul mento, pervasa dal piacere puro. Non c'era niente che mi chiamasse, non m'importava niente del mondo di cui mi parlava. Perfino Gustavo era sparito. Perfino Reina. Luciano aveva fatto una cosa che da tanto tempo nessuno faceva per me: aveva messo in comunicazione gli spazi visibili con quelli invisibili, strappandomi dal cimitero per vivi in cui vagava il mio cuore. Con quel pensiero mi addormentai lasciandomi cullare da una pace delirante, se la pace può esserlo.

MARTEDÌ

Shakespeare: *How quick bright things come to confusion.*
La mattina a San Cristóbal, quando sorge il sole, fa sempre molto freddo. Languidamente esausto, il mio corpo tentava di nascondersi dietro quello di Luciano quando venni svegliata da alcuni colpi contro la porta, venivano da lontano, un suono ramingo che giungeva attraverso le solide pareti della casetta nel quartiere di Santo Domingo. Aprii gli occhi e dalla finestra vidi la nebbia fitta del mattino, lontana, non arrivava fino a me, e io mi facevo beffe di lei sprofondando in quell'angolino di calore che finalmente mi ero conquistata. Guardai il suo corpo addormentato e mi domandai chi fosse quell'uomo. Il sonno lo proteggeva da verità alle quali non avrei mai avuto accesso, come il sonno protegge chiunque sia "altro", diverso da te; in fin dei conti non si può mai sapere con certezza chi è una persona, nemmeno l'uomo con cui dividi il letto ogni notte. Mi strinsi ancor di più a lui, comprimendo, strusciando, premendo il meglio di me contro di lui, senza badare ai colpi contro la porta; in quella casa io ero un'ospite, non c'era nessuna ragione per cui mi sentissi in dovere di andare ad aprire. Anche se ero semisveglia, riconobbi come un'eco che proveniva da lontano, dai confini della memoria: la caratteristica fondamentale della mia vita negli Stati Uniti era la mia condizione di *outsider*. Una peculiarità che aveva fatto pendere la bilancia a favore della decisione di lasciare il mio paese e di abitare in un luogo che non mi ap-

parteneva, di cui non m'importava poi tanto, in qualità di osservatrice di uno spazio del quale ci si libera quando si decide di farlo, senza mai lasciarsi coinvolgere, indifferente a quanto vi accade: la non appartenenza vissuta come un sollievo, non come un'emarginazione. Per farla breve, un posto del quale non mi sentivo responsabile, un posto dove ogni giorno potevo leggere le notizie di cronaca tenendo le scariche di adrenalina sotto controllo, perché in fin dei conti il mio spirito di straniera mi allontanava da ogni conseguenza. Condizione fantastica per una donna che ama il tepore e le comodità.

I *piaceri imperfetti*, come veniva chiamato l'amore fisico nel diciottesimo secolo, mi avevano immersa in un torpore che dovetti scrollarmi di dosso per alzarmi dal letto quando sentii di nuovo i colpi. La via più breve era liberarmene, per continuare ad assaporare lo stato di estasi in cui la notte mi aveva sprofondata. Con calma coprii la mia nudità, non avevo intenzione di lasciarmi irritare da nessuno, e sui soliti bluejeans mi infilai dalla testa la camicia azzurra a quadri di Luciano. Attraversai la sala a piedi nudi e mi avvicinai pigramente alla porta. Non riuscii neanche ad aprirla: non so come, in un attimo sentii un freddo tagliente contro il fianco sinistro e, come nella scena confusa di un film che guardi senza interesse, vidi che una mano mi afferrava per un braccio strappandomi dal vano della porta per costringermi a salire su un'automobile che, col motore acceso, aspettava vicino allo stretto marciapiede, a un paio di metri dalla porta. Se gridi sparo, stronza! E poi, un colpo secco.

2.

Non so quanto tempo trascorse prima che riprendessi conoscenza. Un orribile dolore alla testa, chiaramente localizzabile alla tempia destra, mi ricordò la botta: non ero riuscita a guardare in faccia il mio aggressore, non vedevo niente, una volta in automobile, sul sedile posteriore, mi aveva colpito col calcio della pistola e non avevo capito più nulla. L'unico ricordo che mi rimane, alquanto vago, era il freddo che avevo sentito al fianco sinistro quando mi avevano puntato contro la pistola, e poi l'estrema velocità con cui mi avevano fatto salire in macchina, e il colpo alla testa, nient'altro. Anzi no, l'ultima immagine, qualcuno, una mano ben determinata – la stessa che mi aveva afferrato il braccio? – che chiudeva con cura la porta della casa di Luciano, che strano particolare, quando l'aveva chiusa e perché? Per non attirare l'attenzione? Una porta chiusa è la dichiarazione che non è successo niente. Poi, il buio più totale.

Ho gli occhi bendati. Quindi non vedo niente, non so dove mi trovo. Tocco la benda nella speranza di riuscire a strapparmela, ma è impossibile, chi ha fatto il nodo sapeva quello che faceva. Sul davanti me l'hanno sigillata con del nastro adesivo, mi copre la fronte, le tempie e in parte anche le guance. Neanche un buchino, niente. Rimando a più tardi ogni nuovo tentativo. Per adesso sono parecchi gli stimoli che attirano la mia attenzione, quasi tutti fisici. Mi hanno tolto l'orologio, mi tasto il braccio sinistro, arrivo al polso, non c'è. Anche se potessi vedere, non saprei comunque se è passata un'ora o un'eternità. Ho perso completamente il senso del tempo.

Sfioro con le dita irrigidite un enorme gonfiore sulla tempia destra, sotto il nastro adesivo, mi fa male.

Indosso gli stessi blue-jeans che avevo infilato quando, ancora mezza addormentata, avevo sentito quei colpi contro la porta. Al tatto e dall'odore riconosco la camicia di Luciano, quando me l'ero infilata? E perché? Ho i piedi nudi, non ho bisogno delle mani per capirlo, me lo dice il freddo glaciale che si sta impossessando di loro. Ho paura che mi si congelino le dita, sono talmente intirizzite.

Potrei disegnare la voragine che si apre nel mio stomaco, nel tentativo di annullarla, mi pare di vederla perfettamente. L'ultima cosa che ho mangiato, ieri sera, dopo gli spaghetti, è stato un mango, dolce, carnoso, profumato. Non ho bevuto più niente dopo l'ultima tequila, non sto nemmeno pensando al caffè mattutino, quello che ogni giorno mi restituisce vigorosamente alla vita dopo il sonno, no, in questo contesto sarebbe un lusso inconcepibile, penso soltanto a un umile bicchier d'acqua. Ho sete, ho tanta sete.

Il pavimento è piastrellato, me lo rivela la sua consistenza, e, soprattutto, la sua temperatura. Sono seduta per terra. Mi alzo con difficoltà e, come quando da bambina giocavo a mosca cieca, muovo cautamente qualche passo con le braccia tese in avanti, cercando di abbracciare e comprendere lo spazio che mi circonda. Ne deduco che la stanza è abbastanza piccola, non più di tre metri per quattro, completamente vuota tranne un aggeggio contro cui sono andata a sbattere con un fianco; dopo averne seguito con le dita i contorni, deduco che si tratta di un lavandino di plastica. Non ci sono finestre, riesco a toccare soltanto il vano della porta e la porta, piuttosto bassi. Il materiale di cui sono fatte le pareti dev'essere l'*adobe*, i mattoni crudi, mi paiono leggermente umide.

Non sento nulla. Cerco di acuire i miei sensi per capire

dove mi trovo, ma non trovo riscontro alcuno. Se sono in città, devo essere finita nello sgabuzzino di una casa, una delle case tipiche di questa zona, che concentrano la vita lontano dalla facciata. Se sono in campagna, il silenzio avrebbe un senso. Nessun rumore umano.

Non sento nemmeno l'odore del mais.

Luciano!

Ho bisogno di orinare. Chissà quante ore sono passate dall'ultima volta che l'ho fatto. Mi fa male la vescica, sono piegata in due. Lancio un grido. Aspetto. Niente. Grido di nuovo. Ho l'impressione che mi abbiano abbandonata qui. Mi alzo e cerco il lavandino di plastica. Come fosse un gabinetto. Non vedo niente e mi bagno i piedi sulle piastrelle gelide. È così che inizia la degradazione di un essere umano.

Quando ormai è passato un tempo sufficiente per esaminare le mie condizioni fisiche, riesco a collegare le idee. La prima che mi viene in mente è il caso, o meglio, quanto ogni azione sia casuale. Se Jim fosse stato in casa (ero così contenta che non ci fosse, l'altra notte) probabilmente sarebbe andato lui ad aprire la porta, non credo che gli uomini che mi hanno rinchiuso qui dentro sappiano che Jim era a Tuxtla, non sono mica onniscienti. O forse li sto giudicando male, e invece sorvegliavano la casa di Luciano e sapevano chi ci abita. E se fosse stato Luciano ad aprire, che cosa avrebbero fatto? Lo avrebbero costretto a portarmi da loro o avrebbero rapito tutti e due? Gli è stato così maledettamente facile. O forse sono talmente astuti da intuire che una donna ode suoni preclusi agli uomini? Non mi domando nemmeno la ragione per cui Luciano non si sia svegliato per quei colpi leggeri eppure insistenti, non intendo giustificarlo, è un dato di fatto: nessuno al mondo ha un udito fine come la donna che ha partorito, nessuno ce l'ha più sensibile di lei, soprattutto se ha dovuto prendersi cura di un figlio malato, orecchie allenate a captare il più piccolo segnale, un lamento, un allarme, anche nel sonno più profondo.

Frugandomi nelle tasche dei pantaloni, con chissà quale recondita speranza, trovo un oggetto piccolo e duro. È di metallo. Lo tiro fuori dalla tasca e riconosco, al tatto, che è l'orecchino d'argento di Reina, quello che avevo raccolto in strada dopo l'incidente tanto tempo prima. È l'unico oggetto che le mie mani possono toccare, non c'è nient'altro in questo spazio vuoto, niente che provenga dal mondo che ho abbandonato. Ormai sono in prigione e decido di farne il mio amuleto, qualcosa cui aggrapparmi. Lo stringo nel pugno, forte, come fosse una questione di vita o di morte.

Ah, Reina. Come dice la canzone, non so se maledirti o pregare per te.

Il ricordo a posteriori dell'orrore non si riferisce mai all'aspetto più evidente, soffocante, visibile. L'orrore si concentra sul dettaglio, sul piccolo gesto impercettibile che ti trafigge, non sullo scenario globale. L'unico modo per spiegare quello che intendo dire, è raccontare che più di tutto mi angoscia l'essere a piedi nudi. Lì si concentra l'orrore. Mi tocco continuamente le dita dei piedi, sono convinta che smetteranno di fare parte di me, se mi muovo si staccheranno dal mio corpo e resteranno sulle piastrelle, separati, frammenti inservibili di un povero organismo. Per il freddo. Se hai perduto la vista, è terribile essere scalza, non immagini che cosa stai per calpestare. È una tortura più grande del dolore alla testa, dell'orina nel lavandino, della fame e della sete. E dell'incertezza. Si può imparare tutto, ci si può abituare a tutto, perfino a convivere con un pudore ferito. Ma non a camminare senza sapere quali consistenze ti aspettano, se viscide, umide o bagnate, se stai per scivolare, se un insetto o una bestiolina ti aspettano al prossimo passo. L'ignoto terrorizza.

L'unica cosa importante allora a Washington era osservarmi l'unghia dell'alluce... rovinarmi gli occhi per seguire la curva superiore disegnata dall'unghia, la linea retta iniziava ad arrotondarsi, la pelle si scuriva nel punto esatto in cui l'unghia affondava nella carne, il dito successivo superava di qualche millimetro quello che stavo osservando, la sua unghia cinque volte più piccola e insignificante della precedente.

Essere almeno padrona degli occhi... siano pure imbecilli, spenti nella loro mancanza d'intelligenza, ma occhi che possano guardare le dita gelate dei miei piedi.

Il freddo finisce qui, bella, te lo giuro, non avrai più freddo.

Mi sento pervadere da una sensazione d'irrealtà in seguito agli ultimi eventi.

Ho paura.

La fame è tale da farmi soffrire. Cerco disperatamente di capire se è giorno o notte, come se saperlo cambiasse la mia situazione. Questa non può essere una realtà vera; sarà una realtà immaginata. Eppure non puoi voltarle le spalle, per quanto possa sembrarti terribile. No, non puoi chiudere gli occhi anche se te li hanno sigillati. Sono vittima di una guerra che non è la mia. (Perché in Cile non ho lottato contro la dittatura? Perché non sono diventata la compagna di battaglia di Dolores?)

Mi viene da vomitare.

Forse per farmi coraggio, ritornano a me i volti che ho incontrato qua e là, giorno per giorno, lungo le strade di San Cristóbal, un volto indigeno qualunque, uno di quelli che vivono una copia della vita e non la vita stessa: siamo tutti quanti, io e loro, una rabbia amara.

Sono così stanca. Ho sonno.

3.

Forse avevo dormito profondamente perché non avevo sentito nessun rumore, figurarsi quello di una porta che si apre. Allungando un braccio, mi imbattei in qualcosa che prima non si trovava lì, ci avrei giurato. Il che mi svegliò del tutto, qualsiasi elemento nuovo nel vuoto che mi circonda è uno stimolo pazzesco. Le mie mani trovarono un piatto: dev'essere di terracotta a giudicare dal peso, contiene qualcosa di liquido, ne ho rovesciato un po' mentre cercavo di prenderlo, ci ho infilato un dito dentro e l'ho tirato fuori tiepido e bagnato, l'ho leccato e ho sentito il sapore del sale. A fianco, una tortilla di mais, senza piatto, niente. Continuai a tastare il pavimento nel caso mi riservasse altre sorprese, allargando il raggio di azione tracciato dalla persona che mi aveva portato da mangiare, ma no, il pranzo è questa minestra e la tortilla, che siano benedette. La tortilla era dura e secca ma non m'importava, avevo così fame. Se dovessi descrivere il sapore della minestra non ci riuscirei, ma doveva essere qualcosa di simile al *pozol* di cui si nutrono quotidianamente gli indigeni. Mi ridiede energia, ero di nuovo una persona, il che prova che niente abbrutisce come la fame.

L'odio cieco e incontrollabile che provo da quando mi trovo qui cede il passo a una gratitudine mansueta, non mi hanno abbandonato completamente, qualcuno mi ha portato da mangiare. Ho paura, però qualcuno mi ha portato da mangiare. Penso ai campi di concentramento nazisti. Nel corso della mia vita ho visto, come tutti, centinaia di film sull'argomento; e m'indignavo sempre, la rabbia non si esauriva mai. Da bambina sognavo di diventare invisibile e viaggiare nel tempo e nello spazio per entrare in uno di quei campi e aiutare i prigionieri. Mi vedevo prendere a botte una grassona tedesca delle SS, e darle i pizzicotti nel momento in cui impartiva gli ordini alle donne ebree. Ma soprattutto sognavo di rubare il cibo ai comandanti del campo di concentramento e poi distribuirlo ai poveri affamati. Perché ho sempre sospettato che le cose più indegne che compie un essere umano sono strettamente collegate alla fame.

La gratitudine non dura, la mia superbia ferita è quasi concreta, la si può toccare. Soltanto più tardi capisco che l'odio non si placa. L'odio non dorme mai.

Il cibo mi ha dato vigore. Preferisco non farmi domande, sarebbero sterili e rischierebbero di scaraventarmi nella più cupa desolazione. L'unica che mi consento è: mi aspetterà un interrogatorio?

...non ho mai saputo granché della permanenza di Dolores in carcere, non era un argomento che lei affrontasse di propria iniziativa... a mio padre avrà raccontato tutto, credo, fin nei minimi dettagli, a noi no... ma ricordo che prima di finire nel carcere vero e proprio, dove aveva conosciuto Reina (il che mi fa pensare che è per questa ragione se io ora mi trovo qui, ma non voglio divagare), prima di finire in carcere era stata in un centro di reclusione clandestino, dove operavano le forze dei servizi segreti... e laggiù l'avevano tenuta reclusa per lunghi giorni in condizioni analoghe alle mie, usciva di cella soltanto per essere interrogata... la tortura iniziava con l'interrogatorio, non nella cella, se si può chiamare *mancanza di tortura* vivere in un posto come quello.

All'improvviso mi viene voglia di ridere, una risata stridula e piena di rancore, non c'è dubbio, ma è pur sempre una risata, o voglia di ridere: finalmente sto vivendo un'esperienza all'altezza di mia madre.

Gustavo. Scaldami i piedi. Sii buono. Come hai fatto tante volte.

Vorrei che qualcuno mi parlasse, anche se è il mio rapitore. Quest'assenza di suoni umani mi fa impazzire. Sono terrorizzata. Se qualcuno mi rivolgesse la parola mi darebbe la conferma che sono io questa, sono io e non l'insetto in cui una volta, poco tempo fa, avevo temuto di trasformarmi. Se non posso contare nemmeno sugli occhi, a quali certezze mi devo aggrappare?

Qualunque suono riconoscibile, anche non umano, mi sarebbe di aiuto. La pioggia per esempio. Luciano è convinto che la pioggia in Messico non abbia mai cattive intenzioni. Magari poteva essere salvifica, mi avrebbero liberata se fosse iniziato a piovere? Sono pazza. Secondo lui, la terra umida per i contadini è come una cagna in calore. Lasciano perdere tutto e vanno a seminare i campi, alla ricerca del mais che è come la ricerca degli dèi e della vita. Un contadino direbbe: la pioggia ti dà da mangiare e quando arriva, è come se arrivasse la speranza. Perciò, dovunque si trovino, lasciano perdere tutto e si precipitano sulla terra; quando arriva la pioggia si sospendono i litigi, i conflitti, le lotte. Durante la guerra di Castas,[*] un secolo e mezzo fa, gli indios contadini avevano circondato lo Yucatán e stavano per vincere, ma arrivò la pioggia e tolsero l'assedio a Mérida. La terra si era bagnata e loro non potevano più fermarsi.

Ma siamo nella stagione secca. Hai sbagliato, cuore mio.

* La guerra di Castas, scoppiata nel 1847 inizialmente in opposizione alla sottrazione delle terre comunali agli indigeni, assunse ben presto le caratteristiche di una insurrezione generalizzata contro i bianchi da parte degli indios. [N.d.T.]

Mi assale il timore che l'equilibrio mentale mi volti le spalle, in questa spaventosa oscurità... sento il bisogno di uno sguardo più ampio, dove ci sia posto per il giorno e la notte: lo sguardo dei miei genitori, di Gustavo, di Luciano, di Reina e di Paulina, di Jean-Jacques e di Ninoska.

Mio Dio, non avevo pensato a loro! Me lo immagino Jean-Jacques mentre grida fuori di sé: Quei figli di puttana!

Per non dimenticare Luciano.

Si sarà svegliato in un letto vuoto, me lo vedo mentre chiama "Camila!" per tutta la casa, ma soltanto l'eco gli risponde. Quanto ci metterà a capire che cosa è successo? Magari crede che sia uscita, nonostante i suoi avvertimenti. Ma, a pensarci bene, lui è un osservatore attento e deve aver visto la mia borsa, lo sa che non mi separo mai dalla mia vecchia borsa di pelle, magari avrà anche notato che la sua camicia azzurra a quadri era sparita. Ma che sciocchezza: la mia biancheria intima, è evidente! Un paio di mutandine e un reggiseno buttati sulla sedia o sul pavimento, non ricordo, non penserete mica che me li fossi infilati per aprire una porta la mattina di buon'ora? La presenza di quegli indumenti sarebbe stata eloquente. Lo vedo precipitarsi da Jean-Jacques, li vedo mentre discutono sull'opportunità di andare o meno dalla polizia (tutti conoscono lo stretto rapporto che esiste tra i poliziotti e i paramilitari), o alla Commissione per i diritti dell'uomo, o all'ambasciata cilena o a quella americana, se far scoppiare lo scandalo oppure aspettare, per il mio bene.

Bambino mio, bambino mio, e se venissi tu a liberarmi? Con un esercito di angeli.

Chissà se Luciano avrà fantasticato, come ho fatto io, nel letargo delle prime ore del mattino, sulle infinite possibilità di fare l'amore che ci attendevano in riva al mare? Forse aveva ancora qualcosa da dirmi... ieri sera mi sono addormentata dopo di lui, desiderando ardentemente l'alba, sognando che mi dicesse: domani ti sveglierò e ti abbraccerò per cancellare le tue paure, quelle reali e quelle immaginarie, il tuo respiro non sarà mai più flebile, il tuo grembo non sarà mai più freddo... ma avevo affondato il viso nel cuscino con la sicurezza che gli uomini non dicono queste cose, non esprimono mai a parole quello che vorremmo ascoltare...

...eppure, anche se intuisco che a tratti la lucidità mi sfugge, la parte più antica di me, quella che capisce ciò che va oltre il linguaggio, sa che la notte trascorsa insieme a lui m'impedisce in questo momento di accasciarmi sulle piastrelle del pavimento, inerte come un morto ormai dissanguato...

...ieri sera lui mi ha detto che la bellezza rafforza, chi se ne allontana perde vigore...

...penso al quadretto di fibre vegetali, ai miei teschi neri...

E se mi ammazzano? La gran puttana, così Hemingway chiamava la morte.

Sono sporca. Sono immonda.

Stamattina non mi sono lavata la faccia, e neppure i denti. Finora non credevo possibile l'autostima senza un minimo di igiene; eppure è davvero così importante? Mentre insieme a Luciano ritornavo a San Cristóbal de las Casas da Ocosingo, mi ero ritrovata faccia a faccia con la convenzionalità, e mi era parsa una donna dalle labbra sottili. Oggi penso all'igiene: alle labbra sottili aggiungo, sotto una fronte aggrottata, due occhi basiti. Chiari e ciechi.

Mi fa male ogni cellula del mio corpo.

Dolores mi direbbe di approfittare della situazione per valutare le verità del mondo. Ma quali verità? Esistono davvero? L'unica certezza che ho in questo momento è la mia avversione per questi uomini, i miei sequestratori. Non come una persona impegnata in una causa, non come una giustiziera, penso a loro soltanto come donna.

Alla donna che sono, al mio cervello, trasmetto ordini di disciplina: che poveri ordini, se sono già in questo stato! Eppure il cervello risponde, come se non sapesse che altro fare.

Se riesco ad articolare un pensiero lungo forse controllo la paura. Ci provo.

Allora... i miei rapitori.

Se non hanno avuto esitazioni quando hanno cercato di uccidere Reina, se mi hanno picchiato e sequestrato, quali urli dovranno subire, quali paludi, quali rovi dovranno attraversare le loro donne? Il coraggio del maschio spinto alle estreme conseguenze: applausi per il più forte, bastonate al debole. Non faccio fatica a immaginare la moglie del tizio che mi ha colpito con il calcio della sua arma (si chiamerà Carmen o María?): ogni suo respiro è dedicato a lui e alla casa, sapendo benissimo che gli basterà un po' di aguardiente per trasformarsi nel suo boia; accetterà senza protestare che lui abbia altre donne, lavorerà senza sosta dall'alba al tramonto per il suo benessere, con lo sguardo sempre errabondo o esasperato, considerandosi un rifiuto del mondo, annientata, umiliata, disfatta. Trovo naturale, anzi importantissimo, che le indigene zapatiste abbiano preteso una legge speciale per le donne; basta guardare la loro vita quotidiana per domandarsi se la storia non sia passata di corsa su queste terre, senza fermarsi, a occhi chiusi. Le *enmontadas*, le guerrigliere alla macchia, non hanno fatto altro che dire addio a questo mondo. Abbiamo scelto di vivere alla grande, aveva detto Paulina. Candidamente mi raccontava dei cambiamenti nella condizione femminile che si potevano già toccare con mano dopo la ribellione del '94, piccoli eventi come usare i pantaloni per andare al lavoro, oppure che gli uomini si occupassero finalmente del pranzo durante le feste di rito, cucinando, distribuendolo (preparano piatti più semplici, mi disse divertita, brodo, carne, ammazzano le bestie, le squartano), per passare a questioni più importanti, come il fatto che alle donne non venga impedito di avere un ruolo attivo nella società, e possano studiare e prepararsi, e abbiano accesso al controllo della natalità, e non vengano più condannate se non si sposano (il grido "no, non mi sposo" aveva spezzato una rigida tradizione che durava da secoli, e nel cuore della vegetazione lussureggiante dei Monti Azules si udì riecheggiare un fragoroso NO ai matrimoni combinati).

Paulina non si fa illusioni, non crede che la vita sia già cambiata, ma è piena di entusiasmo; una donna organizzata è una forza della natura. Non per niente era stata la comandante Ramona a denunciare l'esercito quando i militari si erano addentrati nella selva, ed era stato il maggiore Ana María a eludere l'assedio dei militari per far giungere un messaggio all'intero paese (per cui nessuno si meravigliò che fosse stata lei a capeggiare la conquista di San Cristóbal il 1° gennaio 1994, lei, una donna). Durante la battaglia di Ocosingo era stata Isadora, ferita alla colonna vertebrale, a prendere il comando quando il suo compagno, responsabile di tutta l'operazione, aveva dovuto ritirarsi, era stata lei a rispondere al fuoco e organizzare la resistenza. Non è indispensabile che vivano tutte in montagna, Ramona e la comandante Susana agiscono nelle comunità, si vestono come le compagne e fanno una vita normale quando non sono in azione, hanno figli, nipoti, preparano le tortillas ogni giorno. Le più giovani vivono in montagna insieme ai guerriglieri, le altre lavorano all'interno delle comunità, nella selva. Le basi, sparpagliate un po' dovunque, sono composte per un terzo da donne. A guardarle, non si può proprio dire che la speranza non è mai stata così debole come nel secolo appena iniziato. Ogni donna che si affranca dalla schiavitù della propria storia nel Chiapas vale mille speranze, visto che queste donne sono riuscite a spezzare l'assedio che le opprimeva da centinaia di anni. Ma le mogli di questi criminali non hanno conosciuto quel coraggio, Carmen o María perpetuano l'ignominia contro il loro sesso, non guarderanno diritto davanti a sé, come fa Paulina, grazie al fatto di avere imparato a scrivere, anzi rafforzeranno gli abusi dei mariti nutrendoli dopo essere state picchiate, e con le carni sfregiate partoriranno i loro figli, rendendoli eterni.

Sorprendente! Sono riuscita concentrarmi su questo ragionamento senza pensare all'orrore in cui mi hanno scaraventato. Allora la disciplina ha davvero fatto breccia nel mio cervello, anche se per poco. Quanto durerà?

Vado avanti. È una menzogna dire che noi donne siamo tutte uguali, Carmen o María non sono Azucena, la madre della chamula Abril, che lavora con Ninoska nel ristorante. Azucena abbandonò il marito, o meglio, fu lui a lasciarla, perché lei non accettava di starsene segregata in casa senza poter uscire, e non aveva accettato che le sue figlie non frequentassero la scuola per andare a lavorare mentre i fratelli studiavano, e poi non aveva voluto un'altra donna in casa e si ribellava alle botte che le dava il marito ogni volta che si ubriacava. Ma, attenzione, la vita di Azucena non è tutta rose e fiori, niente a che vedere col paradiso sulla Terra: anche se diceva a Ninoska di preferire tutte le difficoltà che doveva affrontare ogni giorno piuttosto che perdere di nuovo la propria libertà, vale a dire piuttosto che risposarsi, la sua vita è dura e severa come le zanne della tigre maestosa che aveva popolato la sua fantasia. Azucena non possiede nessun pezzo di terra. Si alza, con le stelle ancora alte in cielo, alle quattro e mezzo di ogni mattina. Va a piedi dalla sua comunità a San Cristóbal, i piedi esausti e tenaci come serpenti nel deserto, e dalle sei alle otto fa le pulizie negli uffici. Torna a casa, prepara la colazione per i figli – ne ha sette – e li manda a scuola, poi prepara il pranzo. Quindi va al mulino per fare i turni nel panificio, si tratta di un progetto di sviluppo al quale partecipa. Ritorna a San Cristóbal per fare le pulizie in altri uffici dalle sei alle sette di sera. Poi prepara le tortillas per il giorno dopo. Quando deve assistere alle riunioni – lei desidera partecipare attivamente, per cui assiste alle riunioni – accumula turni al mulino, e prima o poi li deve fare. Quando Ninoska, preoccupata per le difficoltà economiche della madre di Abril, le aveva suggerito di partecipare a un nuovo progetto che lei gestiva insieme a una Ong, Azucena, con grande onestà, le aveva detto: No, per carità, basta progetti! Qualunque aiuto mi sfianca ancora di più. E ciononostante è convinta di pagare caro il delitto (supremo) di avere rifiutato l'uomo: Mi sono tirata addosso il diavolo perché non ho obbedito.

All'ombra della ceiba, l'albero più antico, Paulina e le altre come Paulina si vestono con i colori dei fiori e dicono: Sono donna, sono povera, sono indigena. Moriamo di denutrizione e di parto, i figli ci muoiono fra le braccia. Il figlio e l'orcio incollati addosso.

Il figlio e l'orcio incollati addosso. Il mio bambino.

Nella lingua ch'ol, il mais si chiama *ixim* e la donna *'ixik*, hanno entrambi la stessa radice. Un indio ch'ol si domandava: Chi può vivere senza mais? Forse soltanto gli uomini bianchi, perché non sono uomini di mais.

Il terrore per un po' è svanito.

Se soltanto avessi potuto parlarne con Reina. Chissà se anche lei si sarà domandata, una qualche mattina triste, se il paesaggio che guardano ogni giorno le donne indigene può dare adito ad aspirazioni valide di per sé? È strano: da brava figlia della mia generazione, tutte le cause mi sembrano sospette, e invece questa no. Chissà quali invisibili identificazioni mi scorrono nelle vene. Ormai è da parecchi giorni, un'eternità, che sono nel Chiapas e non ho mai abbassato la guardia nello sforzo di osservare (mentre l'ho abbassata in tanti altri campi), con il bel risultato che volendo capirne di *più*, ne capisco di *meno*. Sì, sono ancora abbastanza lucida da non confondere la giustizia con la carità. Ma se c'è una cosa di cui sono convinta, è che qualunque donna, zapatista o non zapatista, ha il diritto di far sentire la propria voce in questo angolo sperduto del mondo. Ne sono sicura.

4.

È il tempo a determinare la nostra esistenza; senza tempo non si esiste. Per questo credo che scomparirò.

Sto già scomparendo.

Il miracolo che ricordo. Luciano.

Sto gattonando sulle piastrelle gelide alla ricerca del lavandino di plastica quando sento un rumore di passi dietro alla porta. Il tempo si apre: un essere umano si sta avvicinando. E in effetti qualcuno entra nella cella.

"Chi è?" domando, ho paura che mi lasci qui il pranzo e vada via senza farmi sentire la sua voce.

"Ti porto da mangiare, stronza, e ringrazia che non ti lasciamo morire di fame, te lo meriteresti, straniera."

(Nel Chiapas, se non sei chiapaneca, sei straniera, anche se arrivi da qualunque altra regione del Messico.)

È una voce maschile, mi sembra di averla già sentita, forse al telefono dell'albergo o forse stamattina (o è già passato un giorno?), quando sono salita sull'auto con il motore acceso, pronto per partire. Dal modo con cui mi dice *stronza* penso che potrebbe essere lo stesso che mi aveva colpito con la pistola. Me lo vedo: un autentico bandito, sporco, la barba di due giorni, probabilmente grasso e con gli occhi nerissimi. I suoi insulti mi sconvolgono, non sono abituata alla violenza verbale, mi sembra di essere sempre vissuta nella bambagia. Di solito i messicani parlano pensando a quello che il loro interlocutore vorrebbe ascoltare; hanno un modo di parlare trasversale, con loro devi imparare a leggere tra le righe, non per niente sono campioni nell'arte di lasciare intendere e simulare. Non è che dicano menzogne, ma possono dire verità parziali e ingannatrici. Anche se mi ci è voluto tempo per abituarmi, in questo momento darei qualunque cosa perché quest'uomo facesse onore alla propria messicanità.

"Per quanto tempo mi terranno qui?" domando, in realtà senza aspettarmi una risposta.

"Per tutto il tempo che ci va, figlia di puttana, e meno domande."

"Per favore, mi tolga la benda, la prego..."

"Quella benda è il tuo passaporto, straniera fottuta, se ci vedi in faccia sei morta."

"Mi porti in bagno, allora, ho bisogno di un bagno."

"Non andrai da nessuna parte finché non arriverà il capo. E rinfrescati la memoria, ne avrai bisogno!"

Complimenti, è la prima frase compiuta che riesce ad articolare senza un insulto.

"Quale memoria? Non ho niente da dire..."

Scoppia in una risata stentorea, sgradevole.

"Cristo, quanto è stronza 'sta americana!"

"Parlo sul serio, perché non vuole ascoltarmi? Sono una cittadina cilena che vive negli Stati Uniti e sono venuta qui per fare un reportage, non c'entro niente con quello che voi credete."

"Perciò te ne vai a spasso per Ocosingo? Ci prendi per cretini? Prova a dire che non conosci neppure quel gran figlio di puttana che è Marcos, dimmi che non hai niente a che fare con quella puttana della tua amica, l'altra straniera..."

Il tono della voce si alza pericolosamente, ha un che di folle.

"Non conosco Marcos, non l'ho mai visto, è assurdo,

lui non sa neppure che esisto. E Reina, lei... lei è una mia amica."

"Ti sei cercata delle belle amiche, fottuta cilena. Va' a raccontarla al mio capo quando arriva, vedrai che cosa ti succede..."

"Vi costerà caro tenermi rinchiusa qui dentro, signore, ho amici a San Cristóbal, dietro di me ci sono due ambasciate..."

Non sono lucida, quello che dico non ha senso, ma non voglio che se ne vada, preferisco gli insulti alla solitudine della cella, al nulla senza tempo. È come se esistessi soltanto quando loro sono qui, lontano dallo sguardo di quei fanatici non possiedo più alcuna corporeità.

"E ha anche la lingua lunga, brutta stronza. Basta! Prendi il tuo mangiare."

"Mi dica almeno che ore sono, che giorno è oggi... soltanto questo."

"Non dirò nulla, è contro il regolamento."

Sento che si muove, i suoi passi sembrano dirigersi verso il lato destro della stanza, dove c'è la porta.

"E dice di non conoscere Marcos, figlia di puttana..." mormora infastidito, andandosene. Ma ha cambiato idea, torna verso di me e nella mia totale cecità sento all'improvviso il movimento di un braccio e poi un colpo, il colpo durissimo di un pugno contro la mascella.

In fondo alla mia mente qualcuno lancia un urlo. Non è la voce di questa donna prigioniera, è la voce di quell'altra, quella che un giorno aveva provato sensazioni normali e aveva avuto un figlio e un marito e una casa e poteva esprimere emozioni semplici. L'urlo lo ha fatto uscire dai gangheri, mi colpisce di nuovo, stavolta un pugno al torace, proprio al centro, sono piegata in due, il mio corpo si è spezzato, definitivamente.

Mentre esce, inciampa goffamente nel piatto di minestra, era stato lui a posarlo sul pavimento. Sento chiudersi la porta, e prima di affrontare il dolore e l'indignazione mi preoccupo della fame: cerco a tentoni il piatto di minestra sulle piastrelle. Ma le mie mani si bagnano subito, tocco il piatto unto e vuoto, la minestra è finita tutta per terra. Senza pensarci due volte mi metto carponi e lecco.

Quando ci si abitua all'orrore, alla fine non lo vedi più, quindi cessa di esistere. È l'orrore a farti perdere il senso della misura dell'orrore.

Il mondo di fuori si è fatto selvaggio, amore. Nasconditi qui.

MERCOLEDÌ

1.

Ancora la casella nera, come in un manicomio...

...darei qualunque cosa per un regalo: uno spicchio di sole...

...presumo sia notte, fredda e lercia dev'essere questa notte, cupa barricata di un blu minerale...

...ricordo Sancho Panza quando dice a Don Chisciotte: Signor padrone, le afflizioni furono fatte per gli uomini e non per le bestie, ma se gli uomini le senton troppo, diventan bestie.

Non vengono ancora a prendermi... devo essermi addormentata, perché al mio risveglio ho trovato il *pozol* e la tortilla, ormai sono un'esperta nello scoprirli, conosco esattamente il punto che la mia mano deve toccare, qui vicino alla porta... quanto tempo fa sarà venuto il mio carceriere?... Quando penso a lui, me lo vedo come il *signore nero* di Ocosingo, il medesimo aspetto trasandato e rozzo... quando verrà il capo?... Mi tocco più volte le dita dei piedi, due pezzi di ghiaccio, cerco di scaldarli, me li massaggio, essere scalza è la cosa peggiore di questo carcere... non so bene da quanto tempo sono qui, giorni o soltanto ore... la cecità mi confonde completamente... ogni fantasia di strapparmi la benda è svanita... probabilmente riuscirei a farlo, ho tanto di quel tempo a disposizione... ma... e se arrivasse un rapitore proprio mentre ci provo?... O peggio ancora, se mi trovassero con gli occhi liberi, quale sarebbe il castigo? Non mi hanno detto che la cecità è il mio passaporto per sfuggire alla morte?... Forse sarà l'ennesimo segno della mia vigliaccheria, ma preferisco obbedire alle regole piuttosto che subire le conseguenze d'infrangerle... non devo essere così importante per questi uomini se il capo non mi ha ancora interrogato... o stanno soltanto cercando di darmi una lezione, sanno che non so niente e non hanno mai pensato a farmi un interrogatorio?

Muovo timidamente qualche passo per sgranchirmi, la stanza è piccola, non riesco ad andare avanti... ho dei conati di vomito, perdo l'equilibrio e cado per terra.

Mi tocco ogni parte del corpo dove sento dolore, mi fa male soprattutto il torace.

Penso che ogni essere umano possieda un'infinita e latente capacità di esercitare la violenza, lo voglia o meno. Le maschere aiutano, coprono, nascondono, dissimulano, ma non riescono a eliminarla. Le guerre e le dittature non fanno altro che sollevare le maschere mettendo allo scoperto la violenza virtuale; consentendole di affiorare in tutto il suo sfrenato splendore. È l'impunità a permetterlo. In Messico, ad Acatlán, esiste un'antica tradizione di combattimenti umani organizzati per chiedere a Dio le piogge e assicurarsi così il cibo. I membri della comunità dipingono con le proprie mani maschere rituali, teste di tigre nere e gialle. Gli uomini si mascherano e, brandendo selvaggiamente le fruste, vanno a combattere. Si battono con inaudita violenza e le fruste fanno scorrere il sangue mentre la gente li guarda, impavida. Ad Acatlán, l'eccesso di adrenalina viene incanalato, conservato per questo giorno: la violenza viene così ufficializzata, regolarizzata dal popolo.

Non so che cosa succeda in questo paese durante l'anno, quando non hanno bisogno di invocare gli dèi, ma non credo che si ammazzino fra di loro.

A quanto pare, non soltanto sulle strade di Guanajuato la vita non vale niente, anche qui accade lo stesso...

...mi sento simile a un santo messo in castigo, una di quelle antiche statue coloniali che per colpa di qualche bruciatura o dell'usura del tempo hanno perso il colore e sono finite negli angoli delle chiese, abbandonate, probabilmente non le buttano perché nessuno ha il coraggio di farlo...

...perché non vengono a liberarmi?...

...che cosa accade fuori da queste mura?...

Ricordo, pentita, il recente incontro con quel funzionario dell'ambasciata cilena in Messico: stavo prendendo il caffè insieme a Reina in un ristorantino di calle Diego de Mazariegos, era mezzogiorno e qualcuno ci aveva interrotte, incuriosito dal mio accento, come disse più tardi... era un uomo di mezza età, bello, gli occhi azzurrissimi, vestiti casual ma di buon taglio... il suo nome era Gabriel, non ricordo il cognome... il fatto di provenire da un paese piccolo fa sì che quando c'incontriamo ci guardiamo, ci annusiamo come fanno i cani e sappiamo subito dove collocare l'altro... l'incesto nazionale, lo chiama Gustavo; dopo averlo incasellato a dovere, le origini di quell'uomo mi parvero eccessivamente estranee all'esperienza che vivevo in quel momento... un'evocazione dell'infanzia di sua sorella: un paio di scarpe nere di vernice col cinturino e calzettoni bianchi di filo che arrivano al ginocchio, la piccola principessa che non sono mai stata... oggi mi sforzo di capire perché non avevo prestato attenzione a quell'uomo quando mi disse di rivolgermi a lui se avessi avuto qualche problema... ma allora il concetto di *problema* era lontanissimo da me... ho perduto il suo biglietto da visita e ora penso che avrei dovuto chiamarlo subito, il primo giorno in cui ero stata seguita dall'auto bianca... tra l'altro, ero stata influenzata anche dal commento sprezzante di Reina, dopo che il cileno si fu allontanato dal nostro tavolo: Non mi piacciono i tuoi compatrioti. Quanta merda abbiamo spalato per loro per diciassette anni, in questo continente! E oggi scopriamo che sono diventati accomodanti, calcolatori, perfettamente a loro agio nella loro piccola vita, indifferenti alla sofferenza altrui quando noi invece ci siamo preoccupati per loro, quanta facile compassione... avrebbero dovuto stufarsi!

Nella prigionia i minuti sono lunghi come una notte insonne...

...penso a Reina... il suo orecchino d'argento è la sola compagnia che ho in questo nulla gigantesco e cerco di trattenerlo nel palmo della mano... magari è già uscita dall'ospedale e adesso è lei che mi sta aspettando... se soltanto mi abbracciasse, le sue braccia sarebbero come quelle di Dolores...

...le braccia del mio bambino che emergevano dalla culla, sempre a cercare le mie, e io ridevo, sei furbo tu, gli dicevo, e naturalmente lo prendevo in braccio...

...sarà il freddo uno dei peggiori nemici dell'uomo?...

...non mi sento più i piedi...

Reina, chi meglio di lei, con la sua esaltazione per l'eroismo, con la sua disperata rinuncia a se stessa, con la scelta di un insignificante angolo dell'universo dove rendersi necessaria, chi meglio di lei potrebbe infondermi coraggio nella situazione in cui mi trovo? Avrei tante cose da dirle, vorrei che mi regalasse un po' di luce dalla sua razionalità tenace, per illuminare questa solitudine cupa e tenebrosa. *Sai, Camila, qual è la differenza tra questa epoca storica e la precedente? Prima i doveri erano frutto della costrizione; oggi nascono dalla convinzione. E quest'ultima è unita al piacere, alla gratitudine di essere responsabili di quello che ci è stato dato.* E s'intreccia i capelli neri, nerissimi come le piume di un merlo, di un nero talmente lucido che sembra bluastro. Ripenso ai suoi gesti cercando di scoprirne uno che li sintetizzi tutti quanti. La sua mano alzata mentre parla: la sua mano come una delle facce del cielo. *Ho paura che abbiano sostituito la parola imperialismo con globalizzazione, approfittando del fatto che la prima è ormai fuori moda.* È un'immagine che non mi piace, non è quella che cerco. *Sono sovente fuori città, avrei potuto perdermi la tua visita. E non me lo sarei mai perdonato, Camila. Dolores si prenderebbe cura di me ovunque, come faccio a non occuparmi di te?* Le personalità che hanno un fascino maggiore sono quelle più insolite, non c'è dubbio, e sono anche quelle che raccolgono gli altri intorno a sé, come fossero depositarie di un segreto che gli altri, magari inconsapevolmente, custodiscono. Jean-Jacques, Ninoska, Luciano, Paulina non fanno altro che giocare alle vestali, per custodire il fuoco sacro del suo tempio. Dopotutto, pur essendo estranea al segreto, non ho fatto lo stesso anch'io?

Sono riuscita a fare diversi passi senza cadere, senza conati di vomito, soltanto i passi che posso muovere in questo buco. Mi sgranchisco le gambe, tiro su le ginocchia, rilasso e contraggo i polpacci. Un po' di movimento, un po' di calore. Magari finisco lunga distesa sul pavimento.

Ritorno a Reina... cos'altro possiedo in questo momento al di là dei ricordi? Vicino a lei, a volte mi sembrava di derubare i *credenti*, alla ricerca di un senso da dare alla mia vita. Altre volte mi dispiaceva di non ricevere nessun segnale da Reina che mi consentisse di parlare a fondo di sentimenti, come avrei fatto con qualsiasi altra donna. Di solito avevo la sensazione che le nostre chiacchierate mi lasciassero nell'ombra; e mi piaceva che la luce cadesse sempre su di lei, perché così potevo starmene in secondo piano, una condizione in cui mi sentivo a mio agio, sottolineava la mia funzione di osservatrice, priva di menzogne.

Parlavamo poco di noi.

Non le ho mai parlato del mio bambino. (Dolores le avrà raccontato qualcosa? E lei a Luciano? Perché allora la danza della morte, la grande festa?)

Nella sua ostinazione a farmi conoscere *un paio di verità* ne aveva tralasciate parecchie. L'ultima volta che avevo chiacchierato con lei era stato alla Normandie. Stavamo mangiando delle frittelle di *chayote*[*] preparate da Ninoska, quando le chiesi: Reina, tutta questa faccenda dello zapatismo non è una follia? La sua risposta non si era fatta aspettare. Guarda, Camila, in America Latina scopri che ciclicamente si verifica quella che altrove sarebbe considerata una *follia*, e cioè che un pugno di uomini decisi stravolga la storia. L'entità delle ingiustizie e delle disuguaglianze di questi luoghi fa sì che ogni tanto alcune azioni istintive si trasformino in un progetto realizzabile. Hernán Cortés, con soltanto seicento uomini e sedici cavalli, pose fine a un impero immenso che, secondo gli storici, governava venti milioni di sudditi, non erano poi così tanti gli spagnoli, vero? Fidel sbarcò a Cuba con ottantadue uomini e conquistò la prima guarnigione con trenta, per la maggior parte reclutati un mese prima.

Non avevo potuto conoscere altri esempi perché in quel momento era arrivato Luciano e negli occhi di Reina era passato un lampo civettuolo, aveva ricominciato a toccarsi i capelli lunghi e lisci e, giocherellandoci, si era lasciata interrompere con piacere. Quella fu l'ultima chiacchierata con lei, mercoledì della scorsa settimana. Era stata un'idea sua farmi accompagnare da Luciano a San Juan Chamula il giorno seguente, non puoi non vedere quella chiesa, mi aveva raccomandato, regalandomi generosamente una parte del suo mondo. Nessun timore che glielo potessero portare via. Nessun timore. Troviamoci domani alla caffetteria del Museo e ti spiegherò qualche altra cosetta. Alle otto, Camila, ti va?

Alle otto, Reina.

Avrei preferito che mi parlasse della sua relazione con Luciano, e mi raccontasse del suo amore nella selva. Insieme avremmo stretto un'alleanza con la luna.

Penso a Marcos, laggiù in qualche angolo della selva impenetrabile dove non possono passare carri armati né aerei, niente di letale che non sia il passo dell'uomo. Quando l'e-

* Frutto di una pianta delle cucurbitacee, a forma di pera. [*N.d.T.*]

sercito si addentrò nella selva per dargli la caccia, dalla capitale giunse una voce, un unico grido lungo, univoco, contemporaneo, possente: *Siamo tutti Marcos*. Evoco i suoi occhi, l'unica parte di lui che conosciamo. Con quei vestiti color caffè e verde oliva, il passamontagna, gli anfibi, le cartucciere a tracolla, il sistema per comunicare via radio sempre con sé, l'immancabile berretto ormai malconcio e la pipa sempre fumante, quanto odio e quanto amore ha scatenato! In molti si domandano chi ci sia dietro il personaggio, domanda inutile, quello che conta è il personaggio, non lui. Come gli indigeni di Acatlán, anche lui si è mascherato per la violenza, il passamontagna al posto della testa di tigre che fungeva da legame tra Dio e l'uomo. E ha delimitato i confini della violenza, come se la rifiutasse. Non è facile immaginare il suo sguardo allegro nell'atto di uccidere e mi domando se lui e la sua gente siano stati redenti dal sangue versato. È come se dicessero, senza muovere le labbra: *La nostra parola è stata messa per iscritto, ma non ancora ascoltata*; se non si adempiono gli Accordi di San Andrés, i tamburi di guerra continueranno a convivere con le bandiere di pace, senza contraddizioni, senza escludersi a vicenda. Il loro modo di esprimersi è estraneo a quello dei guerriglieri tradizionali. *Lo zapatismo non c'è, non esiste. Serve soltanto come possono servire i ponti, per passare da una parte all'altra. Perciò nell'ideologia zapatista c'è posto per tutti, per tutti coloro che vogliano passare da una parte all'altra.*

Anch'io vorrei farlo, il dilemma è che non so dove andare.

Non riesco a formulare nessun pensiero che duri più di un secondo, breve, immediato...

La ragione che ha spinto Paulina a entrare in guerra è stata la morte del nonno. Nella selva esiste una malattia orribile, ha un nome complicatissimo: *leishmaniosi*, nei paesi evoluti di solito viene ai cani. Gli indigeni la definiscono "una sorta di lebbra", un parassita che s'infila sotto la pelle e piano piano la distrugge. In molti paesi, in Francia per esempio, le medicine che la curano si trovano in farmacia, ma qui non le vendono. Il nonno, affetto da questa malattia, non aveva potuto comprare le medicine né a Tila né a Sabanillas, e fece una morte orribile. Paulina non volle più saperne di tanta miseria e fece un giuramento: la sua gente non sarebbe più morta per una malattia non letale solo perché mancavano le medicine.

Invece, la morte non mi ha portato da nessuna parte. Il mio presepe è vuoto.

Ripenso alla frase pronunciata da Sancho nel *Don Chisciotte*: Poiché costa di più la salute d'un solo cavalier errante di tutti gli incanti e le trasformazioni della Terra.

In preda all'ansia, mi aggrappo a speranze piccine, non me le lascio sfuggire, mi ci aggrappo con le unghie e con i denti... che si apra la porta... che mi tolgano la benda... che mi diano una coperta... che mi raddoppino la razione di cibo... piccole e precise illusioni fino a che mi rendo conto di una realtà: l'ultima speranza che crolla si trasforma nella libertà più totale...

Eccomi qui, prigioniera, terrorizzata, dolorante... così era venuto il giorno di quell'altra prova... pensai all'ospedale di Washington, che bisogno aveva la vita di mettermi ancora alla prova, con quale scopo, se aveva vinto in tutti i sensi?... In fin dei conti era stata la vita a vincere, non io, sì, ero uscita da là dentro che morivo, morivo, finalmente morta in tanti sensi...

Ripercorro un angolo della mia follia...

...ogni tanto vengono a trovarmi le brezze del Sud, di quel Sud, il mio, lontano, triste, insulare... chi non ha mai visto un *ulmo* in fiore non sa che cosa vuol dire nascere... chi non ha mai mangiato una ciliegia scarlatta all'inizio dell'estate o un'albicocca quando è stagione non conosce la fantasia... anche se tante volte penso che sia la razionalità cilena a prendere il sopravvento nel mio carattere, intravedo una certa soggettività, radici alle quali ho voltato le spalle... (Perché hai tanta paura dei conflitti? mi aveva chiesto Luciano una volta. Perché sono cilena; concentro su di me i difetti del mio paese, gli avevo risposto.) Poco fa, svegliandomi a casa di Luciano, ripensai all'aggettivo che mi ero attribuita, *outsider*, come uno degli elementi fondamentali nella mia vita a Washington... eppure qualche ora dopo la mia condizione di straniera, di estranea, l'eterna forestiera, si ritorce contro di me, interrogativa... se alla fine dovrò riconoscermi – anche se con motivazioni diverse – in quell'esercito di orfani, intuisco di avere fatto uno sbaglio a scegliere la mia dimora nel limbo... aggrappata al brandello di nebbia dove vivo oggi, che segna le perdite che non hanno prezzo, giuro a me stessa che finalmente accetterò l'orfana che è in me...

2.

Bisogna riconoscerlo: il carcere è il posto migliore per ricordare, l'avevo sentito dire tanto tempo fa da mia madre. E in queste ore non ho fatto altro che buttare nei recessi della mente ricordi precisi, perché non sapevo bene che cosa farne. Basta, Camila, mi direbbe Dolores, adesso basta.

Farò uno sforzo sovrumano, allontanerò la paura dentro di me e metterò al suo posto il volto di Luciano; voglio ripercorrere una per una le parole del suo racconto, i lineamenti del suo viso me le rimanderanno e occuperanno tutto lo spazio rubato dal terrore: è così che rimango immersa nella realtà. Dai, Luciano, raccontami un'altra volta quella lunga storia; lo sai che cosa farò per concentrarmi meglio? M'inventerò una posizione, la schiena contro il muro, diritta, ben diritta, il muro freddo scaccerà la sonnolenza e mi siederò per terra a gambe incrociate, le ginocchia contro il pavimento e i piedi uniti, come in meditazione, la posizione rigida sarà di stimolo alla volontà di ascoltarti.

Nessuna ragazza perbene può desiderare la morte della propria madre, per questo Reina Barcelona fuggì da Montevideo per andare in Cile quando aveva sedici anni. Correva dietro al fratello maggiore per partecipare agli originali processi di una rivoluzione democratica, questo aveva detto a se stessa, ma in realtà non faceva altro che fuggire da sua madre, che stava perdendo il senno, tra evidenti crisi mistiche e moti di lussuria. Come in *La Presidentessa*, Dio era diventato un'idea fissa, maniacale. La sua religiosità si riduceva alla forma esteriore – il beato invece del credente – e abbandonava tale esteriorità soltanto per frugare nel sesso di Reina alla ricerca delle prove della sua verginità. Sua figlia l'annoiava, semplicemente, come se soltanto gli uomini la divertissero. Era combattuta fra il desiderio di ignorarla e quello di maltrattarla.

Reina non provò mai, neppure per un attimo, una sensazione che dovrebbero provare tutte le bambine: la sensazione di essere viziata. Per tutta risposta si avvicinò all'odio sacro, coltivandolo. Eppure l'ambiguità è l'essenza dell'esistere – tranne rarissime eccezioni, l'indole delle persone non è mai del tutto buona o del tutto cattiva – e quella bambina ferita ebbe modo di conoscerla a fondo. Come alle donne maya, a Reina avevano ferito il cuore.

Nella sua infanzia ci fu un personaggio centrale: una lontana zia invalida che si spostava sulla sedia a rotelle. Quando Reina la incontrava, non riusciva a distogliere lo sguardo da quel meccanismo, ne era stranamente affascinata. Nutriva il segreto desiderio di *essere* sua zia, incarnare la tragedia era per lei un privilegio orribile e affascinante, quasi morboso, così sarebbe diventata terribilmente attraente e avrebbe destato la compassione altrui: essere un'invalida le avrebbe conferito una certa importanza.

A quattordici anni, dopo essersi convinta che l'invalidità comportava troppe sofferenze, voleva diventare un'attrice cinematografica. Andava da suo fratello, la notte, nuda, avvolta in brandelli di tulle – che aveva strappato da alcune tende ormai inservibili – gli occhi truccati d'argento, la bocca incredibilmente rossa, come una granata, i capelli arrotolati intorno a lunghe bacchette. Cercava di darsi un'aria sofisticata, l'aria perfetta per lei. Come le star del cinema, diceva.

A volte veniva sorpresa da sua madre, che decideva subito se picchiarla o guardarla estasiata, fredda come un minerale. Dipendeva dai giorni.

Ma più di una volta Reina aveva sorpreso lei: si sdraiava sul terrazzo, col petto nudo, e chiamava suo figlio. Fammi le coccole, sciocchino, gli diceva, e lui passava diligentemente la mano su quei seni che culminavano in due capezzoli di granito.

Come succede a tutti quanti, le privazioni sofferte ne modellarono il carattere: un'ombra enigmatica e distruttiva s'inserì nella trama della sua mente, brillante e assassina insieme. Qualcosa che era stato sconfitto dentro di lei, stava lì, a piangere.

Col passare degli anni, le diceva sua madre, quando svanisce la bellezza, l'unica arma che rimane è l'ironia, se non sai usarla diventi patetica. Ma tale arma si ritorse contro di lei a tal punto che, quando finì la dittatura in Uruguay e Reina poté rientrare nel suo paese, furono costretti a ricoverare la madre in una clinica psichiatrica. All'interno di quella famiglia ormai agonizzante, il fratello decise di adottare la voce del buonsenso – in ogni famiglia deve essercene una – e si fece carico delle spese mediche e delle visite in clinica; intanto la sorella, raminga da qualche parte del continente latinoamericano, fantasticava su mille e una possibilità di una cinica morte naturale per la madre. Forse è proprio vero che siamo quello che ci hanno insegnato a essere.

Dopo avere confinato la progenitrice nella duplice clausura del manicomio, come se la follia non fosse già una clausura feroce di per sé, Reina decise di dedicarsi definitivamente alla pietà, dovunque il mutismo civile avesse bisogno di lei. E per farlo scelse una terra dove, come in Messico, esiste ancora una sorda tensione tra uomini e dèi: il Guatemala.

Ah, Luciano, il mio corpo è così debole che mi impedisce di tenere la schiena diritta, le spalle mi si curvano anche se non voglio, la tua voce sta andando via...

...di nuovo contro il muro gelido...

...ti ascolto... continua il tuo racconto...

Reina diventò una guerrigliera. Un vecchio amico degli anni in Cile la reclutò senza problemi in un bar di Pocitos. L'Uruguay viveva già in democrazia e la combattente che c'era dentro di lei si sentiva ribollire il sangue, pronta all'azione. E così si esercitò sulle montagne guatemalteche, fra le grida rauche della pioggia e dei temporali, e finì in un accampamento nella selva, con un clima estremamente ostile, il terreno sempre fradicio e caldissimo, in mezzo a una vegetazione selvaggia ed eccessiva. Questa, unitamente al terreno accidentato, che non consentiva un facile accesso, regalava ai guerriglieri una sensazione di tranquillità e di potere; le caratteristiche geofisiche li avvantaggiavano durante i combattimenti e le manovre, mentre sul terreno pianeggiante era l'esercito regolare che poteva contare su tre grandi vantaggi: superiorità numerica, equipaggiamento bellico migliore e rapidità di movimenti.

Partendo per la guerriglia, Reina si preoccupò di sistemare a dovere lo schermo, la copertura e la leggenda, come si dice nel linguaggio dei cospiratori. Avvertì il fratello e gli amici che sarebbe andata all'estero, a Parigi, grazie a una borsa di studio; da laggiù l'organizzazione le mandava le lettere perché potesse rispondere, che lei poi rimandava in Francia, mantenendo così una facciata verosimile. Entrò a far parte della Organización del pueblo en armas, meglio conosciuta con la sigla Orpa, una delle quattro formazioni armate che più tardi avrebbero firmato la pace. Ci voleva almeno un anno per diventare un guerrigliero e addirittura dieci per arrivare al grado di comandante, un apprendistato piuttosto lungo, neppure alla Sorbona si deve studiare tanto. E Reina dovette superare le prove d'obbligo per adattarsi alla vita della guerriglia, con la stoica umiltà che la causa richiedeva: dovette partecipare alla sicurezza (turni di guardia e scavare trincee), fare legna, trasportare l'acqua, preparare il pranzo per la collettività giorno e notte, a seconda dei turni, trasportare gli equipaggiamenti su lunghe distanze, e infine la prova più importante: il combattimento. Allora apprese che il coraggio e la capacità di affrontare il nemico non dipendevano dalla negazione della paura ma dalla capacità di controllarla. Senza tali premesse, la maggior parte dei combattenti, di origine contadina e maya, non l'avrebbero accettata e le manifestazioni di *razzismo al contrario* le avrebbero reso la vita insopportabile. Entrò a far parte di una unità importante e ottenne il grado di capitano. Combatté in fanteria, conobbe i bombardamenti aerei e dell'artiglieria. La sua specializzazione – veniva assegnata soltanto a chi avesse una certa preparazione intellettuale – erano le comunicazioni via radio, cui si dedicò dopo avere frequentato un corso in Messico. In qualità di radiotelegrafista venne addestrata a decifrare i messaggi in codice dell'esercito, il che la portava a conoscere quello che sarebbe accaduto ancora prima del capo; era lei che dava l'allarme nel caso venissero scoperti e comunicava che cosa dovevano aspettarsi in un certo posto: da lei dipendeva il successo di moltissime operazioni.

D'estate Reina dormiva nell'amaca, senza niente (il sacco a pelo sarebbe stato un peso eccessivo). Non altrettanto d'inverno, quando era costretta a usare la tenda. La sua attrezzatura dipendeva dalle stagioni in Guatemala: da maggio a ottobre, inverno e pioggia, da novembre ad aprile, estate e clima secco. La sua casa era lo zaino, ci portava dentro tutta la sua vita, una sorta di prolungamento del focolare domestico in quindici chili di peso sulle spalle. Ma più di tutto era importante l'attrezzatura militare: il fucile e le munizioni. Dentro una custodia di nylon c'erano la *champa* (tenda), l'amaca, la *chamarra* (coperta), la *chumpa* (giacca), e anche uno spazzolino da denti con il dentifricio, un sapone, uno shampoo, un kit per il cucito, una crema Nivea per ricordarsi che la vanità esisteva ancora, e un paio di cambi (una camicia e un paio di pantaloni verde oliva). Doveva usare gli stivali di gomma, le scarpe non erano abbastanza resistenti. Si nutriva essenzialmente di riso, fagioli, zucchero, mais e pasta, e anche di Incaparina (una bevanda multivitaminica che sostituiva la carne, fatta con farina di mais, semi di cotone e soya). Ogni tanto riuscivano a mangiare anche cibi più sostanziosi, acquistati o requisiti. Allora Reina divorava con gusto scatolette di tonno e sardine, e soprattutto la maionese, che trangugiava a

cucchiaiate. Come dolci, soltanto cioccolato. Durante le feste di Capodanno ricorda di avere mangiato uva e mele: e si
meravigliava che alcuni compagni (*compas*) non avessero mai
assaggiato quel tipo di frutta. In quei giorni, festeggiavano anche con rum, birra e un liquore prodotto in clandestinità chiamato *cusha*, derivato dalla fermentazione del mais.

Fermati un attimo, Luciano, mi fa male dappertutto, non
riesco a mantenere questa posizione come ti avevo promesso... se mi distendo sul pavimento perderò la concentrazione... o magari mi addormento... la fame mi attanaglia lo stomaco... ma non voglio lasciarmi sfuggire le tue parole... ah,
Luciano, che cosa fai? Ritorna da me!...

Ebbe amori lassù, eccome! Anche in quella vita così inusuale si riusciva a preservare una certa intimità, le coppie facevano la loro "posizione" in disparte (chiamavano "posizione" il luogo dove sceglievano di sistemarsi, le loro case no-
madi). La convivenza era di tipo coniugale in quanto condi-
videvano tutto, trascorrevano la giornata insieme e venivano
mandati a combattere insieme. Tuttavia il maschilismo persisteva: si obbediva alle donne in combattimento, ma durante
il riposo tornavano a riprodursi i ruoli presenti in città. Nel-
l'accampamento le donne andavano al fiume a lavare i panni
e cucinavano per il loro uomo, eppure combattevano alla pari con i maschi, distinguendosi per la loro aria serena e coraggiosa, il che sorprese la neoguerrigliera dandole un paio
di cosette su cui riflettere. Quando si arriva a certi livelli di
determinazione, la decisione va spinta sino in fondo, con grande tenacia. Allora comprese che maschilismo non significava
valore e coraggio, vide uomini tremare in combattimento mentre le donne restavano imperturbabili.
   Nel momento in cui la guerriglia guatemalteca era maggiormente attiva, la presenza femminile era di uno a cinque:
tra la fine degli anni ottanta e l'inizio degli anni novanta, le

donne costituivano circa il venti per cento dei combattenti. La donna maya, la cui vita era sempre stata durissima, sopportava meglio queste condizioni di vita rispetto alla donna *ladina*. Quest'ultima viveva una grande contraddizione tra il desiderio di fare e le proprie condizioni fisiche. Chiedeva il congedo, preferiva correre il rischio di essere imprigionata e fatta sparire in città piuttosto che restare *lassù*. Reina difendeva in via teorica la vita della guerriglia, ma lo faceva senza la dovuta obiettività, tralasciando i complicati rapporti interpersonali, i conflitti di autorità e le debolezze fisiche. A volte le condizioni igieniche erano pessime, lei cercava di farsi un bagno ogni giorno sfruttando quello che la natura le offriva, un fiume, un ruscello, e se questi erano troppo distanti si serviva di una tanica di plastica piena d'acqua. Reina faceva il bagno nuda, mentre le donne maya, più conservatrici e pudiche, non erano disinvolte come lei, la cittadina, e lo facevano in reggiseno e mutandine.

L'amore era vissuto al fronte come nella vita. Reina ebbe una passione talmente intensa con un compagno che quando lei considerò conclusa la loro storia e ne iniziò un'altra, l'uomo, fuori di sé, scaricò la rabbia e il rancore che provava lanciando una granata verso il luogo dove dormiva la nuova coppia. La granata esplose, ci furono dei feriti; il fatto suscitò un terribile scandalo che arrivò fino ai più alti livelli del comando: nessuno dei presenti l'avrebbe mai dimenticato. Questo episodio fu una dura lezione per Reina, in quanto dovette ricostruire nel proprio immaginario l'idea che un guerrigliero non dovrebbe mai permettere alla forza della passione di prendere il sopravvento sulla forza della militanza.

Questo è un atto di volontà, Luciano... aiutami... non voltare la faccia, soltanto se fisso l'attenzione su di te riesco ad ascoltarti... ormai manca poco, vero?... stai fermo qui, davanti a me, mi sento mancare...

Nessuno era obbligato a continuare una relazione nella guerriglia. Se, nonostante i tentativi di rappacificazione, lei non voleva più, la si cambiava di "posizione" o veniva mandata presso un'altra pattuglia. La legge della guerriglia era rigidissima in materia di violenza sessuale e di abusi: non tutti avevano un partner stabile e a volte non avevano nessuna attività sessuale per parecchio tempo, per questo erano avvisati che un simile crimine sarebbe stato punito con la pena capitale. Le rare volte in cui Reina aveva assistito a questo genere di violenza all'interno di una coppia, aveva visto che il comandante interveniva subito, mettendo rapidamente fine alla questione. Voci fondamentali nell'elenco dei rifornimenti erano i preservativi e gli anticoncezionali orali e iniettabili. Se una guerrigliera rimaneva incinta, aveva due possibilità: o abortiva oppure andava a partorire in città, in una casa protetta, svolgendo mansioni quali curare i feriti, preparare le armi o lubrificare i fucili. E intanto si prendeva cura del bambino. Alcune donne tornavano dopo un paio d'anni, lasciando il figlio da qualche famiglia dell'organizzazione, altre s'integravano nella vita cittadina.

Dopo un combattimento in cui Reina visse in condizioni particolarmente difficili, ritornò all'accampamento gridando: Non ne posso più! non avrei mai dovuto lasciare il mio ambiente! Chiese il congedo. Abbandonò le montagne sfinita e, da qualche parte nel suo cuore, ferita. Non era stata in grado di sopportare la difficile vita della guerriglia, ma quello era il meno. La realtà più dura da affrontare e, più tardi, da accettare, era il grado di disumanità racchiuso nell'ideologia. Possibile che la sinistra debba arrivare a questi estremi per sconfiggere il capitalismo?, si domandava. Il disincanto le incupì l'anima. Non volle restare in Guatemala e dedicarsi al lavoro urbano. Andò in Messico. Sentiva che in una città come San Cristóbal e in una lotta come quella zapatista poteva riconoscersi di nuovo, in un'armonia più adatta a lei.

La guerriglia guatemalteca ebbe contatti con gli zapatisti alla frontiera, non si giunse mai a un accordo ai livelli più alti della dirigenza, ma in pratica i giovani messicani venivano addestrati insieme a loro e vivevano negli stessi accampamenti. Furono quelli i suoi primi contatti. Quando decise di scegliere l'Ezln come riferimento morale, aveva già fatto un sacco di strada. E stavolta la coscienza le disse che doveva rimanere in città, il che, nel suo linguaggio, voleva dire cercare orizzonti più umani.

Ora puoi andartene, Luciano, era questo il racconto che il mio cervello aveva bisogno di ripassare... ormai sono libera di abbandonarmi, esausta, sulle piastrelle del pavimento... come se un'ombra alata e benedetta mi si posasse sulle mani, mi accorgo che anche nello squallore della mia cella rimane un posticino per la compassione... io sono nata con una difesa immunitaria che Reina non aveva... come se furtivamente si fosse infiltrata nella placenta di Dolores una vernice protettiva: essere donna a me non è costato tanto come a lei... per la prima volta penso a Reina come a una persona le cui scelte sono scaturite dalle carenze, una persona che ha nascosto la propria fragilità dietro l'ideologia...

3.

Sento di nuovo i passi dietro alla porta. È arrivata la mia ora, adesso inizieranno l'interrogatorio e la tortura. Sto tremando, ho così paura! Entra qualcuno dal fisico robusto, me lo dicono i suoi passi pesanti.

"Su, in piedi, stronza!"

È lui, il mio boia, lo riconosco.

Ho imparato a non fare domande, il torace e la mascella me lo ricordano.

Mi spinge violentemente fuori dalla stanza. È il mio povero braccio prigioniero a seguirlo, non io, chissà dove lo porta. Non avverto alcun rumore, niente che mi faccia capire dove mi trovo. Poco dopo mi dice di stare attenta, c'è uno scalino e poi una porta. La varco e sento subito un'aria diversa, evidentemente siamo usciti. Il semplice atto di respirare mi sembra un dono del cielo. È la stessa aria pura che mi rinvigoriva ogni sera quando mi fermavo sul pianerottolo della scala prima di arrivare al terzo piano, nella mia camera all'hotel Casavieja. Avevo pensato tante volte che fosse un'aria inconfondibile. Non ho dubbi, sono a San Cristóbal o nei dintorni.

Mi rendo conto che l'uomo non parla, non m'insulta nemmeno. Qualcosa in lui è cambiato, si muove in silenzio, di malavoglia, trascinandomi come un fardello pesante. A spintoni mi costringe a salire su un'automobile. Non capisco, dov'è il capo? Mi porteranno nel suo quartiere, a casa sua, dove? Sto tremando di nuovo, stringo convulsamente le mani attorno alle cosce nel tentativo di controllarmi. Dall'ampio spazio che mi circonda deduco che viaggio da sola sul sedile posteriore, e dal silenzio capisco che c'è soltanto un uomo davanti. Il terrore mi annebbia la mente. Passano i secondi, i minuti, l'auto prosegue senza fermarsi, a quanto pare non ci sono semafori e neppure traffico, forse stiamo entrando in città. Se ho ragione ed è notte, forse siamo arrivati a San Cristóbal, avevo notato tante volte la sua solitudine notturna da città fantasma. Mi giungono suoni lontani, ma sono minimi, non riesco a riconoscerli.

All'improvviso, con una brusca frenata, l'auto si ferma.

"Siamo arrivati, puttana. Scendi!"

Le sue parole hanno un tono neutro, completamente scollegate da quella che noi chiameremmo emozione.

Nella mia irrimediabile cecità cerco a tentoni la portiera, la tocco, vorrei scendere da sola per evitare di farmi spingere un'altra volta. Ci riesco. Sfioro con il piede il bordo di un marciapiede. Le gambe mi sorreggono appena. Sento richiudersi la portiera anteriore dell'auto e posso quasi fiutare la vicinanza dell'uomo. Non si muove subito, inebetita immagino che mi stia guardando, il che mi fa venire i brividi. E dal nulla, imprevedibilmente, mi sferra un pugno in pieno volto. Perdo il fragile equilibrio che mi rimane e cado per terra. Disperata, la bocca contro l'asfalto gelido, mi tocco la faccia, la mia faccia come una maschera, i lineamenti paralizzati, perduta ogni mobilità espressiva. E allora avviene l'inatteso: un rumore secco e preciso, la portiera che sbatte e subito, quasi senza il tempo di respirare, il rombo del motore. Forse anche le mie percezioni hanno qualche cedimento? Forse sento soltanto i suoni miracolosi che desidero sentire e non quelli della realtà bruta? Eppure l'auto se n'è andata, ne sono sicura, ho sentito che si metteva in moto, l'ho sentita partire. Senza di me.

Giacere sul selciato di una città disabitata e senza vedere nulla è una cosa tremenda, desolante. Tento di concentrarmi il più possibile senza provare pietà per me stessa, nemmeno un briciolo di compassione. Grido. Se lui fosse ancora qui, se qualcun altro avesse messo in moto la macchina e lui fosse rimasto vicino a me, mi colpirebbe di certo. Le grida di una prigioniera in mezzo alla strada sono un peccato mortale dal punto di vista dei rapitori. Eppure corro il rischio e grido di nuovo. Nessuno mi risponde, nessuno mi aggredisce, nessuno si accanisce contro di me. Non mi muovo, non potrei farlo. Il dolore è tenace, devo fare appello a tutte le mie energie per alzarmi in piedi. Non capisco ancora che cosa stia succedendo. Non so quanto durerà il mio martirio, eppure di una cosa sono certa: tante volte sono stata ingenua e innocente. Ma questa parte di me sta agonizzando, e forse è già morta fra le mura opprimenti di uno stanzino fetido o sopra il marciapiede deserto di un posto che non conosco, da qualche parte nel Sudest del Messico.

Seconda parte

COLOMBA NERA

La révolution ne doit s'arrêter qu'à la perfection du bonheur.

<small>SAINT-JUST</small>

SANTIAGO DEL CILE,
MARZO DELL'ANNO 2000

Col cuore stretto lasciai San Cristóbal de las Casas in una mattina serena; guardandola per l'ultima volta la vidi riposare nella vallata, era come se le colline stessero lì a cullarla, una benedizione calava su di lei sotto forma di luce. E così mi lasciavo dietro quella terra di metafore e simboli, di penurie, incomprensioni e apatia, quella terra di eroismi.

Anche se al pensiero mi si gela ancora il sangue nelle vene, tento di ricapitolare gli eventi. Non so bene come fare per dare un ordine armonioso a quella realtà e renderla credibile, con un senso immediato, ma farò uno sforzo.

Qualcuno di buon cuore doveva avere avuto compassione di quella donna sdraiata bocconi, nel buio, sul marciapiede di una strada solitaria alle porte della città, magari all'inizio avrà pensato che si trattasse di un'ubriacona o di un'adultera che espiava le proprie colpe, ma fu la benda che mi copriva gli occhi – non avevo ancora cercato di strapparmela, l'ultimo pugno mi aveva privato di ogni energia – a far reagire l'uomo che mi aveva trovata lì. Non ricordo chiaramente cosa avvenne in quei momenti, ma la prima cosa che vidi dopo avere recuperato la vista (all'inizio un po' annebbiata, poi più stabile, perfino lucente) era la luna: la luna che splendeva in cielo, fresca come un'anguria tagliata a metà. Grazie a lei capii che ero viva. Più tardi, una telefonata senza risposta a Luciano. E comunque devo avere chiesto di essere portata a casa sua, preferivo mille volte aspettarlo seduta sulla soglia piuttosto che affrontare in quelle condizioni qualunque altro essere umano. Anche se pensai a Jean-Jacques non ebbi il coraggio di andare da lui.

In queste condizioni conobbi finalmente Jim, l'americano che abitava a casa di Luciano. Fu lui ad aprire la porta, forse scambiò due parole con il mio benefattore ringraziandolo per il suo gesto, credo, con le sue buone maniere e il suo pessimo spagnolo. Soltanto dopo avere bevuto una meravigliosa aranciata, dolce come una caramella, come sono le aranciate messicane, la mia consapevolezza iniziò a prendere forma; da lì in avanti si ricostituisce la memoria, non prima. E la prima cosa che feci fu andare in bagno, chiudendomi dentro per un'eternità, mentre Jim chiamava un medico che venne subito a visitarmi. (Oggi mi domando che razza di aspetto dovevo avere per suggerire un intervento così rapido.) Comunque le mie condizioni non dovevano essere preoccupanti, perché mi prescrisse soltanto dei sedativi e impacchi per gli ematomi. Nel frattempo Jim continuava a telefonare nel tentativo di rintracciare Luciano.

Quando fece ritorno a casa, lo spettacolo che si presentava ai suoi occhi lasciava molto a desiderare: una donna sdraiata sul suo letto, tremante, impossibile smettere di tremare, il viola, il bluastro e il rosso sulla pelle a ricordare ciascun colpo, le mani che stringevano convulsamente la coperta nel disperato tentativo di fermarsi, come un parkinsoniano all'ultimo stadio. Vidi il contorno del suo grande corpo delinearsi nel vano della porta, abbattuto, scomposto, spezzato, come non lo avevo mai visto, grave, immobile. Sentii vibrare dentro di me, timoroso, un pensiero che era soltanto una sensazione di pensiero, eppure, nonostante il dolore, mi misi seduta sul letto. Spalancando le braccia, Luciano mi strinse disperatamente come fosse l'ultima azione della sua vita. Mi strinse a sangue. Affondando fra le sue braccia lasciai sgorgare il pianto che fece irruzione feroce, violento, un pianto trattenuto da giorni, mesi e anni, come se le lacrime non dovessero mai finire. Mi lasciò piangere. Con una mano mi accarezzava la testa mentre con l'altra mi teneva stretta contro di sé. Nessuno di noi due parlò. Il suo corpo non era stato mai così accogliente. Soltanto più tardi, molto più tardi, le sue parole penetrarono nel mio rifugio, nella calda oscurità in cui mi nascondevo, confermando la mia terribile intuizione: *Reina è morta.*

Me lo ripeté.

Reina è morta.

> *E m'invitò a morire quello sguardo?*
> *Forse si muore soltanto perché nessuno*
> *vuole morire con noi, nessuno*
> *vuole guardarci negli occhi.*

Recitai cento volte in silenzio questi versi di Octavio Paz. Poi pensai che nella prigionia è impossibile assorbire la realtà. Quando mi liberarono, volevo che i miei occhi mi raccontassero la storia cui volevo credere. Niente da fare. La desolazione non fu mai così grande. Di sangue si tinsero i cieli e le nuvole si ricoprirono, uno strato dopo l'altro, di uno smalto opaco. Andai alla deriva, la mia anima vuota, incredula, costernata, faceva uno sforzo immane per convincermi che lei non avrebbe mai più gettato briciole ai pettirossi.

Sebbene la polizia lo avesse dichiarato un incidente (come avevamo previsto), le proteste si erano già fatte sentire prima della sua morte, organizzate dai suoi amici; e subito dopo erano salite di tono, oltrepassando i confini della città e della nazione. Perciò mi avevano liberata. La morte di Reina, paradossalmente, mi aveva salvata.

Speravo di sentirla ridere, speravo che mi guardasse con indulgenza stringendosi nelle spalle, o mi fulminasse con uno sguardo carico d'infinito. Invece mi lasciò, per l'ennesima volta, la mortalità. *E anche se non potessi ringraziarvi / perché immersa nel sonno.* Non avevo voluto vedere sul suo corpo i segni di tanta esaltazione paralizzata, non avevo voluto leggere sul suo volto la severità della sconfitta. I funerali sarebbero stati giovedì, sette giorni dopo il tentativo di omicidio in calle Francisco León. Non volli prendervi parte; quello stesso giovedì, la mattina di buon'ora presi l'aereo per Città del Messico, un'altra prova che nei momenti cruciali la compassione può venire scambiata per vigliaccheria. Non mi congedai da Jean-Jacques, né da Ninoska, nemmeno da Paulina né dagli altri amici della Normandie: nessun addio. Luciano si era offerto di accompagnarmi, ma mi parve meschino impedirgli di assistere al funerale di Reina, sono convinta dell'enorme importanza che riveste l'atto di seppellire i propri morti, è l'unico modo per lasciarli andare davvero, un congedo fondamentale. Sognai che da qualche parte lassù in montagna, una bandiera, anche se piccola e nascosta, veniva inalberata a mezz'asta e ondeggiava nel vento. E un comandante ordinava, in suo onore, un minuto di silenzio.

Colomba nera, dove andrai?

All'aeroporto di Città del Messico cambiai la destinazione del biglietto. Col senno di poi, non capisco come sia riuscita a fare una cosa del genere, dove abbia trovato il coraggio, la capacità di prendere una tale decisione. La Lan Chile decollava di notte, per cui mi sistemai come un'invalida sopra una sedia della sala d'aspetto, incapace di muovermi, temendo che qualcuno mi si avvicinasse o mi rivolgesse la parola. Telefonai a Gustavo.

"Sai chi è, nel gergo pugilistico, un *incassatore*?" mi domandò.

"No..."

"È il pugile che incassa i colpi del rivale con fermezza, quasi senza sentirli. Io sono un bravo incassatore, Camila, e grazie a questa virtù confido nella vittoria finale."

Non sapeva ancora del mio sequestro, i miei amici a San Cristóbal pensavano di mettersi in contatto con lui e chiedergli di venire giù quando la faccenda di Reina fosse stata risolta. (La mia assenza, giustamente, era passata in secondo piano.) Non gli dissi nulla per telefono, insinuai soltanto che avevo avuto un paio di esperienze traumatiche e avevo bisogno di lasciarle decantare. Gliene avrei parlato in seguito.

(Mi soffermo un attimo sulla parentesi precedente e ne apro un'altra. I due giorni del sequestro – in effetti erano stati proprio due, come scoprii più tardi – in quello stanzino senza finestre di una casa in un luogo che ignoro, presumibilmente nei dintorni di San Cristóbal, occupano nella mia memoria lo stesso spazio dell'intero anno precedente, l'anno che avevo trascorso sdraiata sul letto. Eppure nessuna vita si era fermata o era stata sconvolta in seguito alla mia prigionia. Se mai mi aveva sfiorato l'idea che la quotidianità altrui avesse risentito della frattura della mia, mi ero sbagliata. Lo so, esistono un sacco di buone ragioni che giustificano il mio atteggiamento, eppure non posso fare a meno di riconoscere che nelle mie fantasie più narcisistiche la tragedia aveva acquisito dimensioni colossali pensando all'effetto che avrebbe esercitato sugli altri. Da piccola sognavo la mia morte soltanto per il piacere di assistere al mio funerale; così avrei finalmente scoperto quanto contavo per gli altri, lo avrei valutato sulla base di quante persone vi prendevano parte, dalle loro reazioni e da quante lacrime versavano. Non avevo mai preso in considerazione la possibilità che la mia sepoltura passasse inosservata perché in quel momento magari sarebbe accaduto qualcosa di immane, come l'annuncio di una guerra nucleare nel momento in cui la mia bara entrava nel cimitero, e tutti l'avrebbero abbandonata lì per fuggire via di corsa.)

Durante il volo da San Cristóbal de las Casas a Città del Messico, al sicuro da qualsiasi aggressione, avvertii con mia grande sorpresa la nostalgia per la mia terra, quella terra disincantata, voluta, rabbiosa, tenace, maltrattata e spaventata, sofferente e compiaciuta, la mia. Era la mia terra dopotutto, non l'ho scelta io, non ne ho un'altra. Come Vargas Llosa si è chiesto in *Conversazione nella cattedrale* quando si è fottuto il Perú, così io mi sono domandata quando, noi cileni, qual è stato il momento in cui abbiamo perduto l'anima. C'è qualcosa di voluttuoso nel rimpianto. Pensai a Pinochet, ai suoi occhi come due biglie rubate alle lagune della Patagonia, azzurre e gelide come un ghiacciaio antico, millenario. E nel pensarci, ebbi l'orribile certezza che mentre lui manteneva il potere sul paese, noi, che anelavamo alla democrazia, eravamo migliori. Ciononostante il mio desiderio andava verso quel pezzo di mondo, uno degli *enormi accidenti*, i paesi di questo continente. Uno degli insegnamenti della mia breve prigionia è stato di apprezzare quello che prima sembrava ovvio, evidente e scontato. Perdendo la libertà, ho capito che l'avrei recuperata soltanto se ritornavo al luogo in cui sono nata.

In sanscrito la parola vedova significa vuota. Una vedova del Cile, sono io.

Mentre sorvolavo il Messico, pensavo che l'anno vuoto, immacolato, trascorso a Washington D.C. non era stato inutile. La sopravvivenza si basa sulla possibilità di elaborare il lutto. Se questo non viene superato, tutte le pene dell'inferno accorreranno da te per sedurti con mille maschere, alcune terribili, altre perfino gentili, distruggendoti comunque la vita. Invece, se riesci a elaborare il lutto, potrai vivere con la pena sino alla fine dei tuoi giorni. La pena non confonde, non ingarbuglia la ragione, non disorienta la mente; la pena opprime, rattrista, tutto qui, e pur essendo un tutto immenso, si tratta poi soltanto di questo. Secondo la logica, a questo punto avrei dovuto capire tante cose, e invece alla fine scopro che si riducono a una sola.

Se fossi una donna maya, terminerei questa storia lunga e complicata con un solo obiettivo: raccontare quel che c'è nel mio cuore. Vorrei limitarmi a questo.

Dolores mi accolse, trasformandosi per l'ennesima volta nel fico indiano, l'albero madre, l'albero di tutti gli alberi, come una casa. (Camila, non sarà forse che alla resa dei conti il senso della vita consiste nel *viverla*? Non credo alle risposte filosofiche: tutto sta nel viverla *appieno* e viverla *bene*.) Mia madre è straordinaria: pur avendo accumulato tanti lutti, la morte continua a spaventarla, a scuoterla, è come se non avesse mai voluto abituarsi, come se la vita umana valesse davvero qualcosa.

Gustavo. Come vorrei che tu posassi lo sguardo sulla casa della mia infanzia, sul tavolo della sala da pranzo, sulla città di Santiago, su tua moglie che respira tranquilla per il semplice fatto di calpestarne il suolo. Ora sì che posso lasciarmi accogliere da Dolores, non ho più paura che penetri nelle mie tristezze. In questo momento tu mi prenderesti fra le braccia, lo so, e accarezzandomi la testa con un pizzico di orgoglio e un sorriso divertito esclameresti: Ma Camila, che cambiamento hai fatto! Dove è finita tutta la tua voglia di scappare?

A proposito di madri e figlie, mi stupì sapere che Reina sarebbe stata sepolta a San Cristóbal de las Casas. Eppure, se aveva deciso di tracciare soltanto una linea orizzontale durante il suo passaggio in questo mondo, e mai la linea verticale che comprende gli antenati verso l'alto e i discendenti verso il basso, è naturale che tutte le sue radici stessero dentro uno zaino, il suo zaino. Chissà se questa orizzontalità così totale l'aveva fatta sentire sola? È sintomatico che tale sterilità non si fosse ritorta contro Reina, impedendole di dare un senso alla vita. (O forse sì?)

Piano piano Dolores mi aiutò a rimettere in piedi *il grande edificio della memoria*, convincendomi che non esiste nessuna pena che non si affievolisca con il passare del tempo, un po' come lo sguardo adulto sulle case dell'infanzia: quando le rivedi anni dopo ti sembrano più piccole. Se alla fine essere orfani significa l'abbandono di un'utopia o di una vita appena iniziata, se è il cuore di un bambino a cedere o se sono tutti i muri a cadere, fa lo stesso. Si tratta comunque di essere orfani.

Come i drogati nei centri di recupero, io non dovevo pensare *al giorno dopo* durante quell'anno che si concluse a San Cristóbal. La parola d'ordine era sopravvivere, e per farlo occorreva sradicare il concetto di *domani*, considerando il tragitto effettuato in una sola giornata come un vero e proprio trionfo. Dal mio letto dichiarai che ero un terreno incolto: poteva succedervi di tutto o niente. Quando un giorno Gustavo mi chiese se non pensavo di dover fare qualcosa per gli altri, la mia risposta non si fece attendere: Odio gli altri! Ed era vero, forse lo è ancora. Eppure, almeno per l'immagine che ho di me stessa, San Cristóbal mi aveva evitato di trasformarmi in un orso ballerino – uno di quelli che sanno danzare soltanto se girano in tondo – disegnando un cerchio perfetto e maledetto intorno a me stessa. Così, lasciare Washington era stato fondamentale per me, avrei potuto prolungare il mio stato vegetativo all'infinito se qualcuno dall'esterno non mi avesse obbligato a scuotermi. Quindi i miei ringraziamenti vanno a Peter Graham (e a Gustavo?). Ebbene, a chi mi domanda se abbia finalmente risolto la morte di mio figlio, rispondo: quella è una tragedia che non si risolverà mai. Camminerò per la mia vita insieme a lei, per sempre.

Forse il verbo rivela qualcosa: camminerò, ho detto. È un verbo che implica movimento.

E a proposito di movimento, un pensiero mi accompagna instancabilmente, discreto, silenzioso, e non mi lascia mai: sono davvero fragile se ho avuto bisogno di un così grande orrore per reagire, per sentirmi di nuovo viva! Penso a quali alternative possano avere, allora, le donne normali, quelle che in una situazione analoga alla mia devono continuare, tirare avanti, irrimediabilmente. Sino a un paio di mesi fa io ero una di loro, normale fino alla noia, lineare, e affacciandomi alla finestra speravo che le nuvole mi regalassero una soluzione, inventata da loro. È improbabile che le mie compagne di dolori e deliri debbano subire esperienze traumatiche come la mia nel Sudest del Messico. Allora come faranno a fuggire da una stanza bianca, dalle lenzuola stropicciate di un letto candido, eterno?

Il mondo è banale, non ci sono dubbi. E questa è una realtà inconfutabile, mi aveva detto Luciano un giorno, pertanto si tratta di cercare piccole formule, luci minuscole eppure continue, per dimenticarsene.

In effetti, quello che era accaduto a San Cristóbal de las Casas aveva spezzato il noioso groviglio dell'immediatezza, travolgendo ogni banalità. Le luci minuscole si erano trasformate in lampi abbaglianti, lampi che scottavano lasciandomi una sola alternativa: resuscitare. Ma loro, le mie compagne, se nessun fuoco possente le ha avvolte, a che cosa possono aggrapparsi?

Malgrado l'estate di Santiago, dolcissima nel suo ritrarsi, e l'accoglienza materna e protettrice, la mia vita laggiù non è stata idilliaca, certo che no. A tratti l'angoscia si fa sentire, scaraventandomi contro il muro come una forestiera, estranea a me stessa. Altre volte la nostalgia – anche se sotterranea – è inconsolabile. Da questo Sud, i miei occhi s'immergono ogni giorno nella bellezza di una città chiamata San Cristóbal de las Casas, rievocando l'aria limpida e splendente che attraversa il suo orizzonte eburneo. In assenza di quell'aria, ho capito che devo inventarmela. Come avevo promesso, ho fatto incorniciare la xilografia del pittore lacandone, in una cornice sottile di legno chiaro, e l'ho sistemata nella cameretta della mia infanzia, sulla superficie liscia del comò. Non l'ho appesa al muro, l'atto stesso di piantare un chiodo mi avrebbe costretto ad affrontare le sue connotazioni, un chiodo piantato nel muro come segno di speranza su di un luogo concreto e ben determinato, speranza e persistenza. Guardo ogni giorno i miei teschi, ormai conosco tutti i passi della loro danza, uno per uno, so che la morte può essere allegra. Le cose buone perdono valore per colpa delle imitazioni; queste, proliferando, danneggiano l'originale. Luciano. Gli ho scritto ieri per suggerirgli di scambiare le spiagge messicane con quelle cilene, dopotutto si tratta dello stesso oceano, il Pacifico, anche se il nostro è più freddo. E poi ho un conto in sospeso con lui. Ricordo la sua dolcezza, non siroppósa ma lieve, come dovrebbe sempre essere la dolcezza. Quell'ultima notte, quando i *mariachis* tacquero, tornammo a fare l'amore, ma stavolta era diverso: era un aggrapparsi l'uno all'altra per sopravvivere, come due animali che cercano di afferrare la vita, una vita che sembra sfuggire da ogni parte, da ogni piega, timorosa e spaventata. L'amore può anche essere questo.

Reina. Ho ancora il suo povero orecchino d'argento, l'unico ricordo materiale.

Reina. Sconfitta fra gli sconfitti. (Come piangeranno stanotte nella laguna gli orgogliosi *mexicas* vedendo la loro solida storia distrutta dagli ingiusti disegni dei creatori! L'uomo bianco e barbuto – il dio – in sostituzione di quanto era stato ordito duramente e sanguinosamente in innumerevoli calendari.)

Il suo potere derelitto sui derelitti.

A mano a mano che trascorrono gli ultimi giorni di questa estate di Santiago, con le sue serate fresche e avvolgenti, prende forma dentro di me il bisogno di scrivere l'articolo che mi era stato commissionato a Washington. Non mi sento obbligata a farlo, Peter Graham sa già che cosa mi è accaduto e non ha nessuna intenzione di esercitare pressioni su di me, per non parlare di Gustavo che si è comportato splendidamente, da compagno gentile e solidale quale è sempre stato, probabilmente. Ma i miei occhi annebbiati dal lutto non avevano saputo capirlo. Oggi mi rendo conto che, sotto sotto, non gli avevo perdonato il fatto di non essersi lasciato distruggere dalla morte.

(Quando ero piccola, proprio nella sala da pranzo dove ora mi trovo, guardavo una vecchia riproduzione dell'*Ultima cena*, appesa al muro, quasi a presiedere, imponente, ogni pranzo della famiglia. I suoi colori scialbi mi spaventavano, le ombre troppo scure ne avvilivano le linee, soffocandole. Un giorno arrivai a casa per pranzo e il quadro non c'era più. Aspettate, disse mio padre, abbiate pazienza e vedrete. Un suo amico si era offerto di restaurarlo. Dopo qualche settimana *L'ultima cena* tornò a casa e, con nostra grande meraviglia, era un quadro diverso: la pulizia aveva rivelato colori magnifici, che dovevano essere quelli originali, prima di soccombere alla quotidianità. Come è accaduto all'antico quadro di mio padre, lo splendore del restauro ha restituito vigore anche al ricordo di Gustavo, sancendo il nostro passato.)

Il desiderio di raccontare è un impulso umano e, oserei dire, un impulso carico di umanità. Come Luciano mi aveva detto una volta, in alcune tribù raccontare storie viene considerato un modo per curare, una salvezza possibile. Quindi non nutro dubbi sul mio desiderio. Ieri avrei creduto di essere costretta a recitare la parte della disincantata, di colei che narra soltanto la realtà. Oggi volto le spalle a tutta la mia storia passata e a certe rigidità meccaniche della mia generazione, e prendo delicatamente fra le mani la soggettività come fosse una colomba ferita. Una colomba nera.

Riguardo i miei appunti, sono così tanti!

Per un attimo avevo pensato di lavorare intorno all'idea della pianta del caffè – l'oro verde, lo chiamavano – come un'allegoria dell'albero della vita, una delle espressioni più riuscite dell'artigianato messicano. Nella caffetteria del Museo di calle Adelina Flores avevo letto testimonianze di indios che lavoravano praticamente in condizioni di schiavitù nelle piantagioni di caffè del Soconusco e avevo pensato di utilizzarle.

"Dovevamo lavorare come gli uomini perché il lavoro veniva pagato in base al raccolto totale. A volte ero costretta a fermarmi sino alle quattro o alle cinque del pomeriggio per riempire il mio sacco. Soffrivo tanto. Quando mio figlio piangeva, tenevo la cesta ben stretta e lo lasciavo succhiare, prima da una parte e poi dall'altra. Gli uomini finivano prima il raccolto perché non avevano distrazioni... quando tornavo tardi dai campi dovevo ancora preparare il pranzo e le tortillas... Mi sentivo così sola nella piantagione. Avevo vergogna di essere l'unica donna.

"In ogni piantagione c'era il carcere, ceppi, catene per i piedi con attaccato un pezzo di legno; se un prigioniero lavorava nell'abitato si trascinava dietro il suo pezzo di legno o se lo caricava sulle spalle, quando si spostava da una parte all'altra; c'erano i ceppi per i piedi e anche per il collo."

Sospendo la lettura. No. Premo sul computer il tasto *canc* ed elimino tutto quanto.

Il motivo che mi ha spinto a concentrare la mia attenzione sugli indios ch'oles e non su qualsiasi altra etnia, ha a che fare con Paulina Cansino, una india ch'ol, vagabonda e narratrice di storie come tutti quelli della sua razza.

"La seconda venuta del figlio di Ch'ujtiat: gli uomini sono contenti. È tempo di pace; la terra produce buoni raccolti, il mais cresce bene e gli uomini si moltiplicano, stanno diventando parecchi, gli uomini. Ma soltanto per poco tempo, pochissimo, sono così contenti. Il tempo è sempre poco quando c'è la pace. Perché gli Xibaj se la presero di nuovo con gli uomini. Gli Xibaj si divertono a dare fastidio agli uomini, a mangiare gli uomini. Ne mangiano tanti. Ecco perché gli uomini hanno paura: paura di sparire, come in quel tempo in cui regnava la distruzione."

Interrompo la lettura. Premo *canc*.

La riunione che si era tenuta a casa mia, a Washington, con lo studioso messicano Luis Vicente López l'avevo ampiamente documentata nei miei scritti. Anche se sovente avevo ricordato le sue parole osservando la vita a San Cristóbal, sapevo che avrei fatto ricorso a lui, quando avessi deciso di scrivere. Ed è quello che faccio oggi.

"Andate nel fondovalle, dicono agli indios, ma nessuno vuole andarci a vivere, andate via dalle piantagioni, come il popolo eletto d'Egitto, andate nella selva e sarete liberi, andate nella Terra Promessa. Quel pazzo di Samuel Ruiz, il vescovo, voleva costruire la città di Dio nella selva, e guardatelo lì, si sente spiazzato, tradito e superato da Marcos.

"Tutti immobili nel Chiapas, nessuno si muove, tutti iperpoliticizzati, migliaia di organizzazioni per quattro gatti. Deliberano, deliberano, decidono tutto collettivamente e alla fine nessuno sa che cosa vuole, per che cosa combatte, dove sta andando. Sono indios che non sanno gestirsi e nessuno risolve i loro problemi. Soltanto Marcos ha risolto il suo: il più folle sogno di gloria che potesse nutrire uno studente radicale dell'università pubblica nella capitale messicana. Nel Chiapas, dopo la ribellione, soltanto due cose si sono incrementate: il numero di soldati dell'esercito e il budget statale per arricchire una delle classi politiche più corrotte della nostra Repubblica, la chiapaneca.

"È forse una buona soluzione isolare gli indios da ogni contatto esterno? Repubblica degli Indios: eterni minorenni, ciechi al mondo reale. Perché non distribuiamo alle *enmontadas* delle buone Nike, così non vanno in giro a piedi nudi? E l'aspirina, non è forse un bene universale? Viva la modernità, abbasso le fottute tribù ignoranti!"

Canc.

Spengo il computer. Vado decisa verso la camera da letto di Dolores e le chiedo carta e penna per scrivere a mano, come quando traducevo poesie o brani letterari che significavano qualcosa per me. La prego di occuparsi lei del mondo esterno, di fare in modo che niente m'interrompa e di portarmi un caffè, più tardi, come quando studiavo.

"Che cosa vuoi scrivere?" mi domanda Dolores incuriosita.

"Una storia, una semplice storia" le rispondo.

Non le ho detto una bugia. Finalmente so che cosa mandare a Peter Graham per la sua rivista americana. Mi siedo al tavolo della sala da pranzo della casa di mia madre, il tavolo della mia infanzia dove ho imparato a scrivere, e incomincio.

"C'era una volta una donna. Si chiamava Reina Barcelona, e pur essendo nata in Uruguay, si arrampicò sulle montagne del Sudest del Messico per combattere la propria guerra..."

Afferro la pagina, leggo la prima frase e la straccio. Come le donne maya, devo raccontare quel che c'è nel mio cuore. Allora ricomincio daccapo.

"C'era una volta una donna che quando dormiva si raggomitolava tutta e ricacciava in gola le lacrime. Il suo nome era Reina Barcelona."

Nota dell'Autrice

Da quando ho iniziato a scrivere questo romanzo, in Messico e nello stato del Chiapas si sono verificati cambiamenti importanti. È improbabile che nell'attuale clima politico possano accadere i fatti qui narrati.

Per cogliere meglio l'atmosfera in cui si svolge la storia, ho trascorso lunghi periodi a San Cristóbal de las Casas: e lì ho potuto arricchirmi grazie alle testimonianze dei protagonisti della sua vita più recente. Non ritengo opportuno citare tutti i nomi, ma mi sento in debito con ciascuno e sarò loro sempre grata per l'affetto e la collaborazione. Anche diversi testi mi hanno aiutato a capire le chiavi interpretative del Sudest del Messico, e in particolare: *Antigua palabra narrativa indígena ch'ol* di Jesús Morales Bermúdez, *Mujeres de maíz* di Guiomar Rovira, *Samuel Ruiz, el caminante* di Carlos Fazio e *Desde las montañas del sureste mexicano* del subcomandante Marcos.

Un ringraziamento speciale a Luis Santa Cruz, il comandante Santiago, da cui ho imparato i fondamenti della guerriglia guatemalteca, e anche a Carlos Elizondo, a Héctor Aguilar Carmín, a Marcia Scantleburry e ad Amos Oz.

San Cristóbal de las Casas, settembre 2001

INDICE

Stampa Grafica Sipiel
Milano, gennaio 2004